日本的妖怪

YÔKAI FANTASTIQUE ART JAPONAIS

［法］布里切特·小山-理查德 著

党蔷 王聪 译

南海出版公司

目 录
CONTENTS

前言

前页：
河锅晓斋，《妖怪的婚礼》细节图，19 世纪。全图详见 48-49 页。

"人类从未停止过对怪物的热爱，
总能在怪物应该出现的地方找到它们。"[1]

——尤吉斯·巴尔特鲁扎蒂斯

跨越时空和文化来看，各种各样的善灵、恶灵、魔鬼和妖怪从未停止过出现在人们的想象中。在全世界的神话、传说和故事里，神怪的表现形式，都有相似之处。正是它们之间互相影响，从而使内容变得更加丰富。

从时间顺序上看，日本文化先后受到了中国、印度以及西方国家的影响，最终在民间传说、文学创作和艺术领域中诞生了一个极其丰富的神怪世界。这个世界里集合了各种超自然现象、奇闻异事、神迹与传说。

在日本，这个充斥着祖先的信仰和万物有灵论的神怪世界从来没有像今天这样繁盛过。与妖怪相关的漫画、动画片、电子游戏和手办模型吸引着大众的注意力，以妖怪、魔鬼和幽灵为主题的艺术展览也层出不穷。很多日本当代著名的艺术家都从这些古老的传统文化中汲取灵感。

自二十世纪以来，尽管一些杰出的日本专家出版过许多与妖怪相关的著作，但从没有一本著作专门研究妖怪对近代艺术创作的影响。然而，大量的现代艺术作品都带有神怪的色彩，或以这些想象中的生物为创作素材。

在本书中，作者结合东西方文化，通过绘卷、屏风、木版画以及其他类别的当代艺术作品，带领读者走进日本的神怪艺术世界。

东西之间

自日本初创时起，便有了最早的神怪传说。

随着时间的流转，一些神怪传说变成了十分精彩的故事，也由此诞生了许多艺术作品。数十个世纪以来，"妖怪"在文学、艺术和民间传说中无处不在。首先，我要解释一下本书中一直使用的"妖怪"一词的含义[2]。

对人类来说，妖怪是一种无法掌控的超自然的存在。在绝大多数情况下，妖怪都令人生畏，它们有着异乎寻常的外表，比如存在某种奇怪的特征，或与某种奇怪的生物相似。妖怪同时也指某些被物化的异常现象。因其不被人类控制，所以这个词通常是贬义的。在日常生活中，人们有时也会把妖怪称作"魔鬼"或"幽灵"。伴随着妖怪文化一起出现的还有"万物有灵论"，这种理论认为所有生物和物体都具有灵魂。除此之外，还出现了一些宗教信仰，其中一些与占卜术息息相关。如果说仅仅是"妖怪"和"魔鬼"这些词的发音就让那时的日本人感到害怕，那么它们在绘卷中的形象更让人们倍感恐惧。最初，这些奢侈昂贵的绘卷几乎是专供贵族、富商、武士和僧侣欣赏的。直到江户时期，大众因思想不断进化，才不再对妖怪感到恐惧。尤其是在发行量庞大、价格低廉的彩色木版画面世之后，人们把这些超自然的存在当作消遣，让妖怪穿上了娱乐的外衣。本书将追溯到遥远的古代，探寻这些神奇生物的雏形，研究数十个世纪以来它们的演变史。

人们在古坟（日本贵族于三世纪到八世纪初期建成的原始的巨石墓）中已经看到了这些神奇生物的存在。但是，只有在绘卷中才能看到它们外形的演变。尽管这些神奇的生物有着专属于日本文化的独特性，但我们也惊奇地发现，它们和其他文明之间存在着大量的相似性。

东方与西方的共同形象

神怪以及不可思议的故事是许多西方艺术作品的主题[3]。大量表现宗教场景的作品与东方的艺术作品有诸多相似之处，尤其是描绘冥府的场景。不过，东方

前页：
《百鬼图》细节图，江户初期。详见 34-35 页。

1. 马蒂亚斯·格吕内瓦尔德，《伊森海姆祭坛画（圣安东尼的诱惑）》，1482 年或 1504 年之后。木版油画（细节图）。科尔马，恩特林登博物馆。

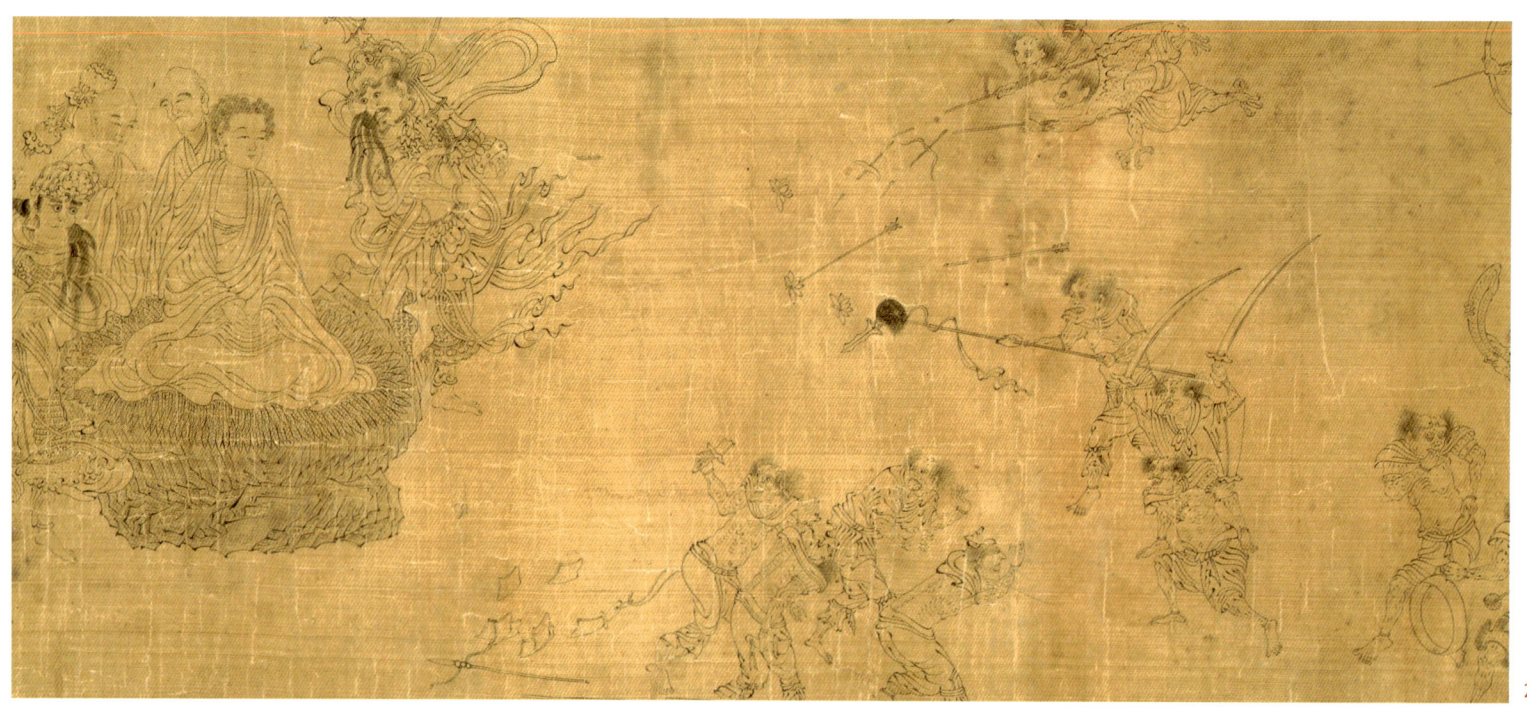

2.赵孟頫题，李公麟（作者存疑），《揭钵图》，15世纪或16世纪。
卷轴，丝绸水墨画（局部图），29.8厘米×471.5厘米。巴黎，法国吉美亚洲艺术博物馆。
Hariti 梵文音译为诃梨帝母，日本称作鬼子母神。她被认为是印度的财富之神俱比罗的妻子或母亲。在佛教故事里，她抚育多达一万个孩子。为了抚养这些孩子，经常偷人类的小孩，并将之杀死作为食物。佛祖将她一万个孩子中最小的那个藏了起来，于是她疯狂地到处寻找。佛祖对她说："你有一万个孩子，失去一个就这么悲痛，那些失去了唯一的孩子的母亲，又会如何感受呢？"因而将她感化，此后她作为子安观音，守护产妇和孩子的安康。

3.弗拉·安吉利科，《最后的审判》（"地狱"部分），1431年至1435年。
木版蛋彩画（局部图），105厘米×210厘米。佛罗伦萨，圣马可博物馆。
西方宗教艺术对东方艺术的借鉴是非常明显的，比如在这幅作品中，可以看出，左侧魔鬼的形象与李公麟绘卷中的十分相似。

4.佚名（甘肃敦煌，莫高窟），《佛陀生平》。
丝绸画，144.4厘米×113厘米。巴黎，法国吉美亚洲艺术博物馆。
这幅画描绘了死亡和幻觉之神魔罗受到了未来佛陀觉醒的威胁后向其攻击的场景。佛陀坐在菩提树前的钻石宝座上，做出了手触泥土的动作。魔罗站在佛陀的右边，它的魔鬼军队朝佛陀投掷武器。魔鬼有着可怕的人身兽面，形象与弗拉·安吉利科笔下的魔鬼十分相似。魔鬼与人类一样，长有上肢和下肢，它们正准备投掷尖锐的武器。这种可怕的鬼怪在东方和西方的宗教信仰、想象和画作中都有出现。

5

5. 耶罗尼米斯·博斯,《圣安东尼的诱惑》,1482 年
或晚于 1504 年。
三联木版油画,163.7 厘米 × 127 厘米。维也纳,
维也纳艺术学院。

左下:《圣安东尼的诱惑》细节图,耶罗尼米斯·博
斯。

中下、右下:《百鬼夜行绘卷》细节图,16 世纪末。
全图详见 30-31 页。

的艺术作品有时也借鉴其他文明,比如古希腊文明。按佛教的说法,死去的人必
须穿过一条宽阔的河流,翻过一座陡峭的山,才能到达阴间,并在那里接受审
判。在荷马和赫西俄德的作品中(分别是《伊利亚特》《奥德赛》和《神谱》),
人在死后要走过同一条路。柏拉图认为,不朽的灵魂要走到审判者面前,审判者
会为灵魂指明接受惩罚或者获得转世而要走的路。这一观点与从印度传到中国,
再传到日本的佛教十分相似。

　　各种文明和宗教对冥界的设想有着诸多共同点,鬼怪生物和表现冥府的艺术
作品也是相似的。日本的艺术作品中所展示的冥府酷刑和基督教作品中展示的惩
罚手段一样可怕。日本传说中虽然没有恶魔,但是有很多同样可怕的鬼怪来惩罚
罪犯和偷盗者。

6

不同宗教中表现冥府的艺术作品都试图让信徒服从于当世的宗教统治阶级。为了让人们遵守规则，这些绘画向人们展示了如果不服从规则，将会受到怎样的酷刑，从而让人们对冥界充满恐惧。

尤吉斯·巴尔特鲁扎蒂斯发表过若干关于东方艺术如何影响西方艺术的学术著作。他指出，西方艺术家借鉴了东方艺术作品中出现的恶魔、龙、树状魔鬼、长有多条手臂的妖等形象。其他所有关于畸形学的著作都从他的研究中获得了灵感，不过没有一本著作真正对东西方畸形学之间的影响进行过研究。

6.耶罗尼米斯·博斯，《最后的审判》，约 1501 年至 1505 年。
三联木版油画，131.5 厘米 × 225 厘米。里斯本，葡萄牙国立古代艺术博物馆。

上：《最后的审判》细节图，耶罗尼米斯·博斯。

左：《百鬼夜行绘卷》细节图，16 世纪末。全图详见 30-31 页。

7

7. 老彼得·勃鲁盖尔，《疯狂的梅格》，1561年或1562年。木版油画，115厘米 × 161厘米。安特卫普，梅耶·范登伯格博物馆。

上：《疯狂的梅格》细节图，老彼得·勃鲁盖尔。

下：《百鬼夜行绘卷》细节图，16世纪末。全图详见30-31页。

"诱惑系列"中的怪物形象（尤其是《圣安东尼的诱惑》）明显受到东方佛陀文化的影响。巴尔特鲁札蒂斯认为，成吉思汗在当时的中国和伊朗发起战争，以及他的后继者西征俄罗斯和波兰等国，直达日耳曼民族聚集区边界的行为，使得这个影响延续了下去。

欧洲人很快便开始研究这种新文化。最早的一批宗教人士、商人和旅行者来到中国，把东方的故事带回了欧洲。东西方的商业联系也日渐繁盛起来，陶瓷（欧洲人多年后才掌握制造技术）、服饰（特别要指出，专家一致认为哥特式尖顶汉宁帽的原型来自中国）和一些艺术形式深受中国和日本的影响。

日本也许是第一个在绘画中给物体赋予灵魂的国家，岛国居民万物有灵的信仰催生了用绘画把物体拟人化的做法。我们并不知道西方艺术家是否有机会看到东方描绘冥界的绘卷，但是看到一些东西方妖怪的共同之处，比如耶罗尼米斯·博斯或是老彼得·勃鲁盖尔的作品时，人们还是非常惊讶。

艺术家的想象力也存在着惊人的相似之处，比如乌尔里希·冯·胡滕的作品《完美人类》（1513）和长脖妖怪"辘轳首"。辘轳首是日本妖怪中的一种，它在神

8. 月冈芳年，《新形三十六怪撰之沉重的宝箱》，1889 年至1892 年。木版彩色画。町田市立国际版画美术馆。

9. 佚名，讽喻版画，乌尔里希·冯·胡滕的作品《完美人类》插图，1513 年。

怪或人类的世界中监视、恐吓他人。但是，在乌尔里希·冯·胡滕的作品中，这种长脖角色代表着"一个完美的人类，在他的想法跑出来之前，弯曲的脖子能够提供足够的时间来思考，下面连接的狮子头代表心脏……"[4]。

有关西方和东方畸形学相似之处的研究还在摸索阶段，这是一个值得全世界研究者共同探索的课题。

神怪与不可思议之事的起源

最早记录的口述传说

怪物、鬼魂、妖怪以及其他灵异故事，都是从口口相传开始的[5]，很久之后才被记录在《古事记》中[6]。这部作品从日本原始的混沌状态写到诸岛的诞生，内容丰富、文笔生动，与《奥德赛》相比也毫不逊色。它将我们引领到一个奇异的世界，在那里，神灵也有缺陷，他们说谎、脾气暴躁，当然也有诸多英勇的行动。此后，这部动人的作品越来越受人欣赏，被奉为神怪的史诗。其中许多故事在数个世纪里被反复解构。

最早出现在文学和诗歌中的灵异故事

大约在公元八世纪末，也就是奈良时代 (710 – 794)，日本最早的和歌集《万叶集》出现了。它收录了五世纪上半叶 (仁德朝) 至公元七五九年 (淳仁朝) 约三百五十年间的二十卷和歌。在《万叶集》的某些和歌中，"鬼魂" 的形象已初现端倪，但神怪故事真正成型是在僧人景戒创作《日本灵异记》之时。《日本灵异记》共计三卷，收录了八一〇年到八二四年间的灵异事件，目的是讲授佛教精神。这些故事对之后的创作带来了深远影响，尤其是对日本最重要的神怪故事集《今昔物语集》[7]的影响巨大。历史学家伯纳德·弗兰克在这部作品译作的序言中解释道，《今昔物语集》共三十一卷，每卷大约有四十个故事，其中三卷已经佚失，另外有两卷残缺。全书包含一千一百件奇闻异事，它们大致来自三个国家：印度、中国和日本，论述了 "佛教戒律" 和 "人间俗事"。

伯纳德·弗兰克还介绍道，作者写这些故事的时候正是日本的动荡时期，社会上的不安情绪反映在诸多宗教禁令上，同时人们也确信超自然现象会带来灾祸[8]。传染病造成大批民众死亡，人心惶惶。某些自然灾害和人为犯罪甚至被归结成鬼魂作怪，因为对地方管理者来说，这是非常方便的做法。在某些情况下，鬼魂会被看作正面力量，具有庇护和生财的能力。《今昔物语集》是那个时

10. 河锅晓斋，《日本神话：日本列岛的诞生》，1878 年。纸质水墨画，14.7 厘米 × 21.6 厘米。私人收藏品。伊邪那岐和伊邪那美创造了日本列岛，并在这里安顿下来，生下了众多神灵。

11. 河锅晓斋，《日本神话：众神的诞生》，1878 年。纸质水墨画，24.7 厘米 × 21.6 厘米。私人收藏品。这是伊邪那岐和伊邪那美以及两个孩子：智慧女神天照大神以及她身后鲁莽的兄弟，即不断犯下渎圣罪的素盏鸣尊[9]。

代人们生活和信仰的写照，而之后的绘卷是这些故事的插图版本。

　　奈良时代终结于七九四年，紧接着是持续了四百年的平安时代，新都"平安京"（后称京都）也在这时建立起来。日本接受了中国文化的影响，但很快根据自身的需求做出变革，创造出特有的生活方式。这个和歌盛行的精致时代孕育出

了很多优秀的诗人，他们的作品经过岁月的淘洗，依然灼灼生辉。比如在原业平 (825－880)，他是日本的"三十六歌仙"[10]之一，但复杂的情史比他的和歌更有名。"三十六歌仙"中还出现了女诗人小野小町。再比如《菅家文草》，作者菅原道真曾受到诬蔑而被流放，此后被奉为日本的学问之神[11]。

12. 河锅晓斋，《日本神话：放逐素盏呜尊》，1878年。纸质水墨画，24.7 厘米 × 21.6 厘米。私人收藏品。为了重新找回太阳的光和热，诸神使用计谋让天照大神现身[12]。诸神的目的达到了，繁荣与阳光回到了日本列岛。

早期的物语是精炼的短故事，语言风格近似小说。最早的一部作品《竹取物语》出现在九世纪下半叶；大约在十世纪左右，紫式部创作了《源氏物语》；十一世纪末的短篇故事集《今昔物语集》则展现了日本人的信仰和风俗。之后又涌现出大量的物语作品，其中包括创作于十三世纪的恢宏巨作——《平家物语》。

色彩缤纷的绘卷

贵族、僧侣、武士和富商都希望在文学、神话、宗教传说或神怪故事中拥有一席之地，并以图像方式呈现。绘卷恰逢其时地出现在历史长河里，满足了他们的需求。

十世纪左右，大量中国书籍和画作传入日本，被改编成绘卷作品。在这些绘卷中，画家和书法家自由倾注着自己的想象力。十二世纪，大量优秀作品被孕育出来，有一部分流传至今，在日本被誉为"国宝"。

绘卷十分娇贵，展开绘卷时需要谨慎小心，所以无法进行大规模展出。那些尺寸最小的绘卷被称为"小绘"，长二十多厘米，由大名子弟及武士阶层设计和制作而成。这些绘卷大多描绘宗教、文学和历史故事中的场景，不久之后，在艺术家的画笔下，描绘妖怪和怪物的绘卷即将徐徐展开。

13-14. 河锅晓斋，《天岩户》，年代不详。
纸质画，105 厘米 × 40 厘米（左半边），96 厘米 × 39.5 厘米（右半边）。河锅晓斋纪念美术馆。

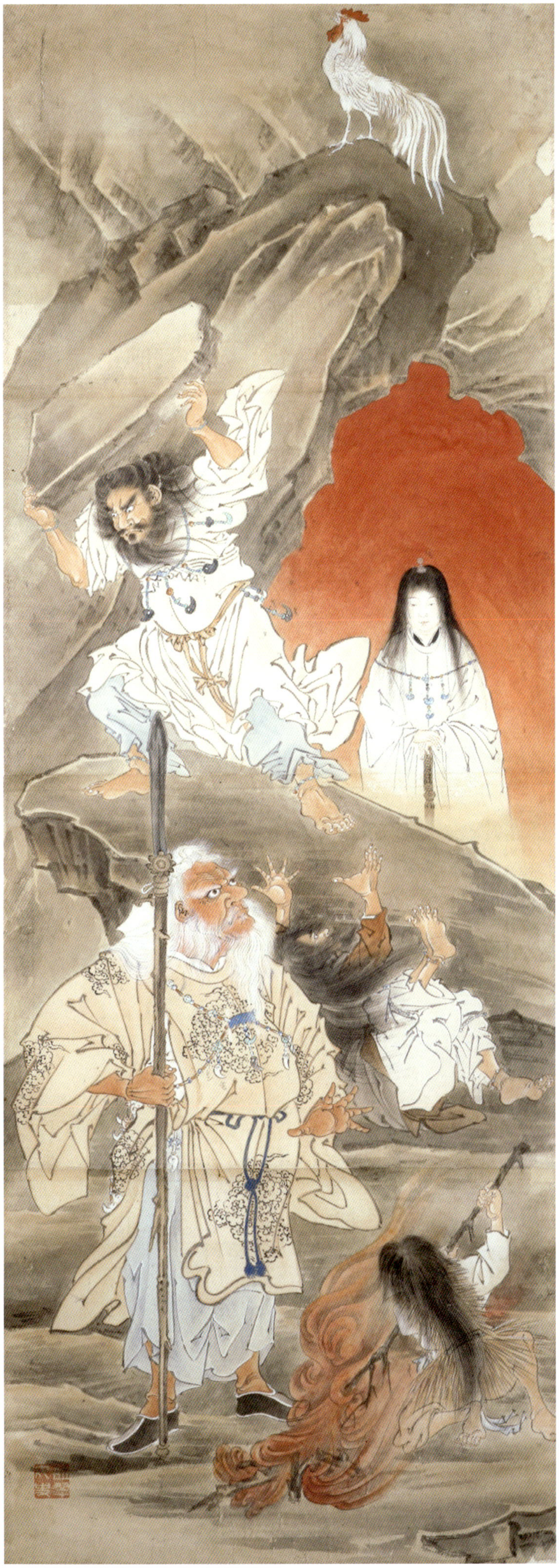

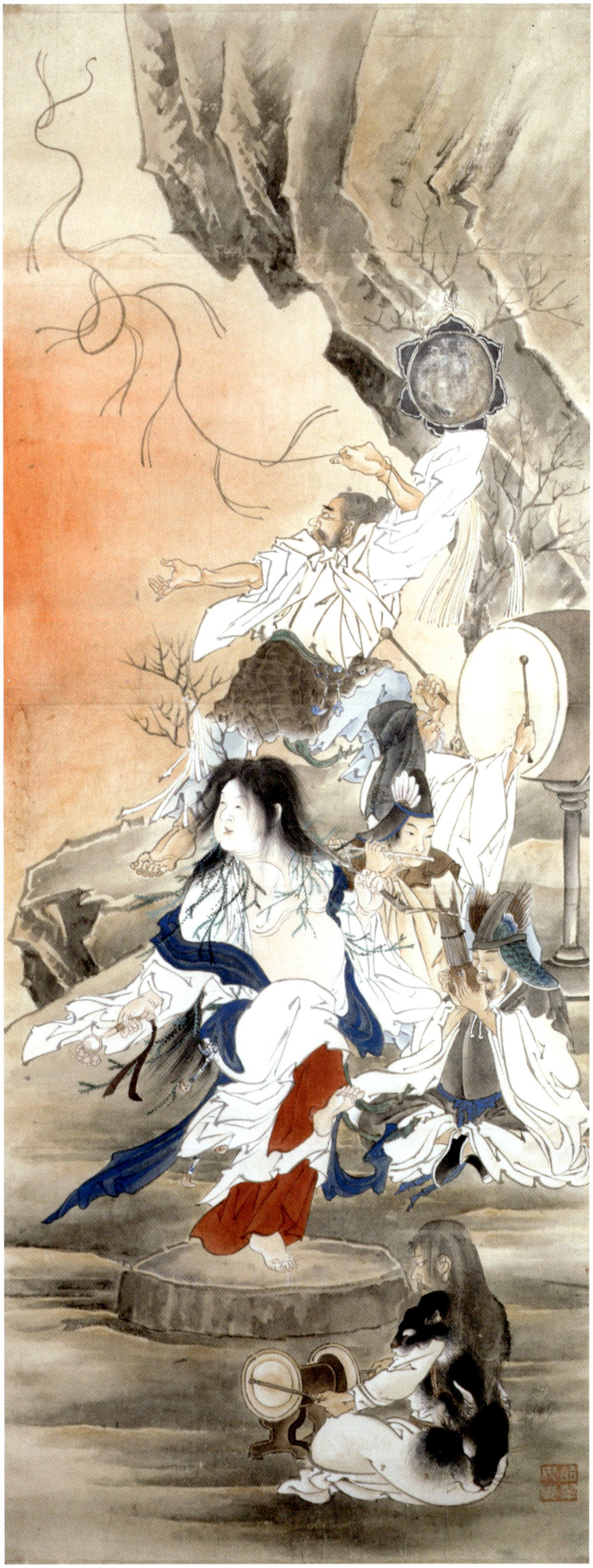

-14

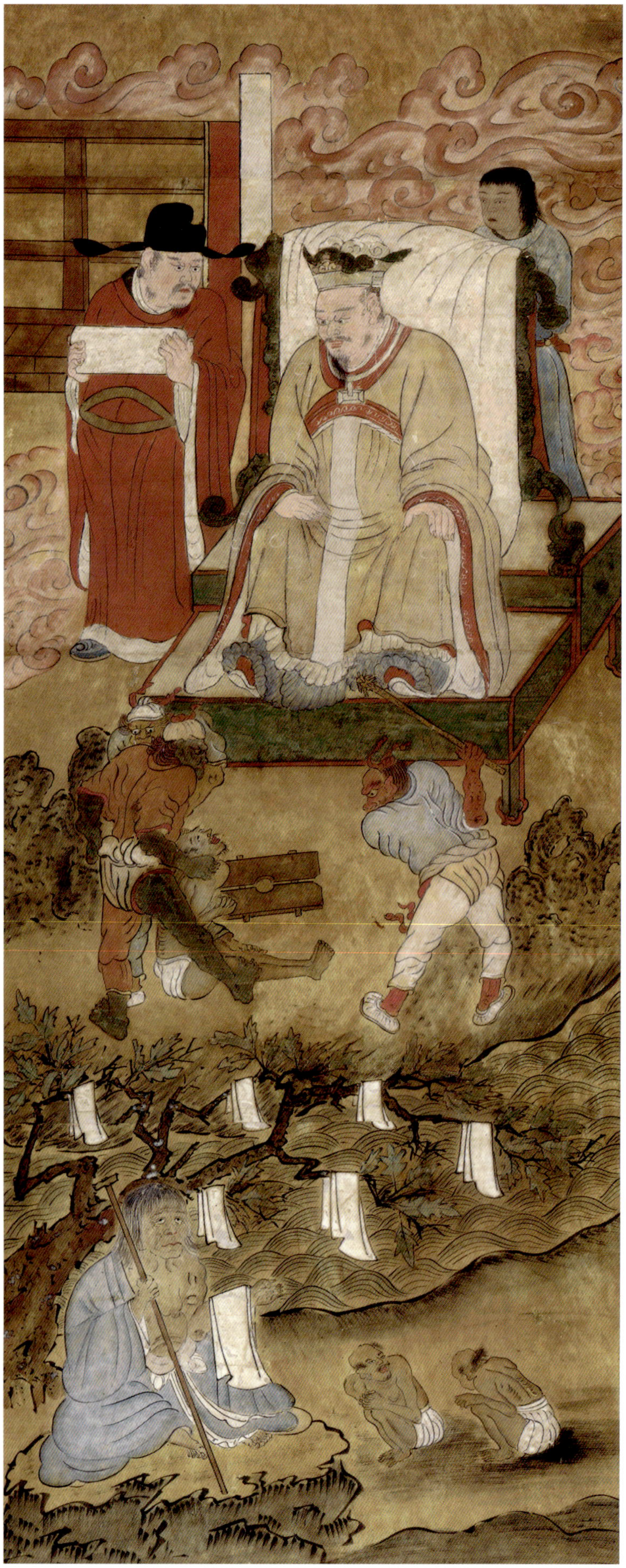

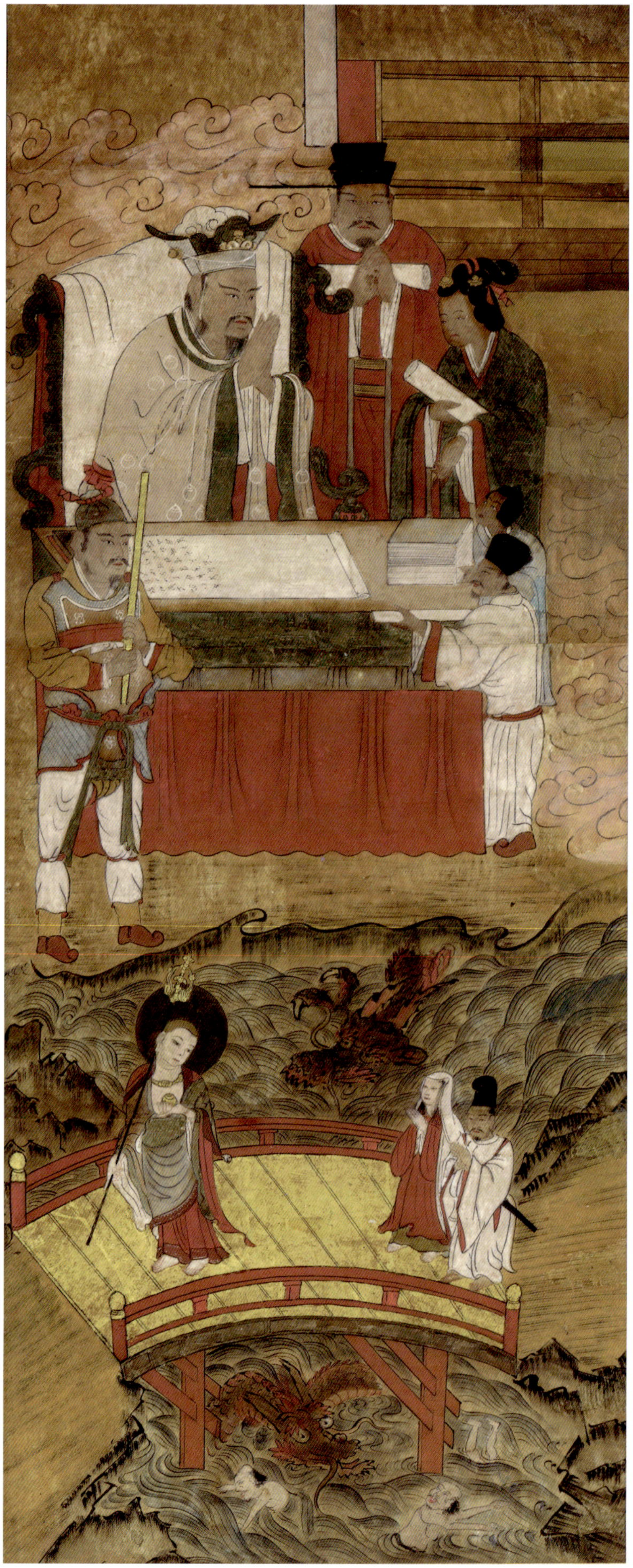

地狱绘画

直到中世纪，日本才出现了表现历史和传奇的绘卷作品。公元十二世纪，当时的首都平安京诞生了描绘传说、故事、政治、著名宗教建筑以及妖怪形象的绘卷。这一时期政局动荡、人心惶惶，这样的社会背景激发了人们对超自然现象的渴求。不久，"妖怪"主题便作为一种娱乐消遣的形式出现在文学作品中，来转移民众的注意力。从室町时代（1336 – 1573）起，最初专门描绘妖怪的绘卷出现了，这是日本神怪艺术最重要的部分之一。

描绘妖怪的绘卷渐渐受佛教影响，产生了地狱绘和六道绘[13]。公元六世纪中期，圣德太子执政期间，佛教传入日本。当时的宫廷同时信奉神道教和佛教，人们信仰神道教的神灵，也乞求佛祖的庇佑。佛教经典陀罗尼也十分常见[14]。

描绘地狱的绘卷数量巨大。直到室町时代，百姓还几乎不识字，绘卷就像教堂的彩绘玻璃一样简单明了，能让信徒轻易地明白该选择怎样的路。描绘地狱的绘卷有教化百姓和规范道德的双重作用，使信徒心生畏惧，懂得尊重和实施佛陀教导的必要性。我们可以想象信徒们在半明半暗的摇曳烛光中观看这些绘卷的情景。毫无疑问，在恐惧的支配下，他们便会严格按照教义行事，相信违反者将受到地狱神怪的惩罚。在这种背景下，画家们画出的神灵和怪物一个比一个可怕。

随着时间的流逝，从印度和中国传到日本的佛陀教诲不断变化，直到《往生要集》出现才明确下来。这部作品包括三册绘卷，由僧人源信于九八五年完成。根据僧人源信的说法，只有佛陀的教诲才能助人抵达极乐世界或涅槃。人死后必须接受十殿阎王的审判，然后走上六道中的一条[15]。他将在路上遇到许多魔鬼，这些魔鬼随时准备惩罚应该受到责罚的人。

亡者在六道的轮回

在地狱，亡者会走到一座陡峭的山前，山的名字叫作"针之山"，是痛苦的象征。亡者要耗费七天才能翻过这座山。各种妖魔鬼怪住在地狱里，听候十殿阎

前两页：
《百鬼夜行图》局部图，江户末期、明治初期。全图详见 42-43 页。

15-16. 佚名，《十王图》，江户末期。纸质画。和歌山县。
15. 第 7 天，亡者站在秦广王[16]（不动明王）面前，不动明王身旁有两个侍从。亡者必须对每一个阎王坦白自己曾经做过的坏事。
16. 第 14 天，亡者站在初江王（释迦如来）面前，释迦如来盘问其生前往事。

20

19

18

17

24

23

22

21

25

25. 河锅晓斋，《地狱极乐巡图》，明治时代。
纸质画，199.6 厘米 × 342.4 厘米。东京国立博物馆。图片来自 TNM Image Archive。

王的差遣，防止亡者逃脱十殿阎王的审判。穿过地狱后，品德高尚的灵魂将会涅槃。地藏菩萨保护着死去的孩子，直到他们到达极乐世界。在日本，孩子被认为是神圣的，在家庭中占据十分重要的地位，会得到许多关怀和爱护。人们通常认为，七岁之前的小孩更接近超自然现象或神灵。父母担心麻疹或天花等传染病会夺走孩子的生命，所以等孩子过了七岁，长大成人的机会大大增加后，才开始教育孩子。孩子的夭折永远是一个家庭最深切的痛苦，父母会乞求地藏菩萨在冥界照顾逝去的孩子。只有想象孩子在极乐世界的情景才能减轻为人父母的痛苦。因此，艺术家们收到许多描绘已故小孩穿过地狱到达极乐世界的订单。

这样的传统在各个时期广泛流传。明治时代的一八六九年，画师河锅晓斋收到一个雇主的订单。雇主名叫胜田五兵卫，是一位富有的商人，他刚刚失去十四岁的女儿阿达，要求画师画一幅画纪念自己的女儿。河锅晓斋创作了一组名为《地狱极乐巡图》的组画，共有四十幅。为了减轻父母的伤痛，河锅晓斋作画时十分小心，他不愿意放弃平时的作画风格，仅靠自己一个人便绘出了女孩阿达在另一个世界的旅途。

这组绘画作品以女孩的死亡作为开头，描绘了她为这场有去无回的旅途所做的准备，还有她是怎样跨越三途河的。传说，三途河中穿梭着小孩子的灵魂。地藏菩萨要让孩子朝着涅槃的方向前进，同时代替父母扮演慰灵者的角色（图38）。穿过这条河流，女孩阿达找到了先于自己死去的熟悉之人。她站在魔鬼和神灵中间，同孩子们一起玩耍。她穿着和神灵一样的衣服，站在深渊的边缘，观察着整个地狱世界（图39）。她的右边是地狱之王阎魔王，佛祖亲自迎接她。令人惊讶

17-24. 佚名，《十王图》，江户末期。纸质画。和歌山县。
17. 第 21 天，亡者遇到了宋帝王（文殊菩萨）。
18. 第 28 天，亡者站在第四个阎王，即五官王（普贤菩萨）面前。牛头马面看守鬼魂，防止其逃跑。
19. 第 35 天，阎魔王（地藏菩萨）让亡者站在净玻璃镜面前，镜子能照出亡者过去的罪行。
20. 第 42 天，卞城王（弥勒菩萨）思考自己应该引导亡者走上哪一"道"。
21. 第 49 天，泰山王（药师如来）为亡者指明"道"。
22. 第 100 天，平等王（观音菩萨）做出第一次审判。
23. 第 365 天，都市王（势至菩萨）做出第二次审判。
24. 第 731 天，五道转轮王（阿弥陀如来）做出最后一次审判。

33

32

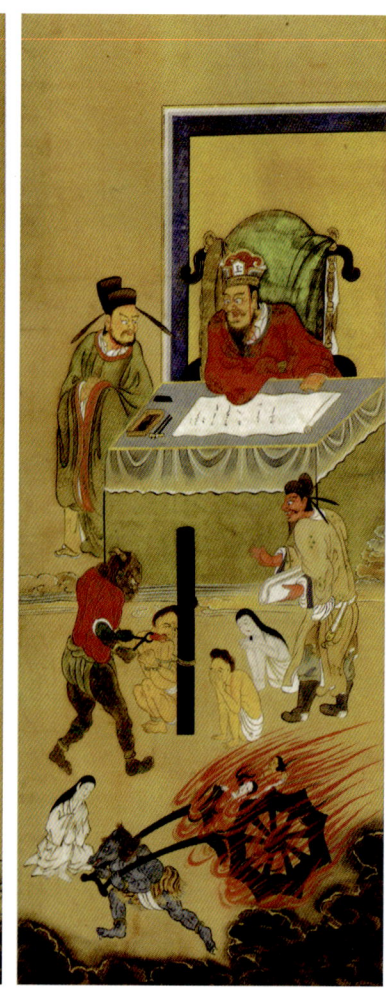

31

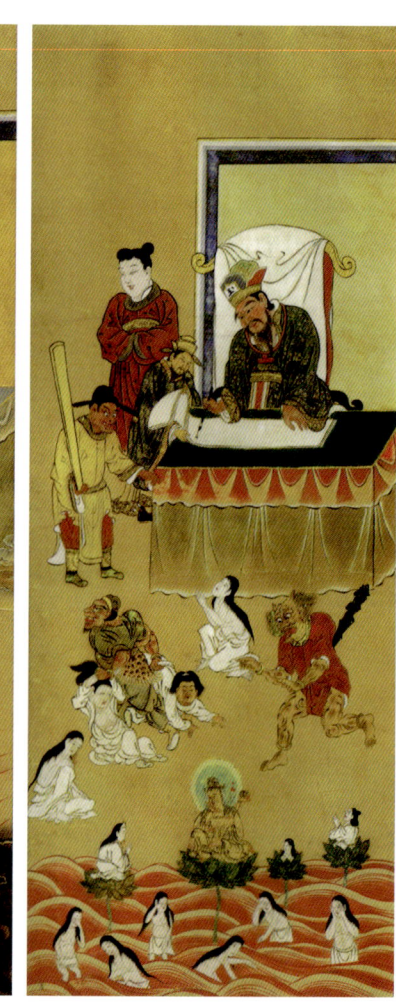

30

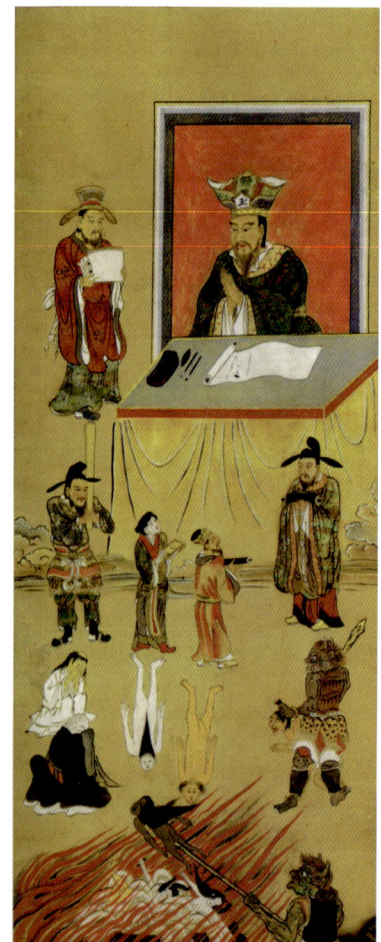

37

36

35

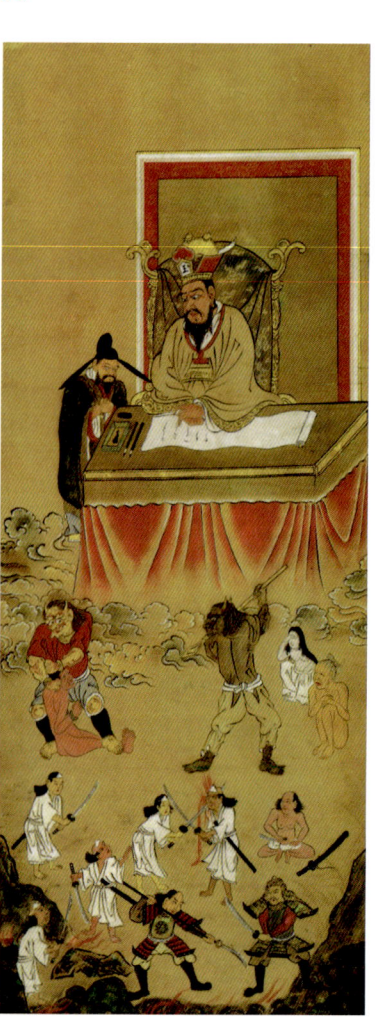

34

| 29 | 28 | 27 | 26 |

的是，画面中的佛祖握着一个大口酒杯，人们殷勤地往杯里斟满清酒。我们在这幅画（图40）里看到了河锅晓斋的幽默感：他本人就非常喜欢喝酒，不喝醉从不作画。

这组作品是日本明治时期现代化和西方化的象征。女孩阿达坐在由马头狱卒拉着、羊头狱卒推着的车上，从天而降的信使为她指引通往涅槃的道路。与人们期待的不同，女孩并不是乘着极乐世界的云彩离开，而是坐进了火车车厢，火车顶部有奇怪的装饰——一个半天使半神灵的佛教形象（图41）。在最后一幅画中，女孩到达了佛教的极乐世界。这里通常被描绘成一个完美的地方，天空整日整夜地飘落着曼陀罗花。此外的居民从金色的土壤中采摘这些曼陀罗花，并把它们奉献给神灵。白鹤、孔雀和迦陵频伽（一种有着女人面孔、声音优美的神鸟）在树林间散步，树的叶子是由青金石、金、银或水晶做成的。

26-37. 佚名，《十王图》，江户时代。

纸质画，102 厘米 × 43.5 厘米。和歌山县。

26. 第 7 天，亡者站在秦广王（不动明王）面前，不动明王身旁有两个侍从。亡者要对每一个阎王坦白自己做过的坏事。

27. 幼年夭折的孩子围绕在保护他们的地藏菩萨周围。

28. 随后，亡者穿过三途河。三途河把他与人世间分隔开来。亡者必须丢弃自己所有的衣服，可怕的夺衣婆会把衣服挂在圣树的树枝上，衣服的重量就是亡者生前犯下罪行的重量。

29. 第 14 天，亡者站在初江王（释迦如来）面前，释迦如来盘问其生前往事。

30. 第 21 天，亡者遇到了宋帝王（文殊菩萨）。

31. 第 28 天，亡者站在第四个阎王，即五官王（普贤菩萨）面前。牛头马面看守鬼魂，防止其逃跑。

32. 第 35 天，阎魔王（地藏菩萨）让亡者站在净玻璃镜面前，镜子能照出亡者过去的罪行。

33. 第 42 天，卞城王（弥勒菩萨）思考自己应该引导亡者走上哪一"道"。

34. 第 49 天，泰山王（药师如来）为亡者指明"道"。

35. 第 100 天，平等王（观音菩萨）做出第一次审判。

36. 第 365 天，都市王（势至菩萨）做出第二次审判。

37. 第 731 天，五道转轮王（阿弥陀如来）做出最后一次审判。

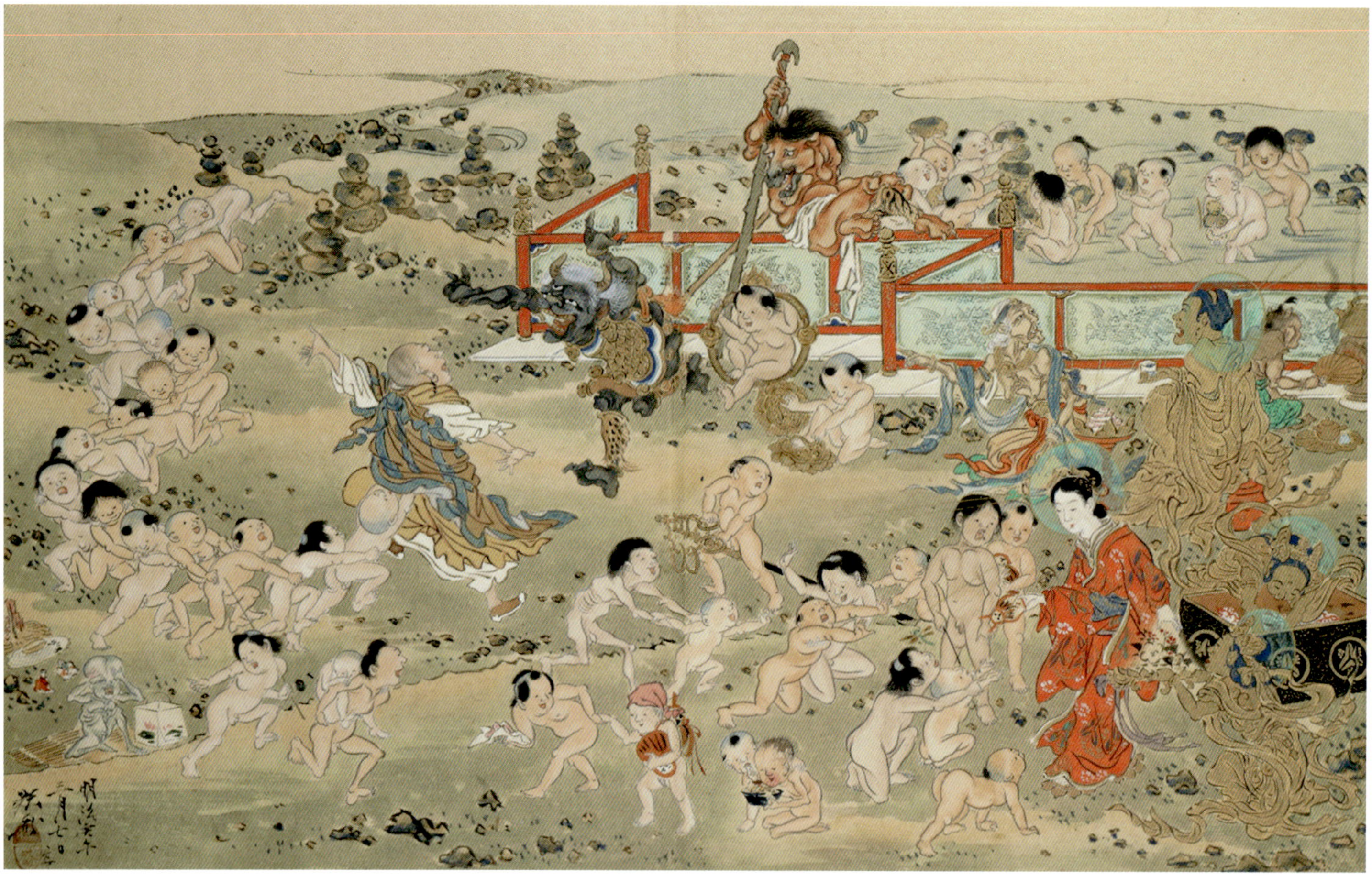

39

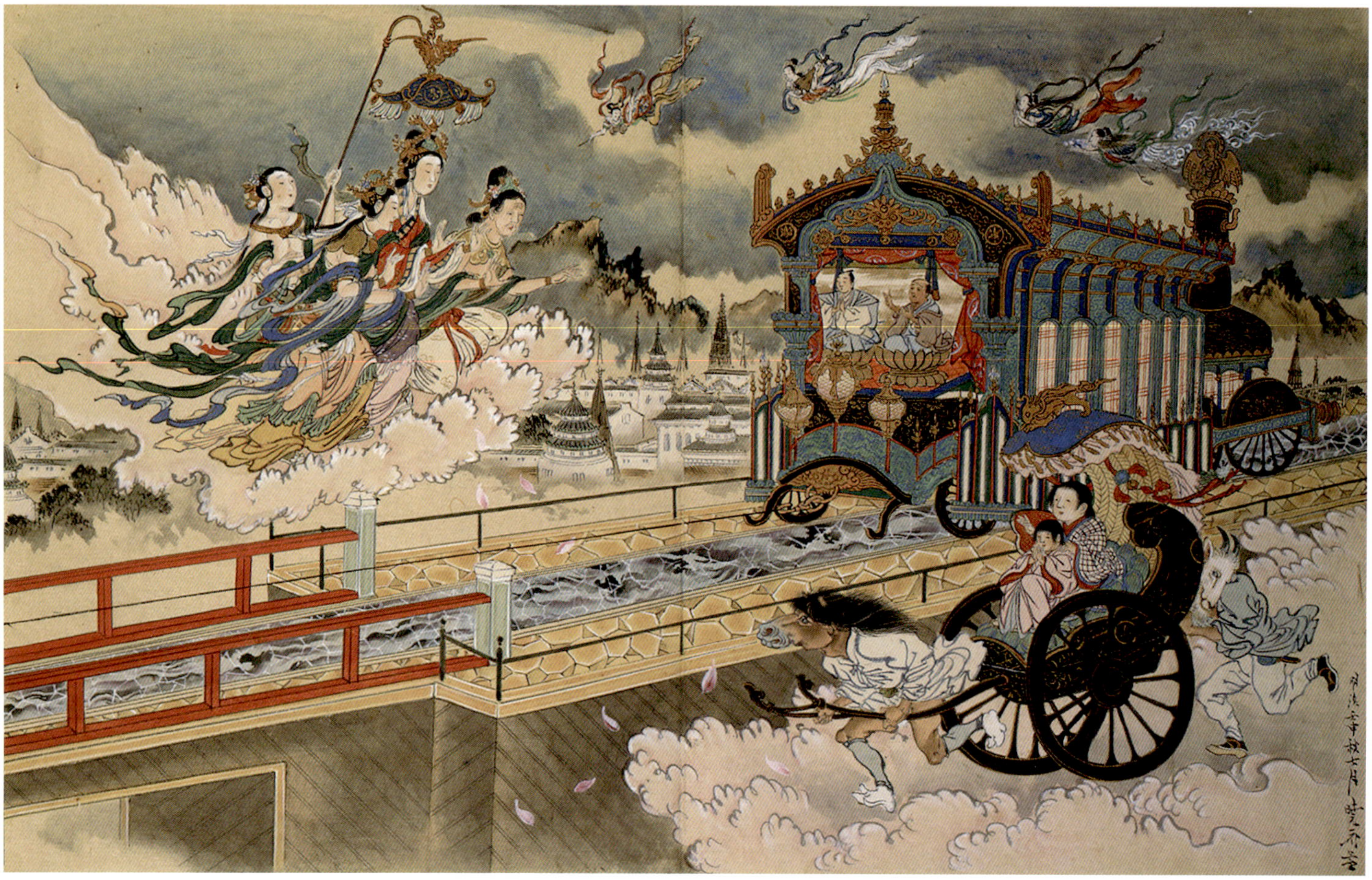

41

38-41. 河锅晓斋，《地狱极乐巡图》，1869 年至 1872 年。装订画册，纸质水墨画，24.8 厘米 × 40.1 厘米。东京，静嘉堂文库美术馆。

38

40

百鬼夜行

《稻生物怪录》局部图，江户末期。全图详见 70-71 页。

　　屋内这种"可视的暗色"犹如氤氲的雾气，容易引发幻觉，有时比起室外的黑暗更可怕。这种黑暗意味着鬼魅跳跃，群魔乱舞。

——谷崎润一郎《阴翳礼赞》[17]

　　日本的贵族阶级喜欢小范围地聚在一起，欣赏绘卷中的名诗，或品读带有精美插图的故事。描述历史伟绩的绘卷往往很受欢迎，宗教人士也喜欢请画师描绘著名寺庙的建造过程。没过多久，人们便开始把欣赏绘卷当作一项娱乐活动。也正是在这个时候，即十六世纪左右（室町末期），出现了完全描绘妖怪的绘卷[18]。

　　日本艺术家擅长描绘关于妖怪的故事，他们深知如何利用想象力创作新种类，在画作中与光影相对，令神魔共舞。他们的创造力在"百鬼夜行"中展现得淋漓尽致，不过人们并不知道百鬼夜行出自何人之手[19]。妖怪的数量也不仅仅是一百个，"百"在这里的意思是许多[20]。封建时代末期，京都的街道上经常有人装扮成妖怪翩翩起舞，画家大概是从这儿得到了灵感[21]，但没有任何书面记录能证明这一点。

　　毫无疑问，百鬼夜行的创作与日本人的信仰、迷信，以及人们对现实生活的不安和恐惧息息相关。传染病、死亡、失踪、犯罪、灾害，还有无法解释的其他现象，人们把这些归罪于妖怪和魔鬼，这种解释为当局所接纳。日本人一旦认为这些奇异的、不吉利的、惹是生非的妖怪入侵人类世界，便会采取措施进行自我保护。他们把护身符放在房子里，如果是妖怪作祟带来了疾病，人们便会请求宗教人士或阴阳师来驱散。

　　人们相信，妖怪会在一年中的某个时刻或某几天集中出现，但并不知道妖怪会出现在哪个地方。东南西北这四个方位在人们的信仰和日常生活中有着非常重要的现实意义。殿堂都建在指定的地点，朝向也是固定的。因此，妖怪专家小松和彦以及大多数研究员都提出了这样的疑问：《百鬼夜行图》中百鬼的队伍是从

前页：

皇宫的左侧还是右侧走出来的呢?当时人们非常憎恶朝东北方向的门(也叫作"鬼门")。因此,京都住宅的东北角都是奇形怪状的。人们把房屋的东北角垂直或斜斜地切掉一块,放入盐避邪。皇宫的东北角也被切除了一部分,但不放盐,而是放置了一个木制的猴子雕像。在日语中,"さる"一词既有"猴子"之意,又指"离开",有驱除恶灵的意思[22]。

室町时代有一个传说,放置不理超过一百年的器具,其灵魂会化为妖怪(付丧神)。于是,人们会在一百年来临之前把器具扔掉。据说,"付丧神"会回来找人类报仇。这些器具完全没了本来的面目,长出了上肢和下肢,变成半器具半魔鬼的样子,选择特定的夜晚在大街上闲逛,专门恐吓遇到的人类。当太阳从地平线上升起时,妖怪便会折回。在这个传说的结尾,妖怪后悔对人类作恶,并皈依了佛门。

最早描绘这个主题的绘卷被保存在京都真珠庵中,它也是室町时代唯一已知的绘卷[23]。画中的奇思妙想、幽默感和独创性吸引着许多人,尤其是江户时代和后世的画家,他们受此启发描摹出了大量还原度极高的复制品。

江户时期:新都城的诞生和发展

一六○○年,德川家康以关原合战开创了江户幕府的天下。三年后,他被皇室封为最高首领征夷大将军,奠定了整个国家和平稳定的局面。在接下来的二百五十年里,日本经济出现了前所未有的高速发展。德川家康决定在江户创办幕府。江户原本是一个小渔村,成为新首都之后,便以新建的江户城为中心,开始飞速发展起来。新的江户城建立在一四五七年由大名太田道灌修筑的江户城的基础之上。它很快便可以与京都相媲美,甚至超越皇室首都京都和重要商业中心大阪,成为当时日本最重要的城市。这里为艺术家和商人提供了大量的工作机会,人口开始涌入。江户的发展也得益于德川幕府建立的"参勤交代"制度。此项制度要求各藩大名每年带着自己的妻儿和仆人去江户辅佐将军一段时间,然后

返回自己的领土执政。前往江户的路程是按照规章制定的，并且需要大型护送队伍陪同，对于某些住在偏远地区的大名来说，这趟旅程不仅花销庞大，还要耗费几个星期甚至几个月的时间。

这一切都要按照等级制度行事。根据权力的大小，社会被分为四个阶层：士、农、工、商（武士、农民、工匠和商人）。宗教人士、医生和一些社会边缘人群不属于这些阶层。然而，这种等级制度远远不能反映当时社会的真实情况。事实上，武士拥有巨大的权力，但收入却大不如前，反倒是以商人和工匠为代表的庶民越来越富裕。

手工业者和艺术家竭尽所能，制造出华美的和服、卓绝的画作，以及用珍珠、象牙、清漆、青铜或陶瓷制成的器物，以满足游手好闲的武士阶层的需求。武士们虽然过着奢侈的生活，却依靠向商人借钱为生，个个负债累累。商人阶层和艺术家阶层的生活蒸蒸日上，反而促进了新文化的崛起和发展，满足了武士在艺术、文学和戏剧方面的追求。

虽然实行闭关锁国政策，但从十七世纪初期开始，日本并未中断与中国、荷兰的商贸往来。大量流入的书籍和艺术品激发了艺术家的好奇心，他们迫切地想研究中国和西方的绘画、雕刻、版画等艺术。经过对外来作品的模仿，日本艺术家使用了与之相似的新型绘画技术和透视画法，由此诞生了大量的新作品。不仅富有的商人能买到著名画家创作的绘卷、字画卷轴和屏风，从一七六五年起，平民百姓也可以买到低价的彩色木版画。这是一个巨大的飞跃，这种情况持续到了十九世纪中期，直到摄影逐渐取代木版画的地位。

江户时期的妖怪

新首都的建筑物都是木质结构，人们很担心发生火灾。白天，江户的大街上十分热闹。每当夜幕降临，除了著名的花柳街吉原等几条街道之外，其他地方都是漆黑一片。妖怪不再那么让人们害怕了，它们身上的娱乐色彩越来越浓厚。也

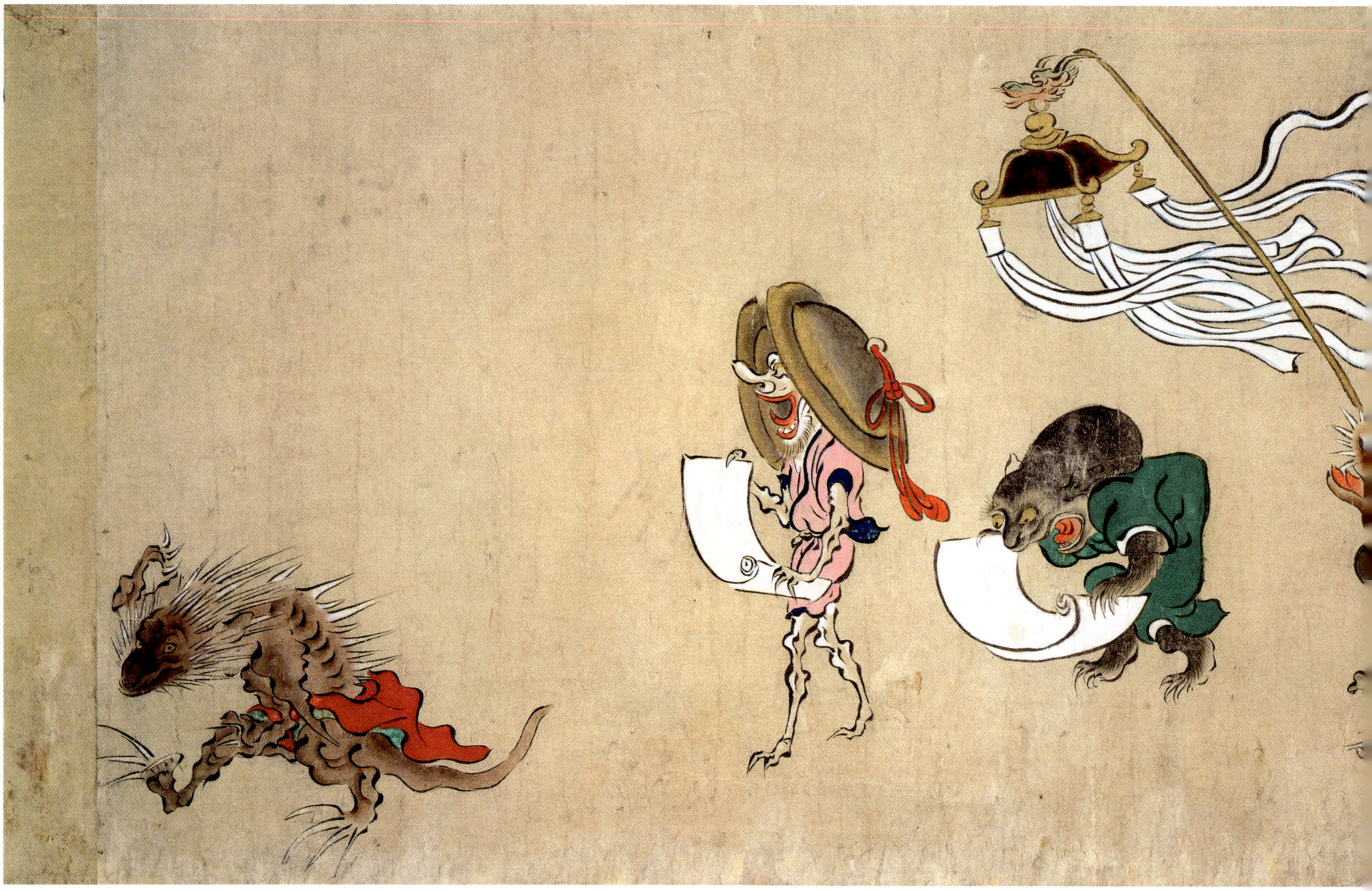

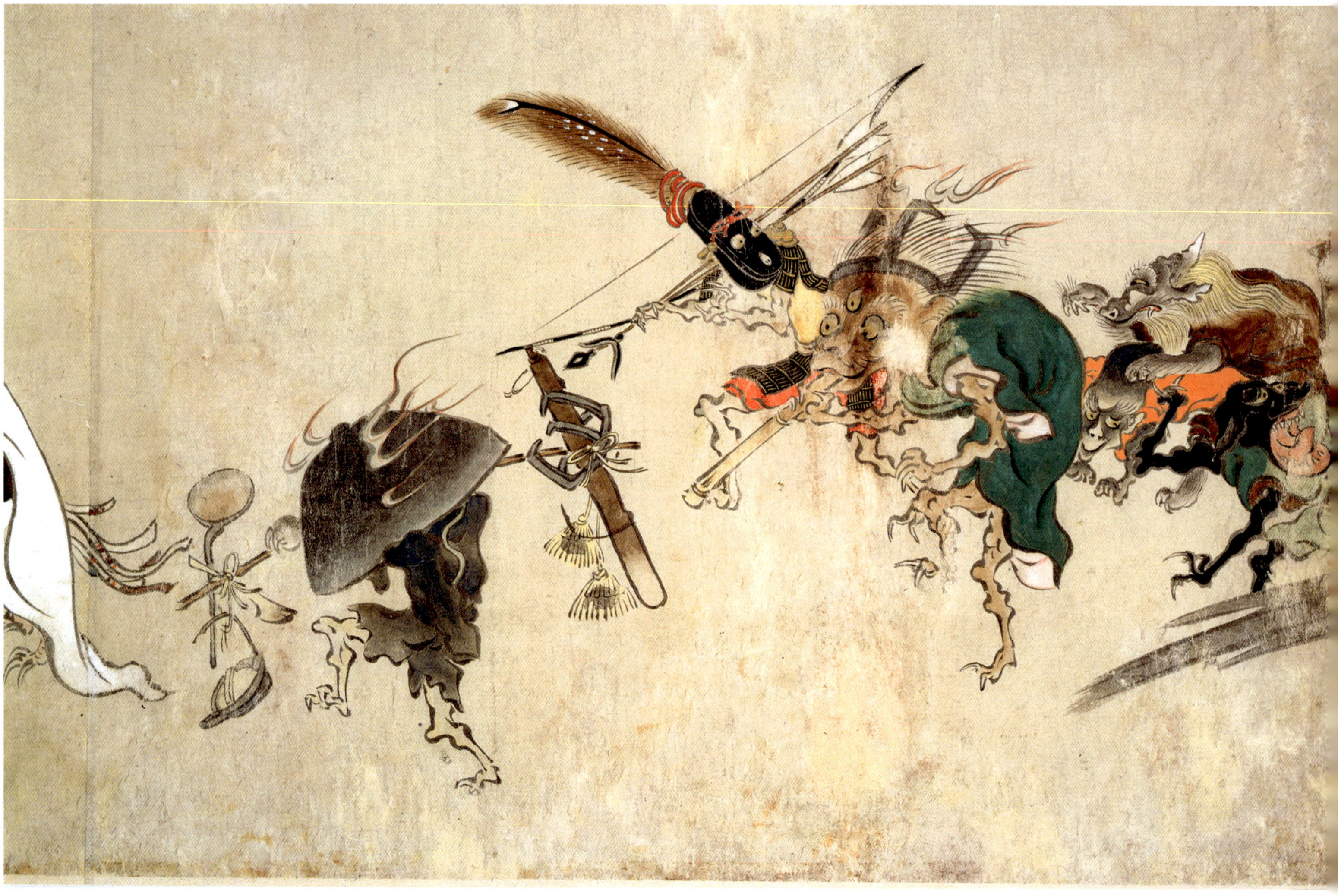

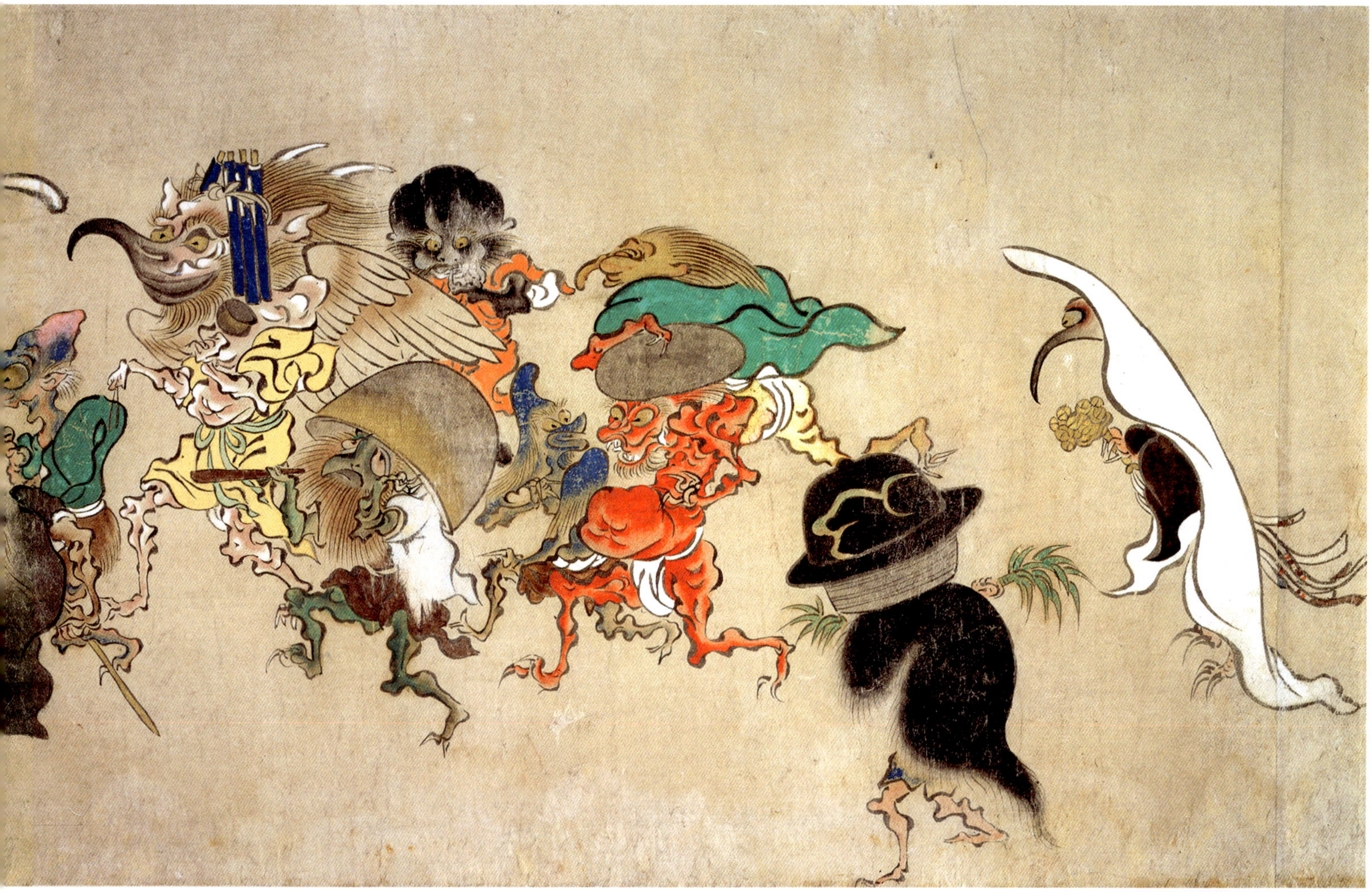
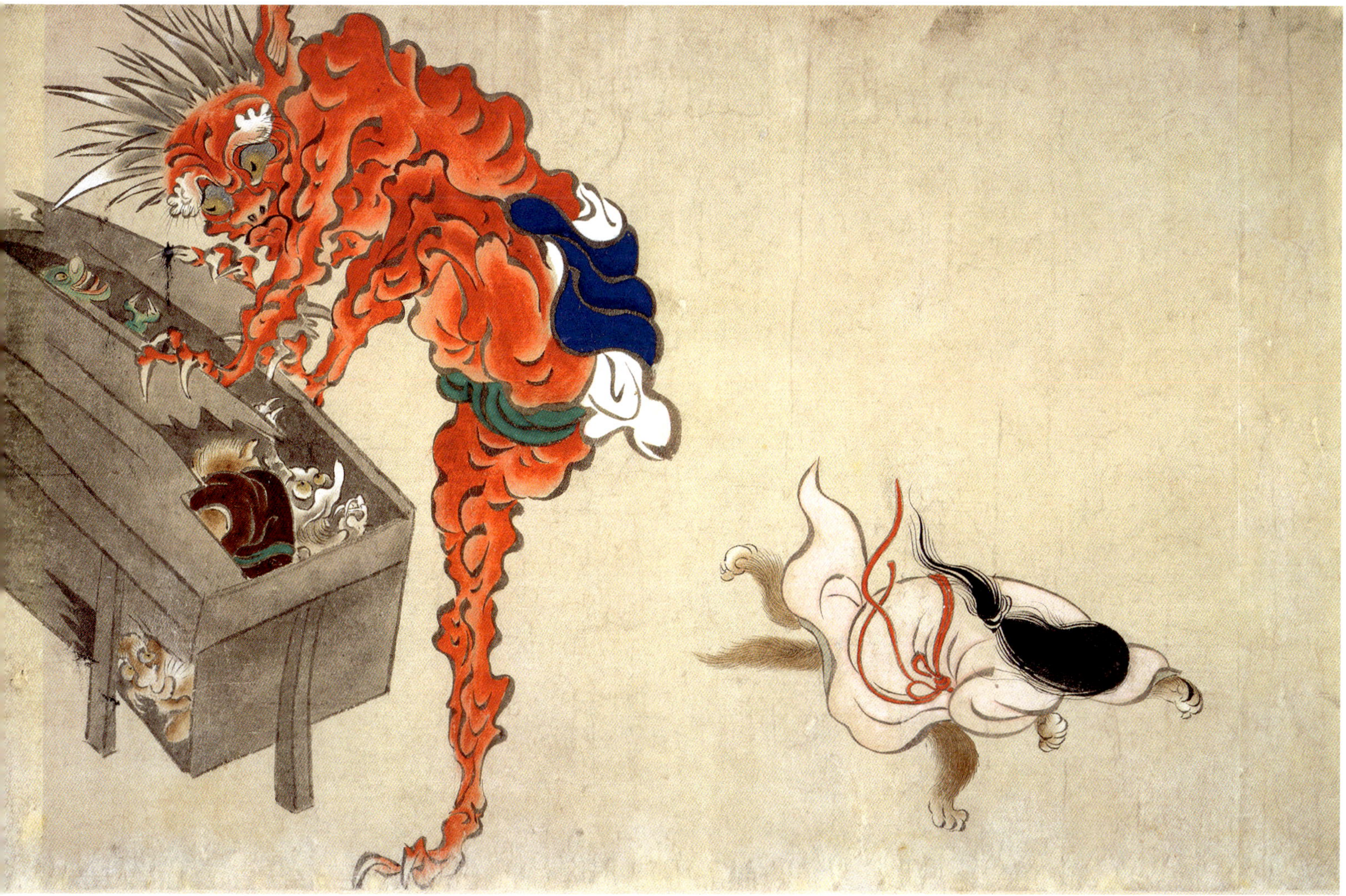

43

正是在江户时期，妖怪的艺术形象被确定下来。

在整个江户时期，藏于真珠庵的《百鬼夜行绘卷》被多次临摹，并且出现了大量不同的版本。让人惊讶的是，在所有画作中，妖怪虽然都是在黑夜中漫步，但画面的背景却是浅色的。

土佐吉光创作的《百鬼图》，在几年前被小松和彦发现[24]。我们在他的画中看到物体变成了怪物和妖精。画家把妖怪按对分组：一只蜗牛牵着一只青蛙，青蛙蹲在长得像龙的老乌龟的背上；旁边，蛤蜊和一只形似蛾螺的怪物手拉着手。这些动物尽管被拟人化，但又保留了自身的特征。远处，一些狐狸变成了红色的魔鬼，或是变成了小木桶和盛水的容器（角盥）。一头猪拉着一个长有人脸的木桶，一个长有茶壶形脸的怪物则赶着猪前进。两只骷髅猫扛着白色的剪纸，这是供神道教的驱邪仪式使用的。它们左边有一对正在玩耍的石墓和木墓。接下来是两只伪装成僧侣的妖怪。在队列的末端，一只猴子、一只兔子和一个怪物被黑云追着逃命，它们快要被龙卷风吞噬了。画卷最末端的黑云中出现了魔鬼的身影。

另一幅同样主题的《百鬼夜行图》(佚名)的想象力也十分惊人，画中涉及了动物、贝壳类生物和妖怪。这幅作品诞生于江户末期，很可能仿照了室町时代的

43-44. 土佐吉光，《百鬼图》，江户初期。纸质绘卷（局部图），32.6厘米 × 719.4厘米。京都，国际日本文化研究中心。

44

某一幅画。妖怪聚集在寺庙里，并在附近闲逛，它们笑眯眯的，像是自娱自乐，但一到天亮就必须消失。这幅绘卷中的妖怪分为很多种类：有两只身着和服的美艳牡蛎妖和一只蛾螺妖，有想要从樵夫那里逃脱的树妖，有传统乐器变成的琵琶精和古筝精，还有三脚架妖和烛台妖。人们还在十二世纪的著名绘卷《鸟兽人物戏画》中发现了青蛙妖。这部绘卷色彩缤纷，再次证明妖怪也可以供人娱乐消遣。

江户末期，也有一幅匿名的《百鬼夜行绘卷》，采用了不同的绘画风格。绘卷中的妖怪队伍里有一些著名妖怪，比如正在吃豆腐的独眼妖怪"豆腐小僧"和脖子极长的妖怪"见越入道"。

《妖怪绘卷》中出现了四十七个妖怪，它们的名字被记录在画卷的右上方。这些妖怪并没有排成一行，而是像百科全书一样错落排列着。这种排序方式在当时很流行，人们一眼就能看到人鱼，以及它身旁的断发妖。

画家河锅晓斋在《百鬼画谈》一书中所写的妖怪的绘画方式，使以"百鬼夜行"为主题的绘卷充满了活力。

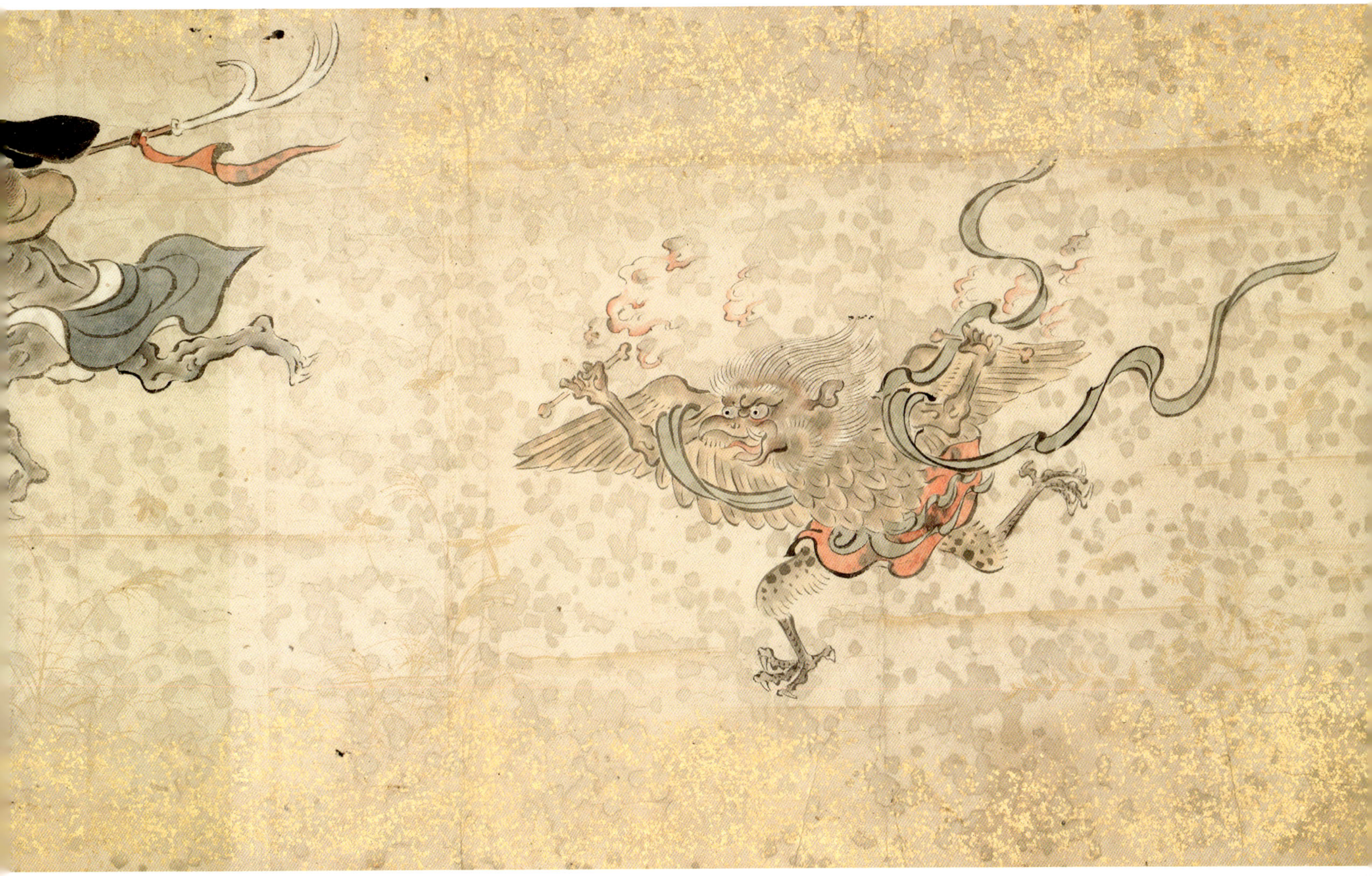
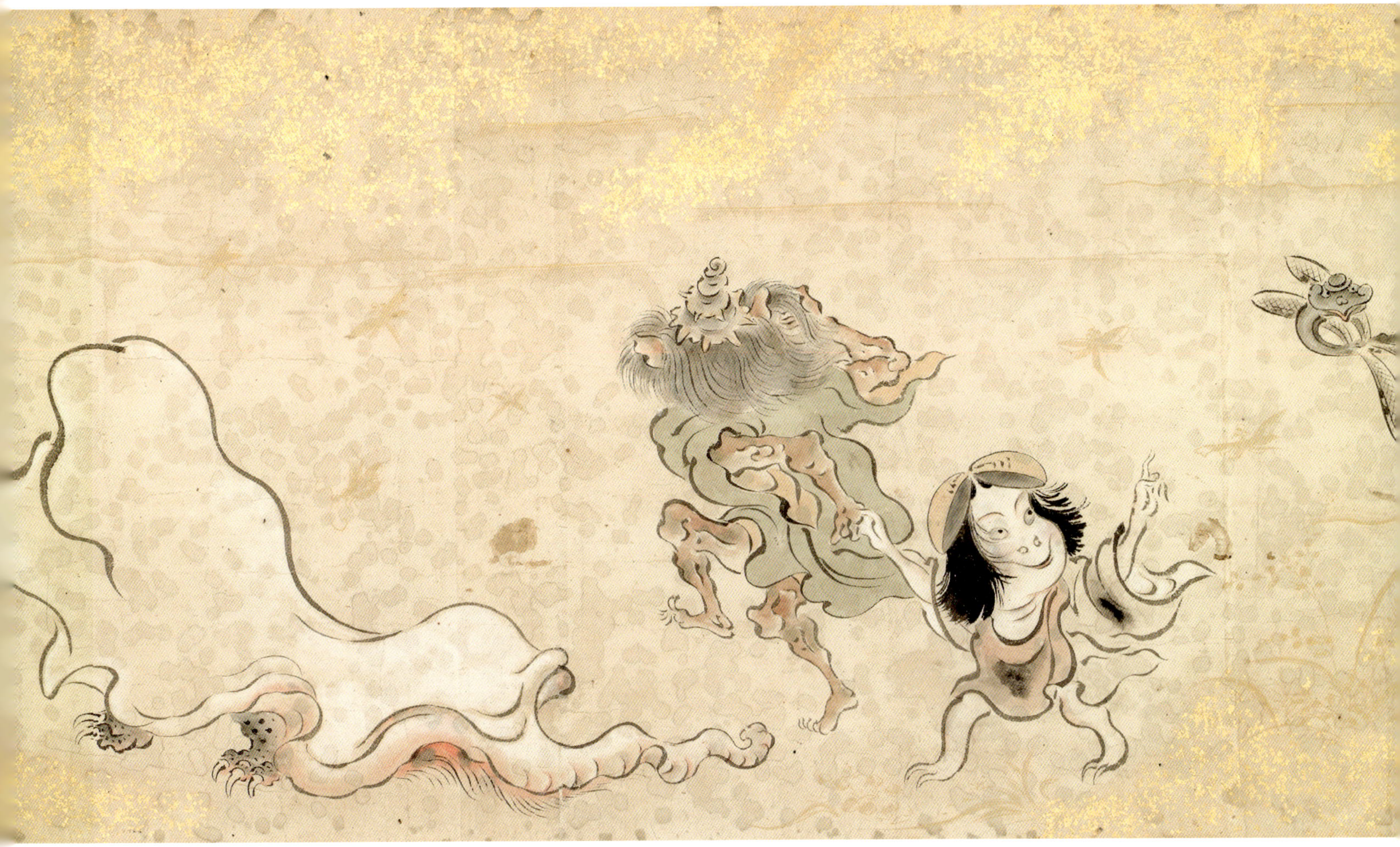

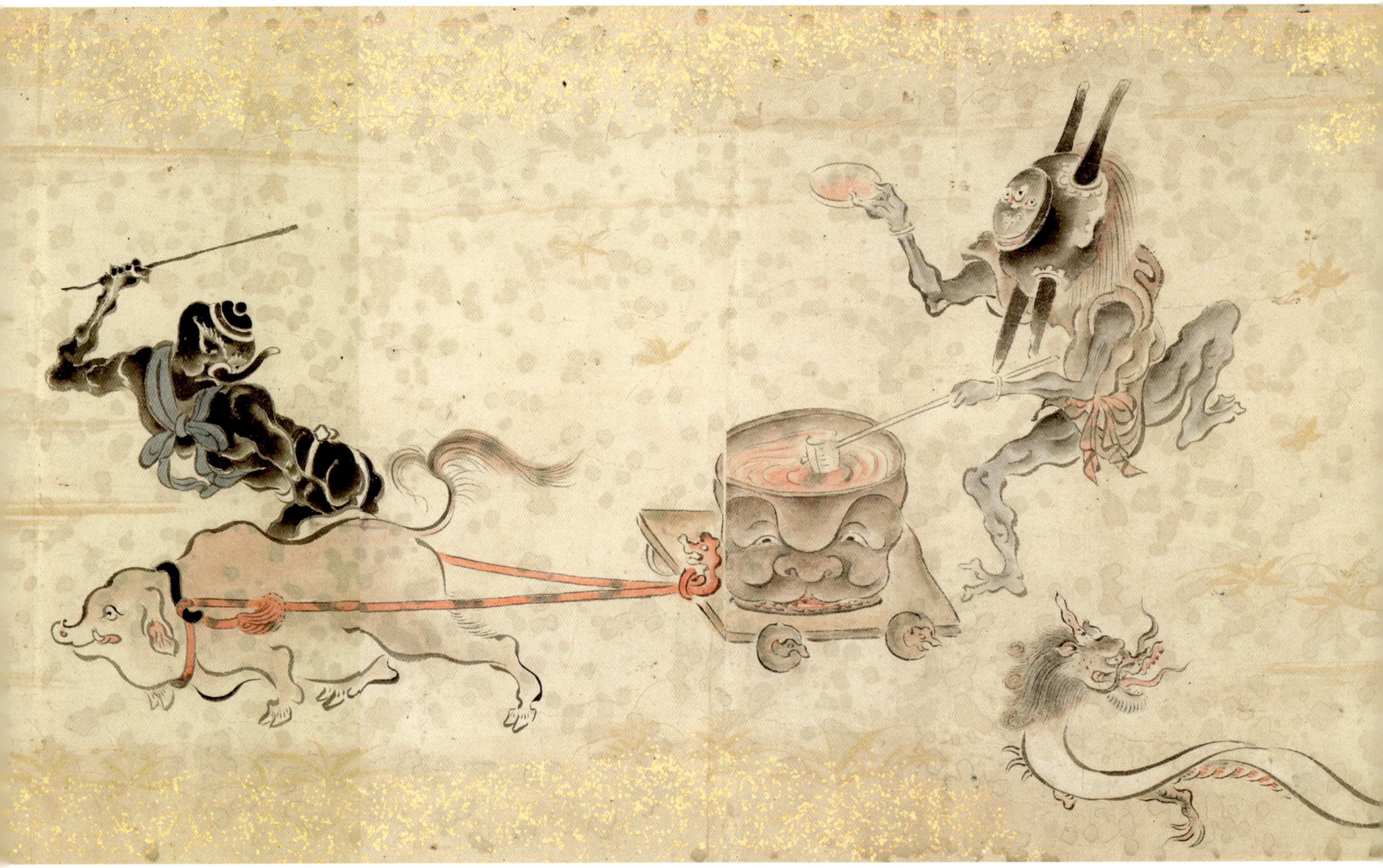

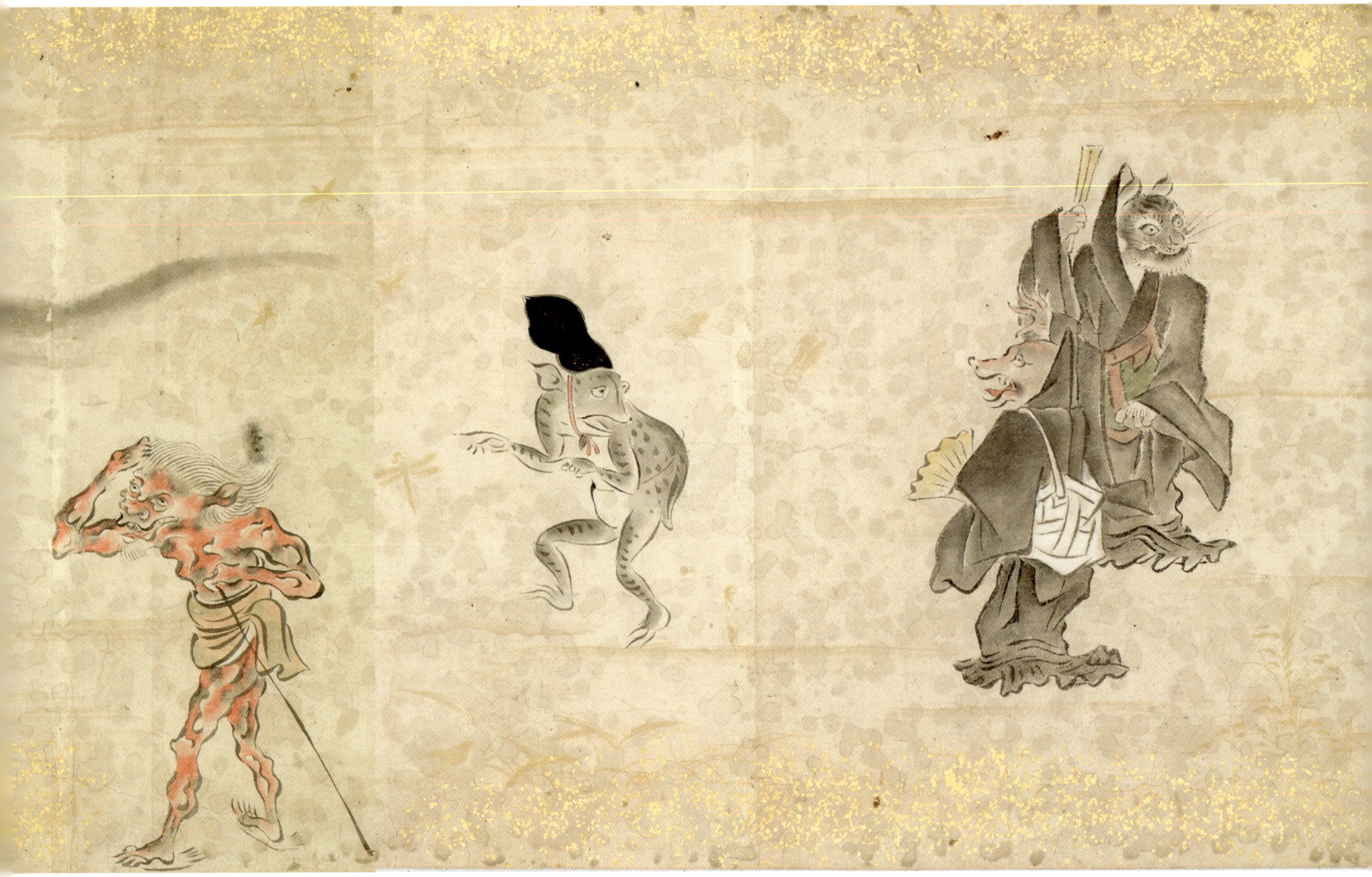

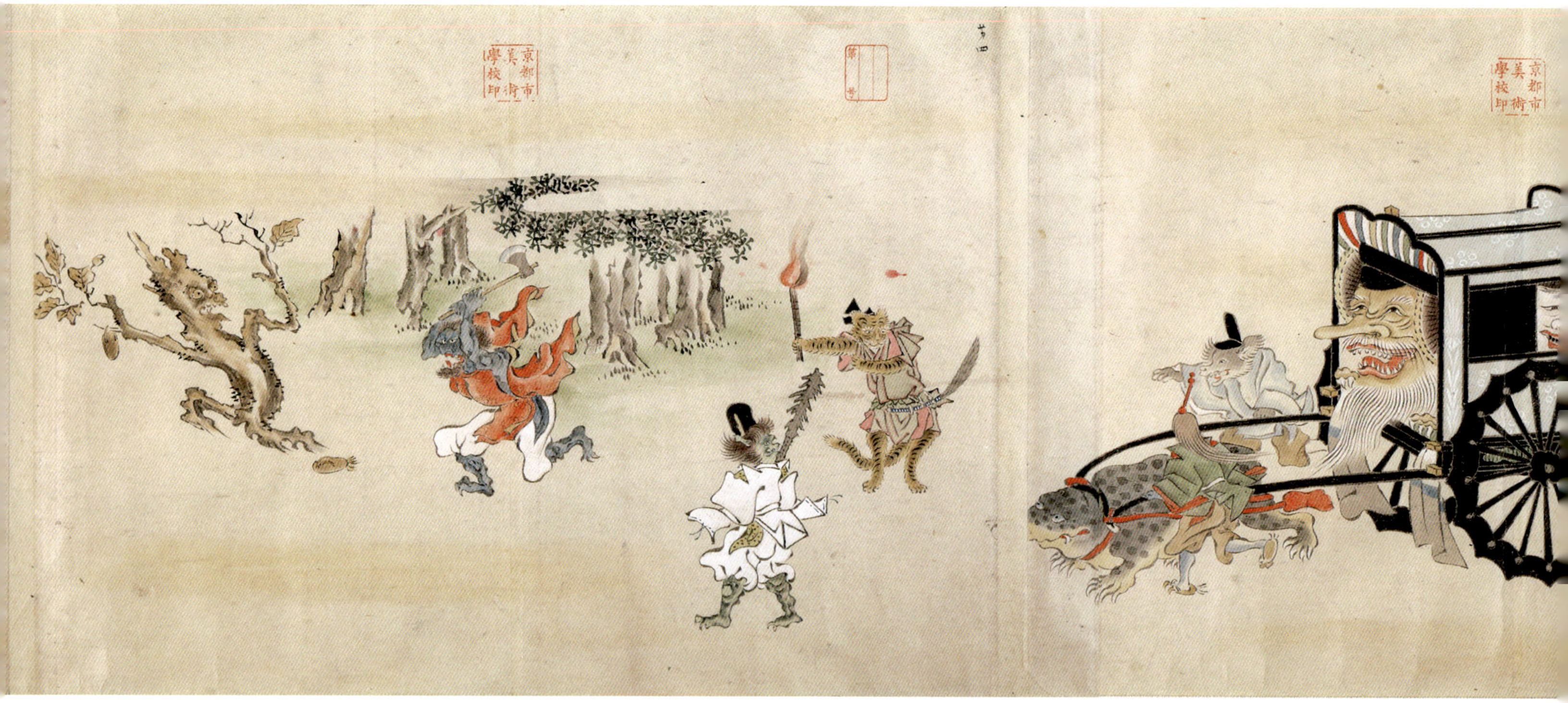

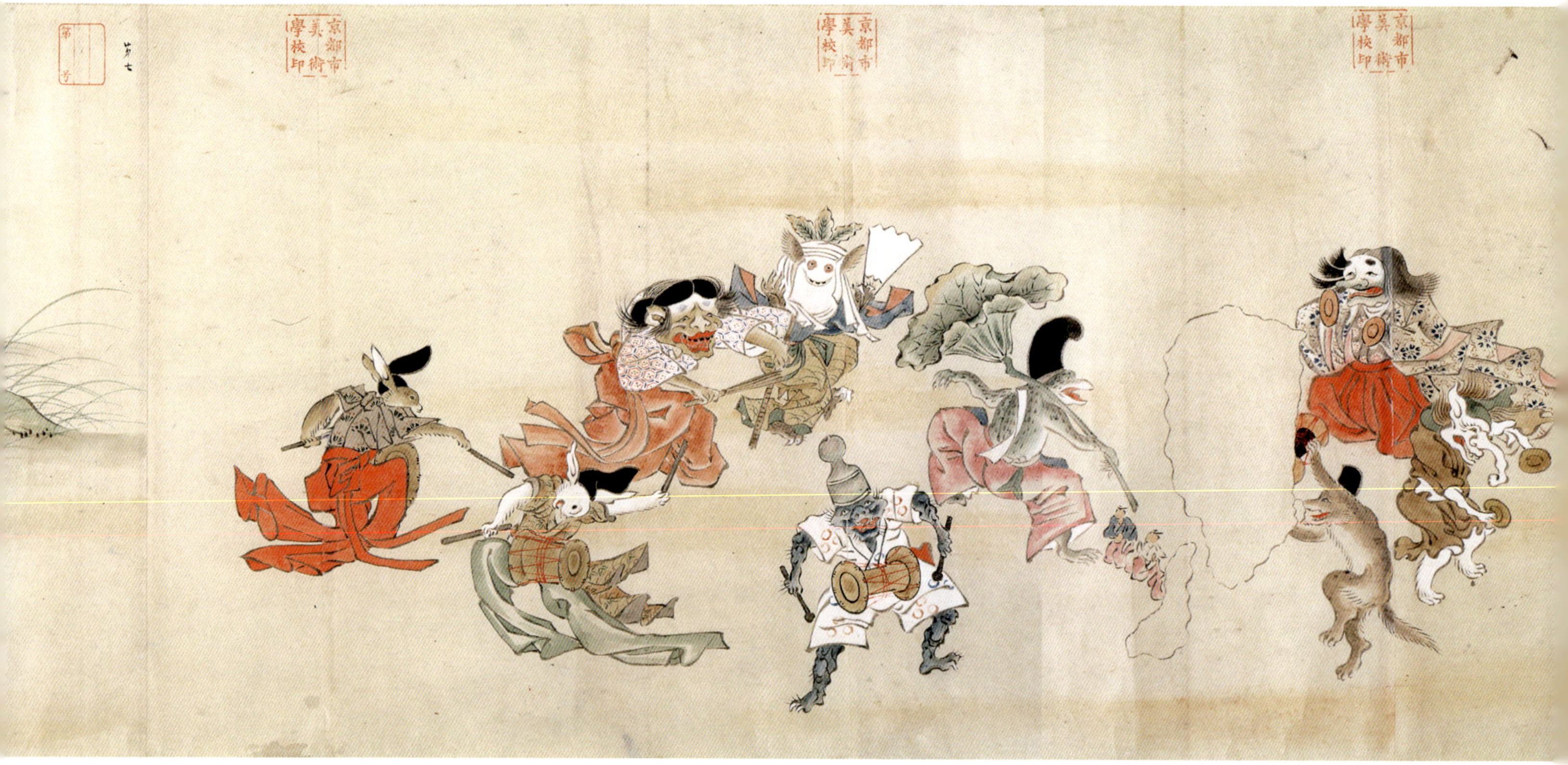

45. 佚名，《百鬼夜行图》，江户末期。
纸质绘卷，37.8 厘米 × 522.8 厘米。
京都，京都市立艺术大学。

46

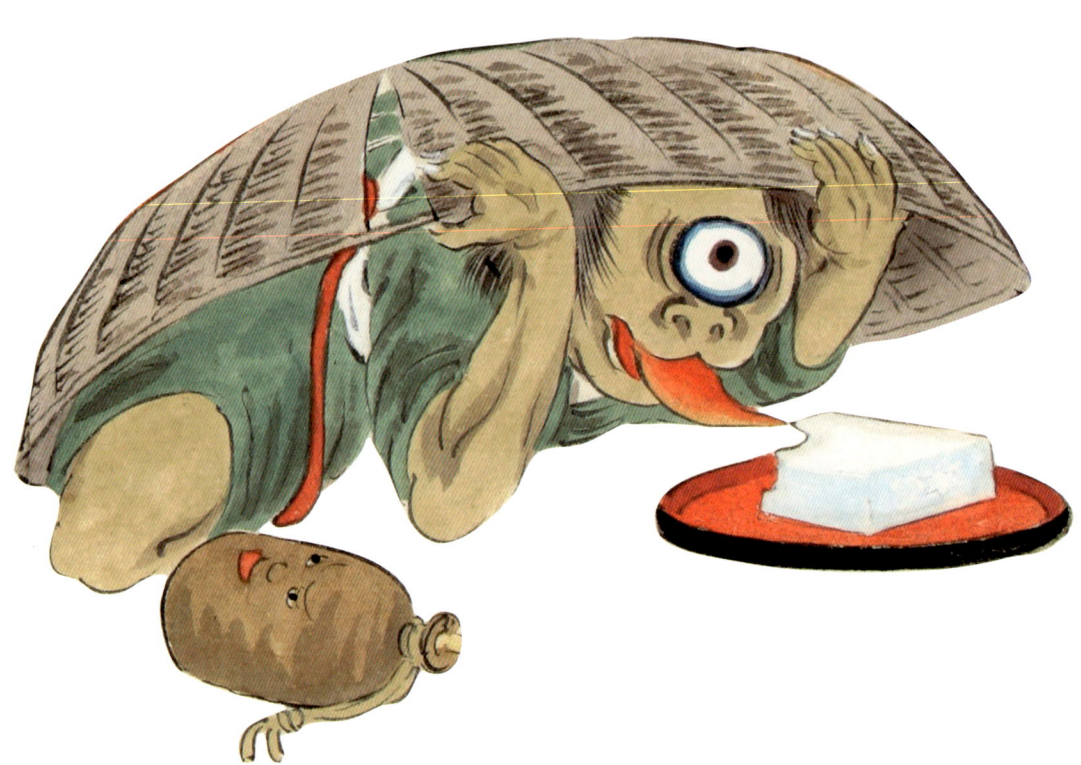

46. 佚名，《百鬼夜行绘卷》，江户末期、明治初期。
纸质绘卷，36.5 厘米 × 817.5 厘米。西尾市，岩濑
文库博物馆。

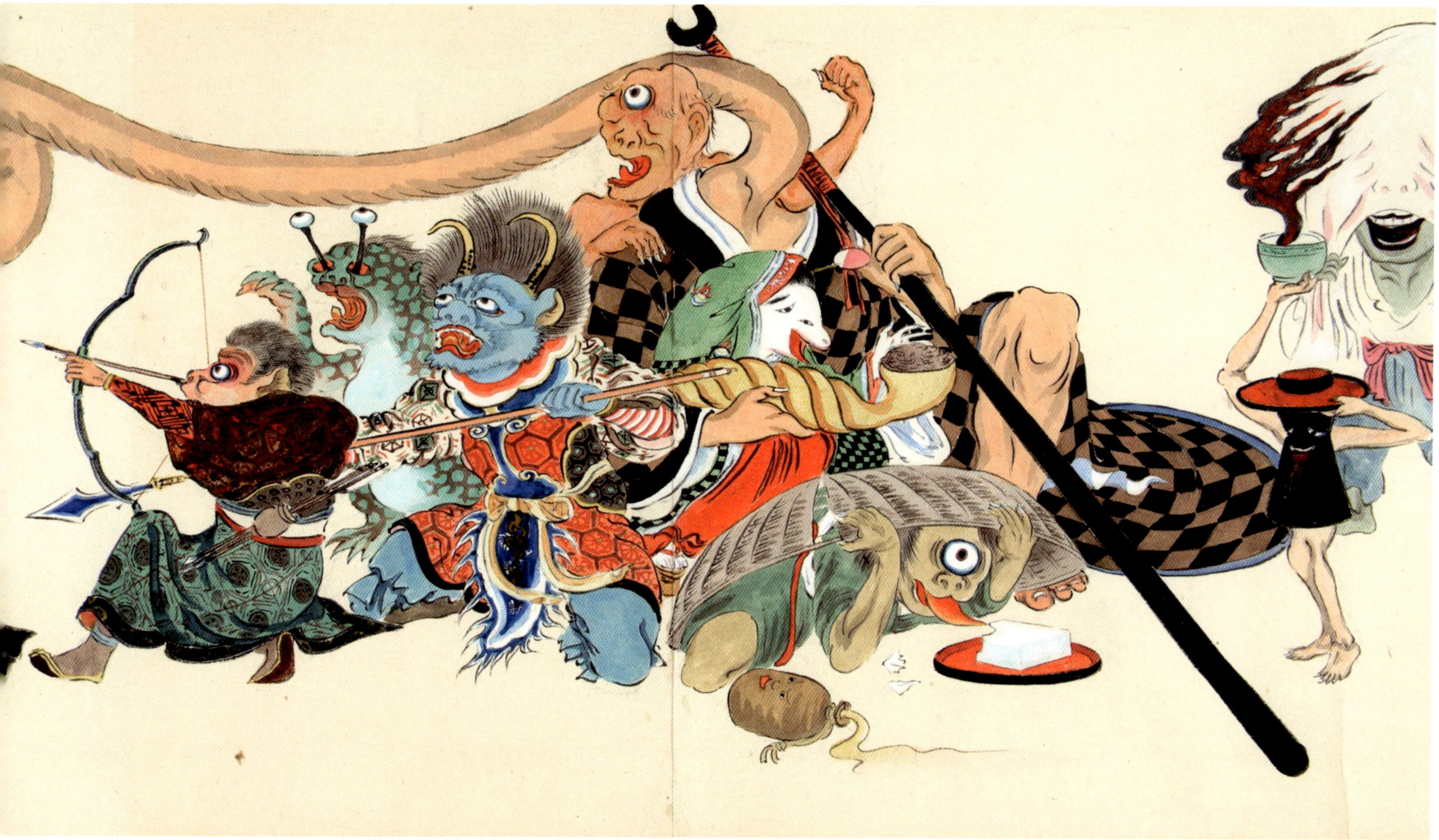

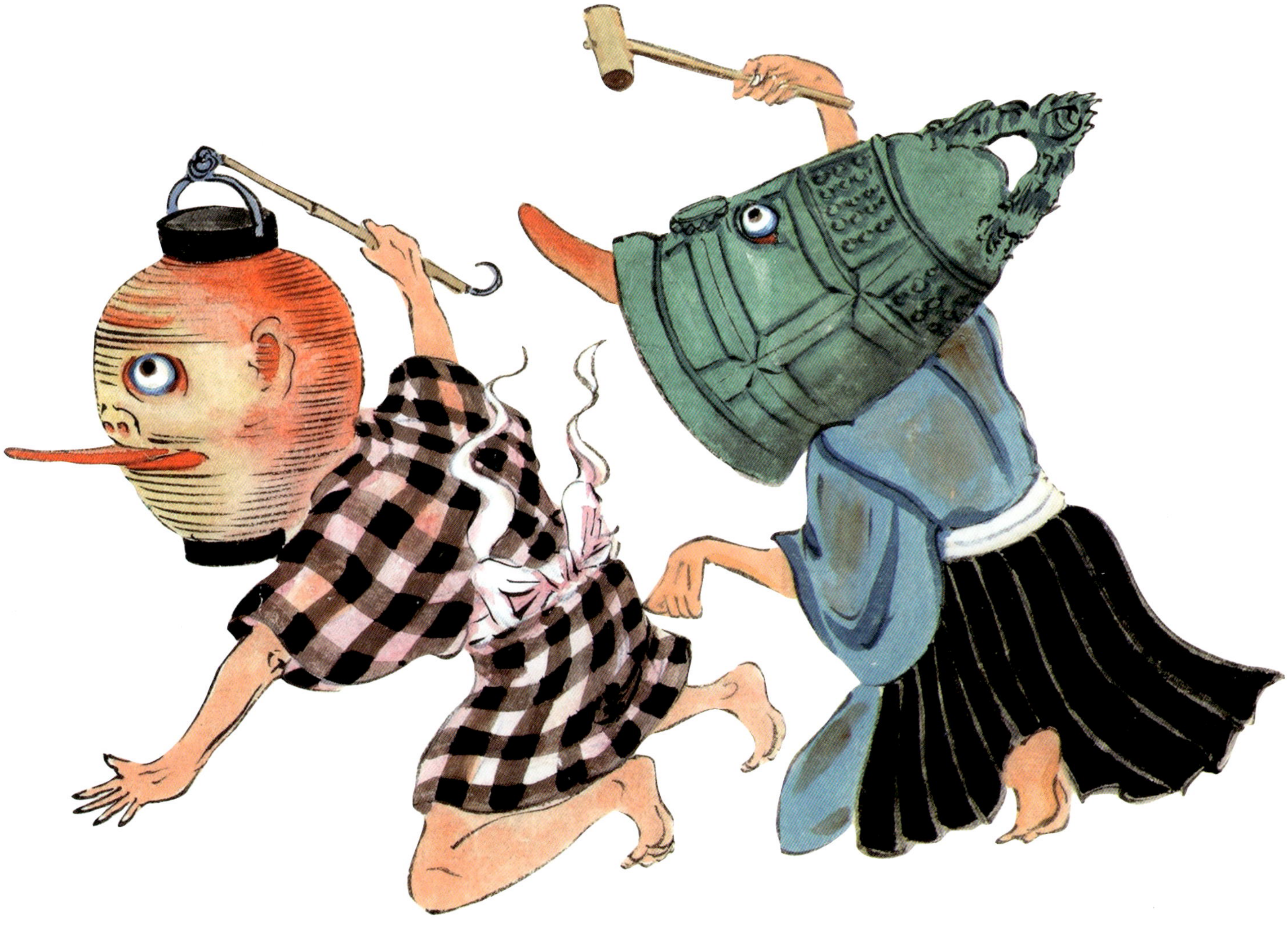

47

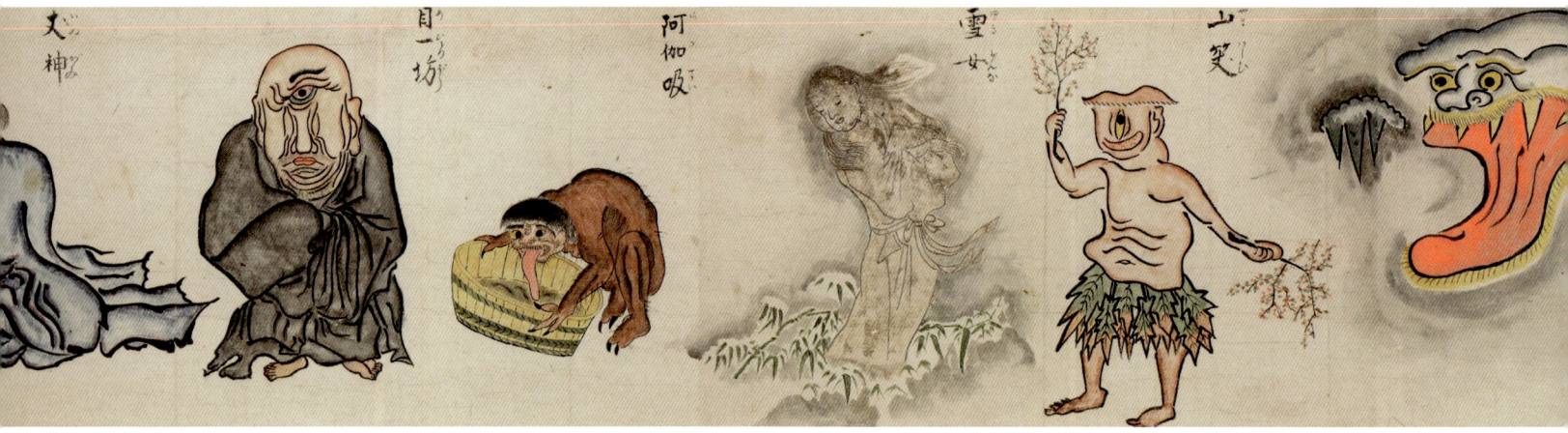

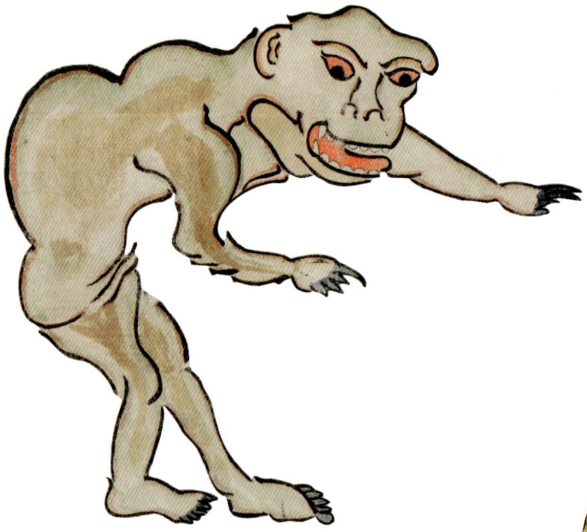

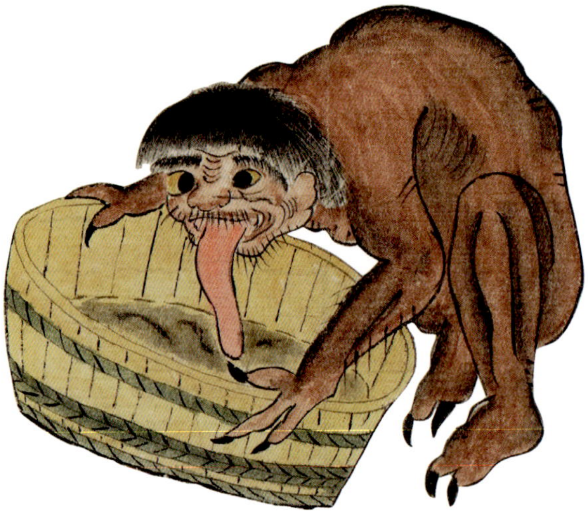

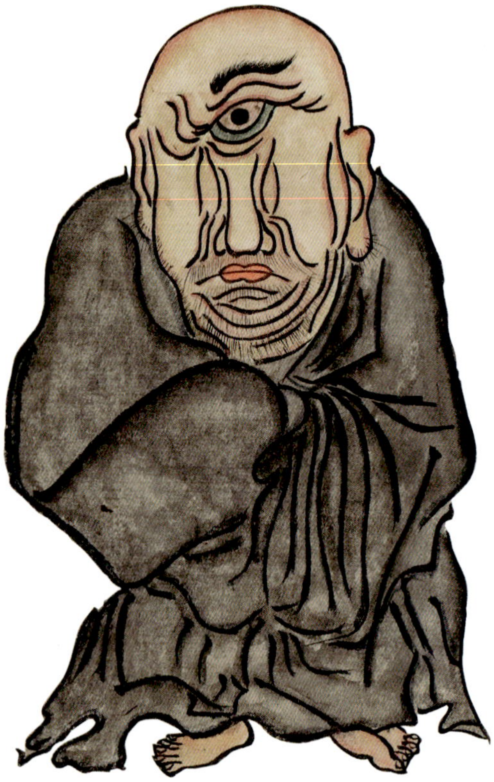

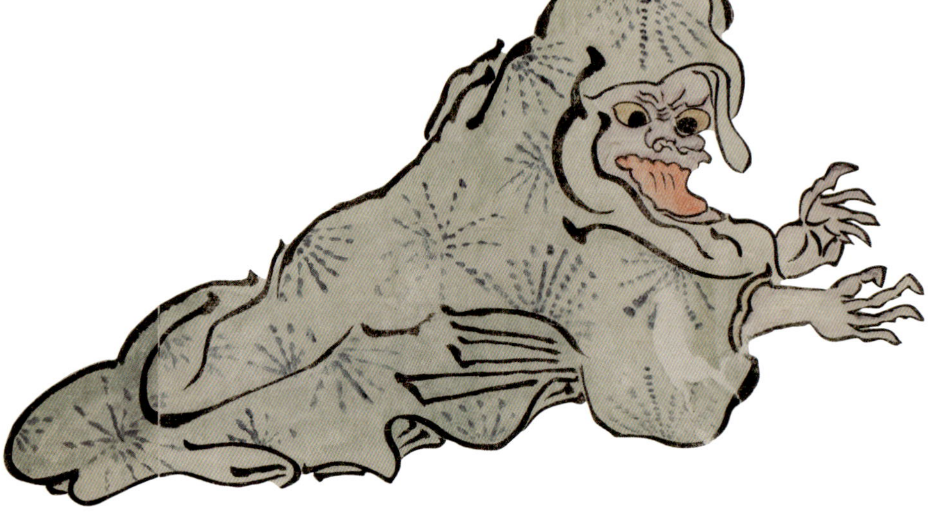

47. 佚名，《妖怪绘卷》，江户中期。
纸质绘卷，29 厘米 × 1150 厘米。东京，东洋大学图书馆。

48

49

48-51. 河锅晓斋,《百鬼画谈》, 1889 年。
河锅晓斋纪念美术馆。

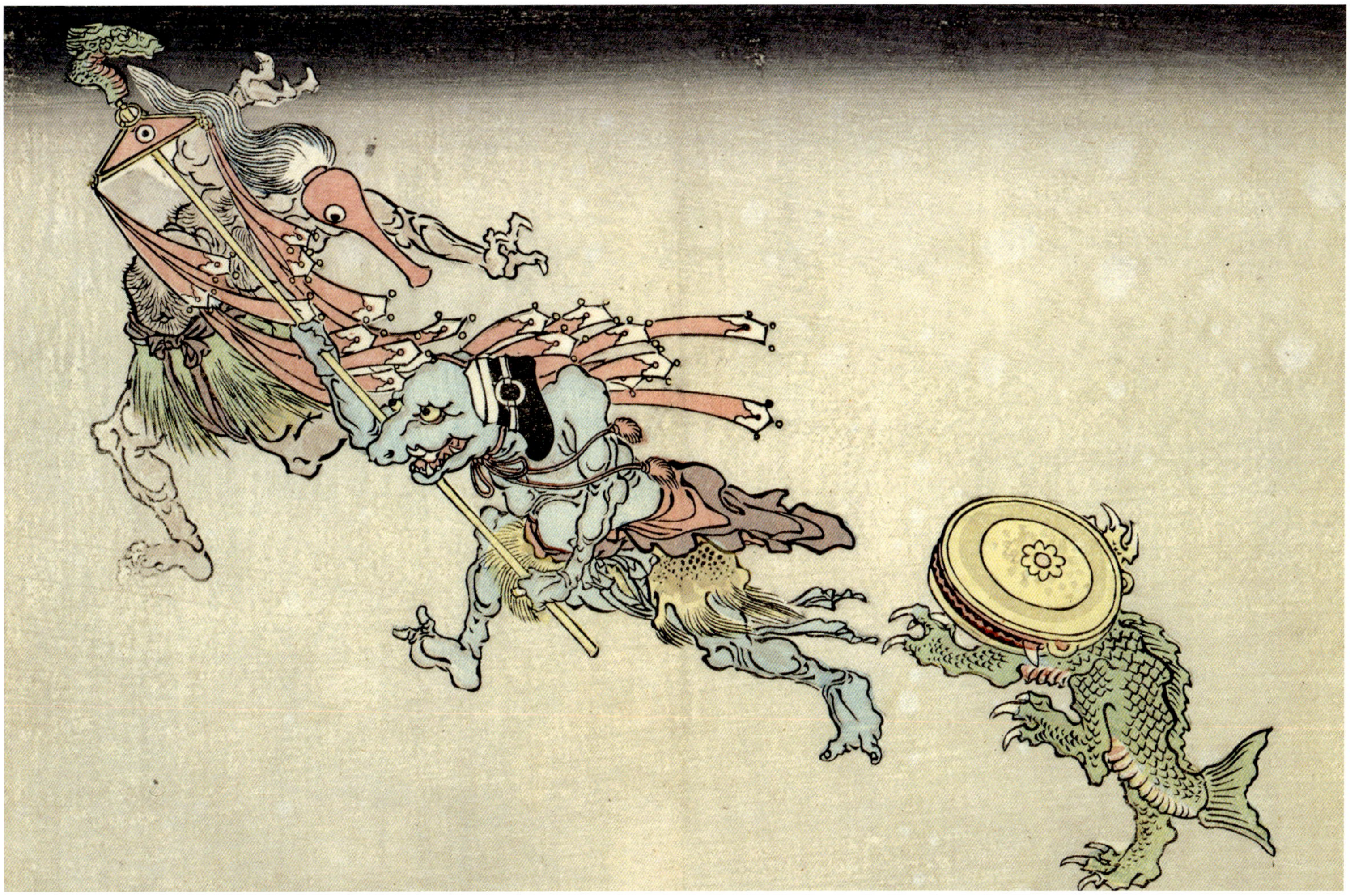

50

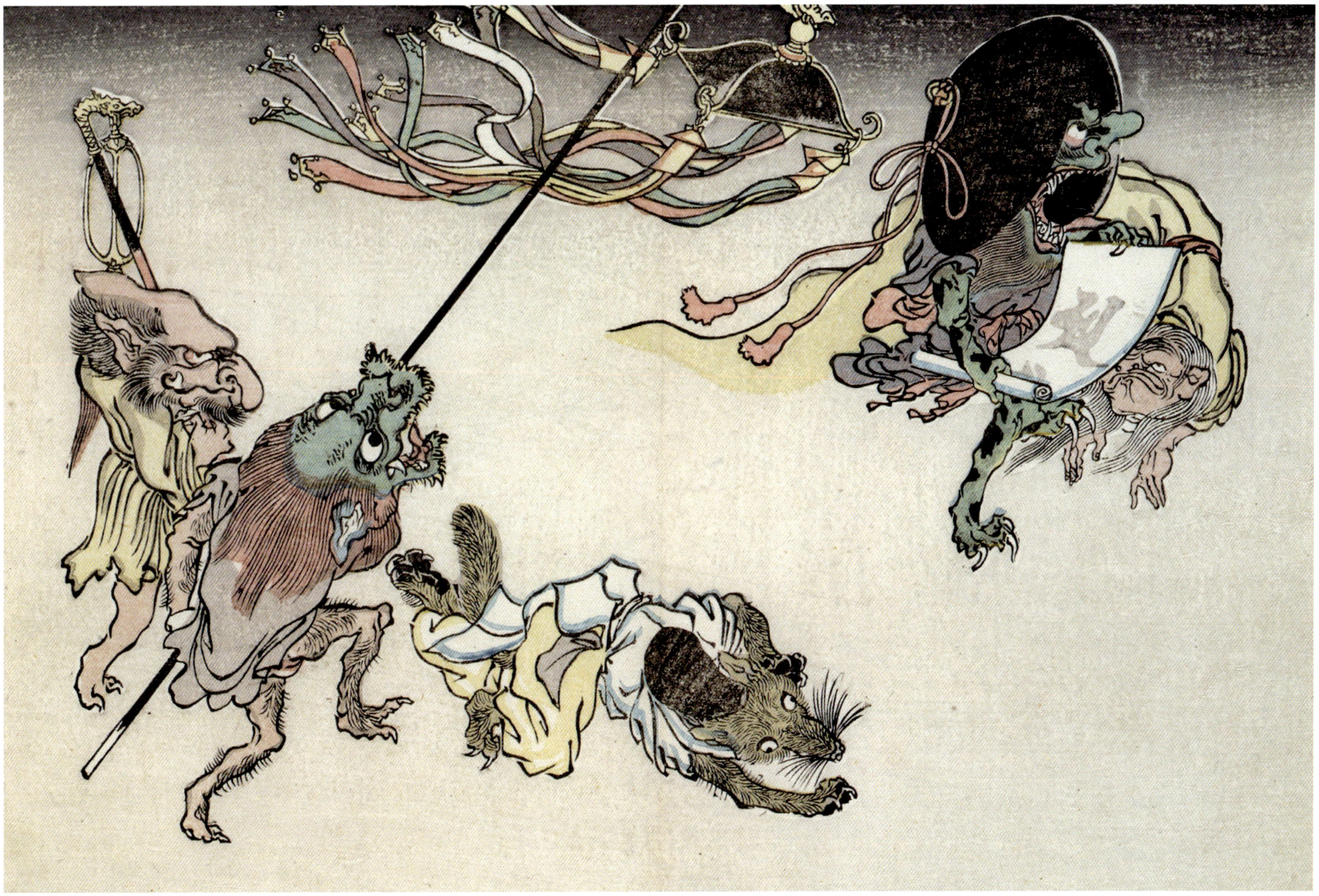

51

52

妖怪的婚礼

有的妖怪绘卷会描绘生活中的大事件。

《妖怪的婚礼》这一绘卷描绘了两只年轻妖怪的订婚仪式以及婚礼。结婚首先需要媒人说媒，中国的占卜术能预测两只妖怪是否有姻缘。接着媒人安排双方"相亲"。如果双方父母同意，男方的父母会送给女方的父母一件礼物。女子结婚时会带上娘家陪送的家具、餐具等嫁妆，在新家安顿下来。婚姻的目的是建立家庭，繁衍后代。在古代只有女子生了孩子，尤其是生了男丁之后，她的身份才能真正被婆家承认。

在这幅绘卷中，骄傲地走在队列最前面的是一位鲇鱼仆人。仆人身着礼服，佩着刀，后面紧跟着照亮道路的独腿灯笼怪。象征美满的七福神之一惠比寿的鲷鱼走在队列的最后，手里拿着一块板子。之后它很可能会在这个板子上被剁碎，供新婚夫妻享用。其他妖怪抬着轿子，在夜里前进。按照习俗，新郎会带着许多东西作为聘礼。

女妖们做好准备，帮新娘穿上婚服，戴好头饰。接着绘卷中出现了新郎新娘喝交杯酒的画面。新娘身着传统的白色和服（当时也是丧葬之服），准备离开娘家。她的发型叫作"角隐"，意思是"把嫉妒之角隐藏起来"。当时的人们普遍认为嫉妒是所有缺点中最严重的一个，善妒的女人会变成长角的魔鬼，关于这种女鬼的故事数不胜数。妖怪新娘伸出长长的舌头，把清酒舔干净。新娘的父母慈爱地看着自己的女儿，非常感动。这对年轻妖怪就这样结婚了。婚礼专用的矮桌"岛台"上摆着送给年轻夫妻的寓意幸福的礼物：象征美满的鹤和代表长寿的龟，还有松木、竹子和李子树枝。另有一对老夫妻人偶（能剧《高砂》中的松树精翁姥），象征着一生幸福。

在绘卷的下一个场景中，一个妖怪宝宝出生了。这个可爱的小独眼怪给家庭带来了许多快乐，它迎来了生命中的第一次洗浴（日本称"产汤"）。为了庆祝宝宝的降生，妖怪家庭将举办一场宴会。

52. 惺惺晓斋（即河锅晓斋），《妖怪的婚礼》，19世纪。纸质绘卷，26.5厘米 × 1348.7厘米。东京，东洋大学图书馆。

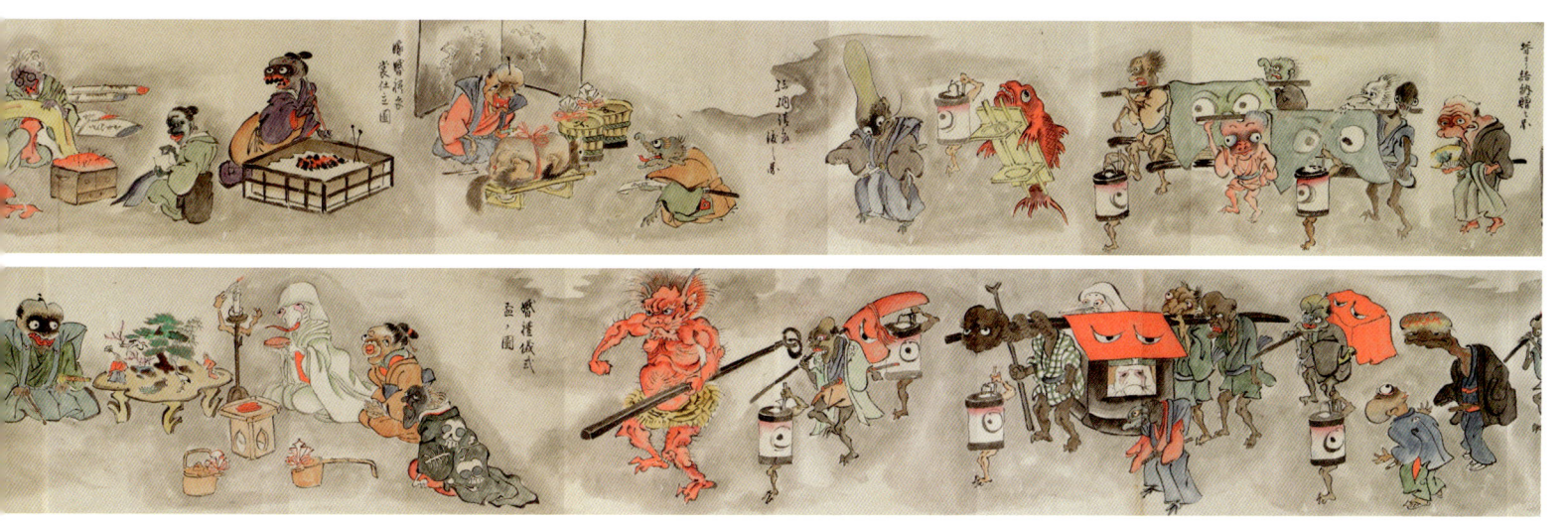

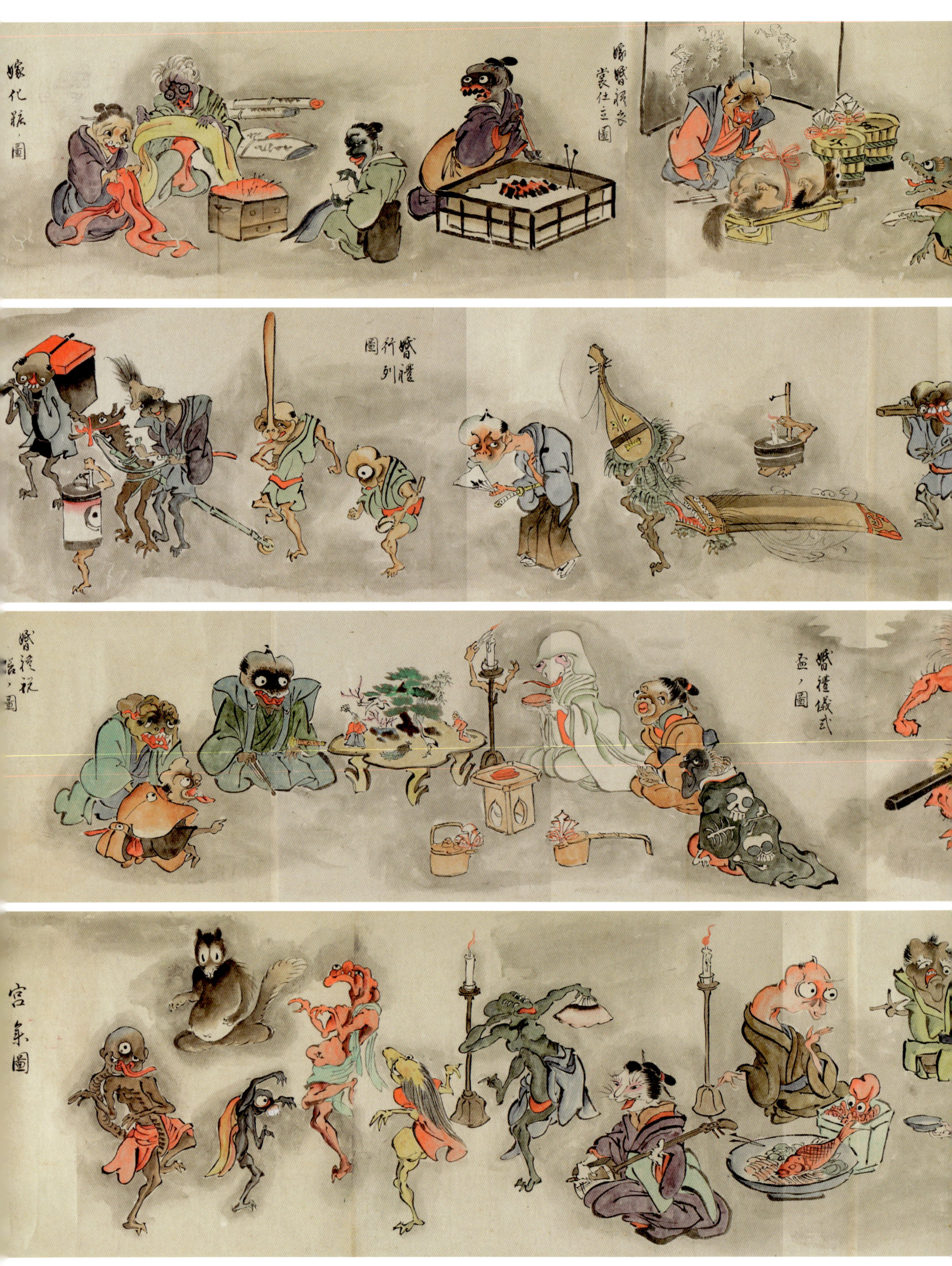

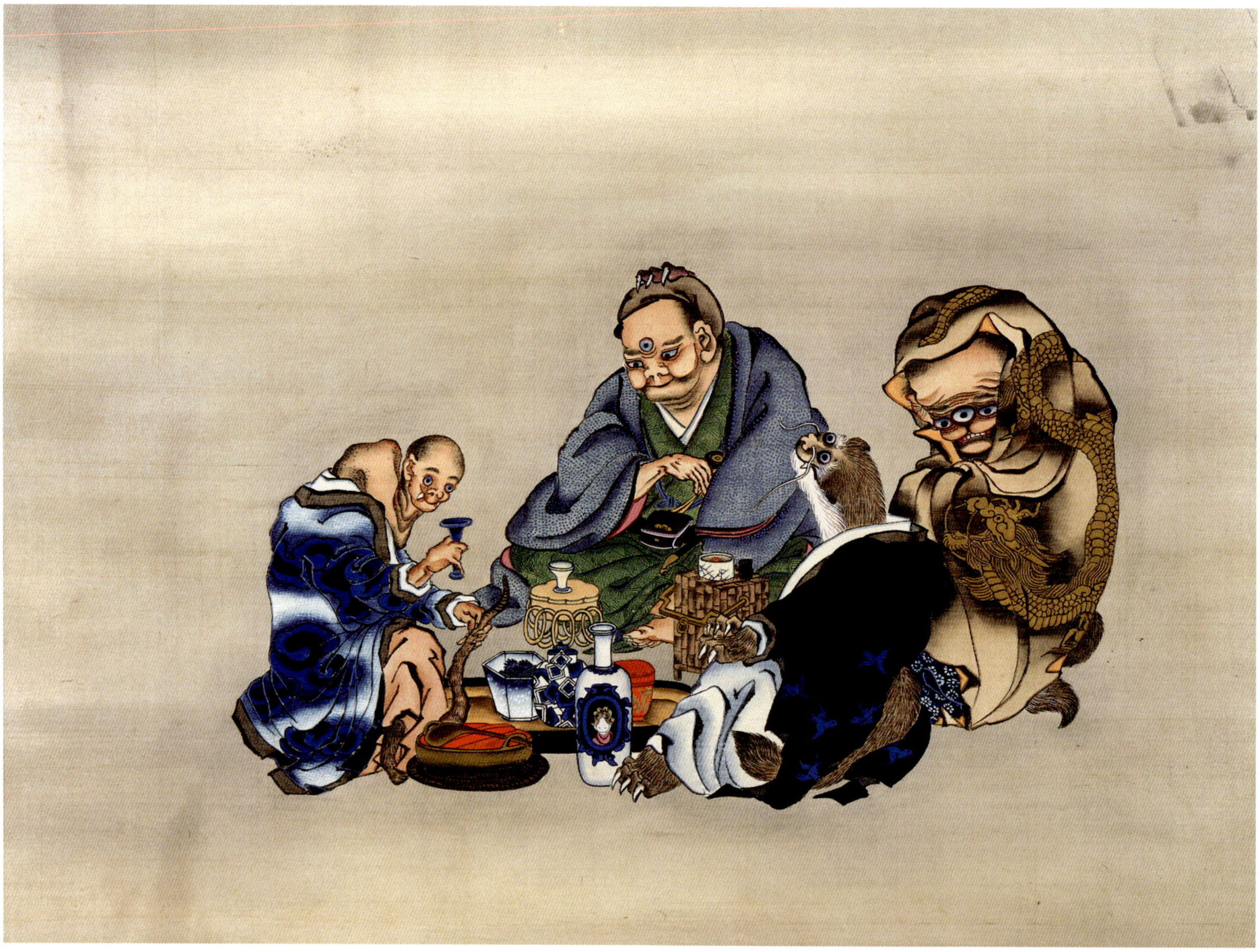

53

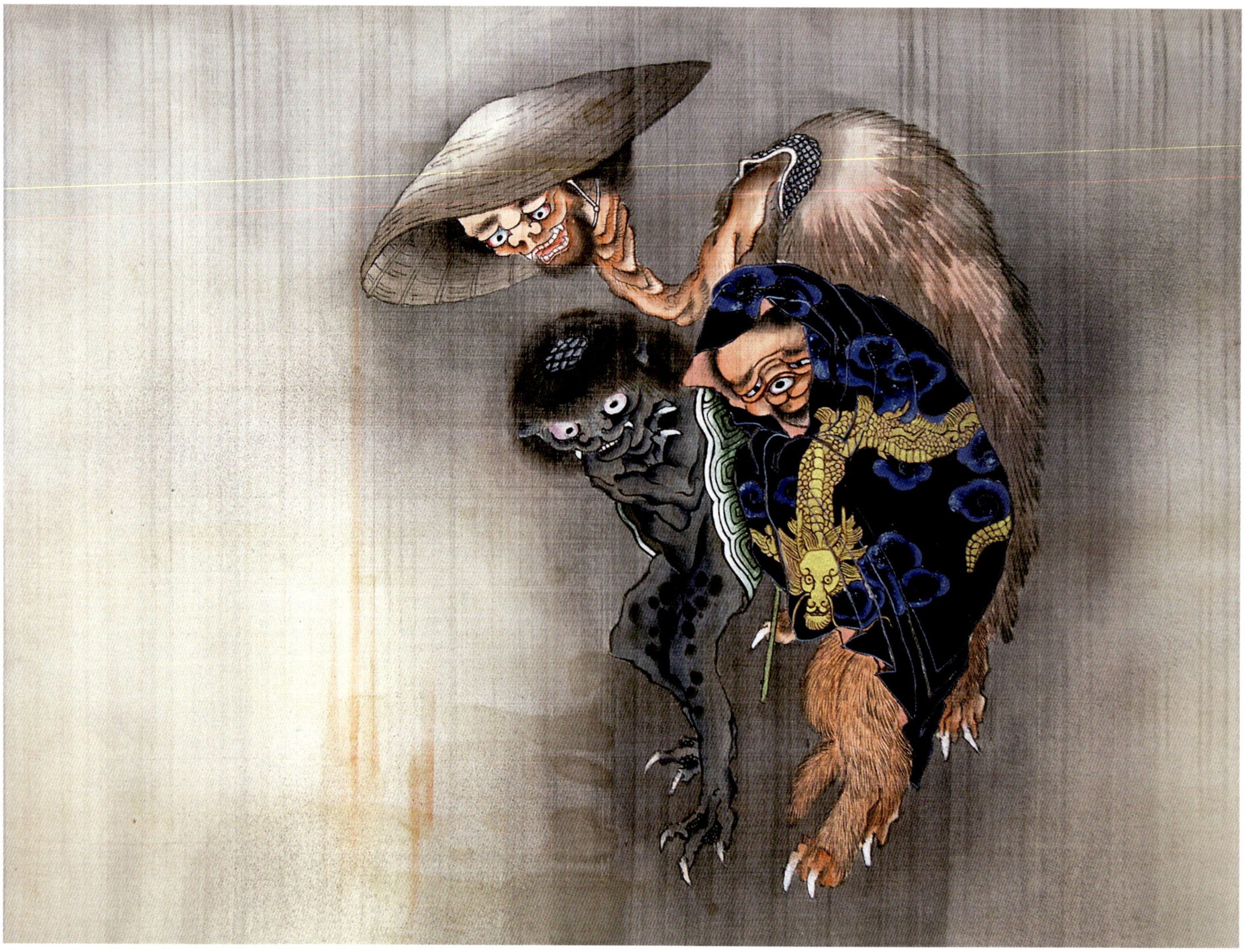

54

妖怪的日常

在许多绘卷作品中，妖怪的言行和人类如出一辙。它们穿着和人类一样的衣服，化着相似的妆，既需要工作，也会吃喝玩乐、结婚生子。在江户时期的绘卷中，妖怪通常和那个时期的人类一样，各自忙于日常琐事。

由于妖怪绘卷非常流行，画家们会收到大量的订单。订单要求的尺寸不同，内容也不尽相同，十分富有想象力和幽默感。有的画家还创作出几个妖怪聚在一起闲谈或散步的场景。

文人兼画家高井鸿山来自富裕家庭，他家是小布施町的清酒制造商。他遇到了当时已经八十五岁高龄、令人敬仰的画家葛饰北斋，并与其成了忘年交，还邀请北斋到自己家作画。北斋给年轻的高井鸿山很多建议，后者直到生命的最后一刻还在致力于妖怪创作。

画家伊藤若冲以原创性著称。他创作出以茶道用具为主题的画作，与同类主题的绘卷不同，他把单色的妖怪放在黑暗的背景中，自下而上色彩越来越明亮。杯子、茶壶、备茶用具、烛台、乐器（比如太鼓、琵琶、十三弦古筝等），这些妖怪按照从上到下的顺序排列，最上面是鸟兜（一种长着凤凰头的鸟怪），很多绘卷中百鬼夜行的队列都以它结束。与其说这些鬼怪可怕，还不如说它们十分可爱。

53. 高井鸿山，《酒宴妖怪图》，江户末期。
丝绸画，34.7 厘米 × 47.6 厘米。长野县小布施町，高井鸿山纪念馆。

54. 高井鸿山，《雨中妖怪图》，江户末期。
丝绸画，34.8 厘米 × 47.5 厘米。长野县小布施町，高井鸿山纪念馆。

55. 伊藤若冲，《付丧神图》，江户中期。
纸质水墨画，129.3 厘米 × 28.1 厘米。福冈市博物馆。

南うふてうえ
いつたをき八尺又
すん

龍馬

56. 佚名，《怪奇鸟兽图卷》之《龙马》，江户时代。
纸质绘卷（局部图），27.5厘米 × 1312厘米。东
京，日本成城大学图书馆。

57. 佚名，《怪奇鸟兽图卷》之《帝江》，江户时代。
纸质绘卷（局部图），27.5厘米 × 1312厘米。东
京，日本成城大学图书馆。

58. 佚名，《怪奇鸟兽图卷》之《相柳氏》，江户时代。
纸质绘卷（局部图），27.5厘米 × 1312厘米。东
京，日本成城大学图书馆。

59. 佚名，《怪奇鸟兽图卷》之《貘》，江户时代。
纸质绘卷（局部图），27.5厘米 × 1312厘米。东
京，日本成城大学图书馆。

日本与中国的鬼怪

  虽然呈现百鬼夜行场景的绘卷通常来自日本，但是日本艺术家也非常了解同
样丰富多彩、充满神怪故事的中国文学。中国著名的神怪主题文学之一是《山海
经》，流传到日本之后，内容变得更加丰富，并以《山海经的世界》的绘卷形式[25]
为日本民众所熟知。这部记录古时中国地理数据和传奇的合集，是中国古代神话
传说的主要来源。《山海经》的作者不详，编撰于公元前五世纪到公元前三世纪
之间。后来，内容不断丰富（尤其是在公元前三世纪至公元三世纪之间），其中
囊括了全中国的妖怪，它们由鸟或其他动物的身体部位组合而成。人们猜测，这
本书在奈良时期或平安时期传入日本，然后在江户时期开始通过木版印刷普及开
来。正是在此时，《山海经》的日本绘卷诞生了。绘卷中出现了三十种鸟类怪兽
和四十六种其他类型的妖怪。这些妖怪的插图仅仅是《山海经》原版插图的一部
分，图旁边标有关于神兽的注解文字。绘卷中还加入了包括貘[26]在内的妖怪，这
些在中文原版中并没有出现过。日本深深痴迷于中国的宗教、文化和艺术，懂得
如何重新演绎创造出一个全新的文学和艺术世界。

57

58

59

如何摆脱妖怪？

魔鬼和妖怪从未停止过恐吓人类，人类便想尽一切办法，甚至依靠神的力量来驱妖除魔。

《今昔物语集》能帮我们了解当时日本人的生活和信仰情况。书里记录了大量关于妖怪和幽灵的恐怖故事，不恪守禁忌的人甚至会付出生命的代价。

在乡村，统治夜晚的黑暗给妖怪和魔鬼的随时现身提供了恐怖的氛围。

绝不违背禁忌

夜幕降临，在烛光照亮的房间里，一切事物都褪去了颜色。暗影在纸拉门上晃动摇曳，气氛突然变得紧张起来，似乎有声音从冥间传来。一年当中，人们需要遵守三十多项禁忌，其中一项便是不要在晚上十一点到凌晨一点之间出门。如果有人不遵从，他的生命安全将受到威胁。所有这些信仰都与神道教和佛教相关。除此之外，阴阳师也扮演着重要的角色。就像历史学家伯纳德·弗兰克写的那样：

"在日本，所有与宇宙、历法、占卜和预言解读相关的观念、信仰和行为都被运用到了阴阳道之中。阴阳道的追随者希望阴阳道能够得到认可，取得和佛教与神道教一样的地位。公元七世纪末，朝廷内部创立了名为阴阳寮的官方机构，阴阳寮的公职人员叫作阴阳师，职责就是为国家服务[27]。"

阴阳师都是从安倍和加茂这两大家族中选拔出来的，主要工作是占卜，即预测哪天是吉日、哪天是凶日。他们在日本历史上起着难以忽视的作用，一些人的名字已经流传到后世[28]，比如天文学家兼阴阳师安倍晴明。人们既害怕又敬重阴阳师，他们在朝廷和民间的地位都很崇高，人们担心自己会触犯禁忌，所以对阴阳师言听计从。

出奇制胜：听从阴阳师的建议

从妖怪手中逃脱的最好方法，就是在凶日待在家里；第二个办法是与魔

前页：
《稻生物怪录》局部图，江户末期。全图详见 64 页。

60

60. 佚名，《怪物故事》，江户时代。
纸质绘卷，25.9 厘米 × 322.7 厘米。日本大阪市立美术馆。

鬼或妖怪面对面的时候不要害怕，抓住它的头。有几个英勇的人就成功驱散了妖怪，因此声名显赫。

《今昔物语集》中讲述的平安时代的公卿三善清行的故事就是个例子[29]。杰出的学者三善清行不顾身边人的反对，买了一栋破损严重的房子。这栋房子坐落在旧都京都五条的堀川边，人们都说那里闹鬼。

三善清行差使所有人离开，独自一人待在房子里。他精通阴阳道知识，觉得无所畏惧，便选择了一个吉日迁入新居。然而夜幕降临，当他躺下的时候，天花板上的每一个格子里都出现了一张脸。三善清行一点也不惊讶，一动不动地看着它们，不久这些脸就消失了。接着，一些骑着马的小鬼穿过天花板的通风孔，从东向西而过。三善清行依旧岿然不动。随后，一个十分美艳的女巨人

现身了，她用折扇挡住了下半张脸。三善清行没有被美女散发的迷人香气诱惑，仍然纹丝不动。于是美女像来时一样飘浮着离去，她扔掉折扇，对三善清行露出了可怕的獠牙，便消失了。

不久，黎明到来，一个老人向三善清行打招呼。他递给三善清行一封信，信中声明自己在这栋房子里已经住了很久。三善清行非常愤怒，回答道："真正的魔鬼懂得如何礼貌行事。"又补充说："我现在是这栋房子的主人，无论发生什么事也不会搬家。"他用勇气和智慧征服了魔鬼，魔鬼只好放弃了这个地方。

这个故事证明，如果精通阴阳之术，不使用武力，人们也可以战胜妖怪。

61. 佚名，《不动利益缘起绘卷》，14 世纪。日本国家重要文化财产。
绘卷，33.3 厘米 × 942.4 厘米。东京国立博物馆。
在安倍晴明的左侧，有两个式神正在观察安倍的法事是否符合规矩。它们欣慰地看到安倍非常遵守规矩。若干个妖怪也参与其中。同时寻求佛教和阴阳道两方的帮助是很正常的事情。

战胜鬼怪：借助神力

阴阳师还是人间和冥间的使者，《不动利益缘起绘卷》就描绘了与此相关的故事。三井寺受人尊敬的大师智兴突然得了重病，他的身体每况愈下，很快就病危了。当时人们认为，所有疾病和痛苦都是魔鬼带来的。于是弟子们叫来安倍晴明，希望他能拯救师父。安倍晴明做完法事，告诉弟子们，如果有人愿意替师父智兴去死的话，他便会康复。寺庙里的所有人都非常恐惧，当大家沉默不语的时候，一个名为证空的年轻僧人表示愿意去做这件事。看到证空如此善良，智兴的眼里噙满了泪水。于是，安倍晴明举行了仪式，把病魔从智兴体内转移到证空体内。安倍的祷文起了作用，智兴的身体痊愈，而证空却代替师父病倒了。证空在弥留之际，祈求不动明王保佑自己。不动明王被这个年轻人的牺牲精神所感动，忍不住流下了血泪，决定代替他奔赴地狱。冥王看到不动明王非常惊讶，立刻让他回去。仁慈的不动明王把健康还给了证空，证空便把这个好消息告诉了自己的

母亲。

　　在另一个类似的故事中，主人公是平安时期的学者兼文人纪长谷雄（此人是历史上真实存在的人物，同时也是这个传奇故事的主人公）。有一天，一个男人前来拜访，邀请纪长谷雄一同下一盘他最擅长的双陆棋，会面地点定在京都十二大门之一的朱雀门。纪长谷雄如约来到朱雀门下，男人没使用梯子就登上了朱雀门的最顶端，并要求纪长谷雄上来会合，纪长谷雄自然做不到。原来这个男人是朱雀门的恶鬼。恶鬼从门上跳下来，抓住纪长谷雄的肩膀，飞速把他拉到了大门顶上。这局棋的输赢非常关键，因为魔鬼承诺，如果纪长谷雄赢了，将把最美丽的女人送给他；如果输了，他的所有财产将属于魔鬼。纪长谷雄已经猜出对手的真实身份，他一边下棋一边仔细思考，心想绝不能被这样一个恶鬼愚弄。结果他赢了棋局，魔鬼虽然非常愤怒，却说自己会履行承诺。

　　一天晚上，魔鬼带着一个美丽的女人找上门来，并告诉纪长谷雄，这个女人在一百天后才会属于他，在第一百天来临之前不得触摸她。这个年轻女人一天比

62. 佚名，《长谷雄草纸》，19 世纪。
纸质绘卷，36.3 厘米 × 1195.6 厘米。京都，国际日本文化研究中心。

63

63-64. 佚名，《稻生物怪录》，江户末期。纸质绘卷三卷（局部图），尺寸分别为 26.6 厘米×1230厘米、26.6 厘米×1240.1 厘米、26.5 厘米×1212.8 厘米。东京，东京大学图书馆。

一天美丽，纪长谷雄疯狂地爱上了她。时间似乎过得非常缓慢，不久，他就忍不住把女子抱在怀中，美女突然融化消失了。原来魔鬼送给纪长谷雄的是一个由几具女子的尸体拼成的鬼怪。三个月之后，有几个人控诉他下棋作弊，打了他一顿。纪长谷雄求得北野天神的帮助，这几个化作人的妖怪便消失了。

战胜鬼怪：借助道德之力

另一本绘卷《稻生物怪录》讲述了旧三次蕃（如今的广岛县）的年轻武士稻生平太郎如何在长达一个月的时间里，每天面对魔鬼的攻击，最后冷静地把魔鬼击败的故事。故事发生在一七四九年，稻生平太郎想向邻居三井权八证明自己比他更强大勇敢。于是，五月二十六日夜幕降临的时候，稻生平太郎带着邻居来到

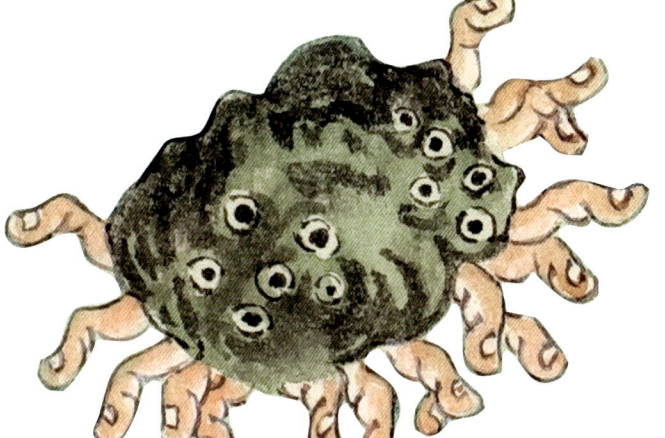

65-72. 佚名，《稻生物怪录》，江户末期。
纸质绘卷三卷（局部图），尺寸分别为 26.6 厘米 × 1230
厘米、26.6 厘米 × 1240.1 厘米、26.5 厘米 × 1212.8 厘
米。东京，东京大学图书馆。

比熊山山顶，二人要在这里轮流讲一百个可怕的故事，讲到第一百个的时候，妖怪或幽灵就会出现。他俩站在一个古墓的旁边，内心十分害怕，因为据说人一旦靠近这个古墓，魔鬼就会现身。在这种地方玩这样的游戏非常冒险，因为是在侵犯冥界。稻生平太郎自知冒了多大的风险，但是当天晚上什么都没发生，两个人平平安安地回家了。

接下来的几天也都风平浪静，稻生平太郎以为自己已经避开了妖怪的报复。不想在六月三十日到七月一日的夜间，发生了一件稀奇的事——一个巨大的独眼妖怪竟然伸出右手抓住了他。接下来的三十个夜晚，各种各样的妖怪轮番出现在他家中，一个比一个可怕，它们都恐吓稻生平太郎，但他没有表现出丝毫的畏惧。面对拥有这般勇气的人，派这些妖怪来吓唬他的魔王山本五郎左卫门尝到了挫败感，同妖怪一起消失了。

这个故事的绘卷原本已经佚失了，但后世还存有大量的复制本和不同版本。

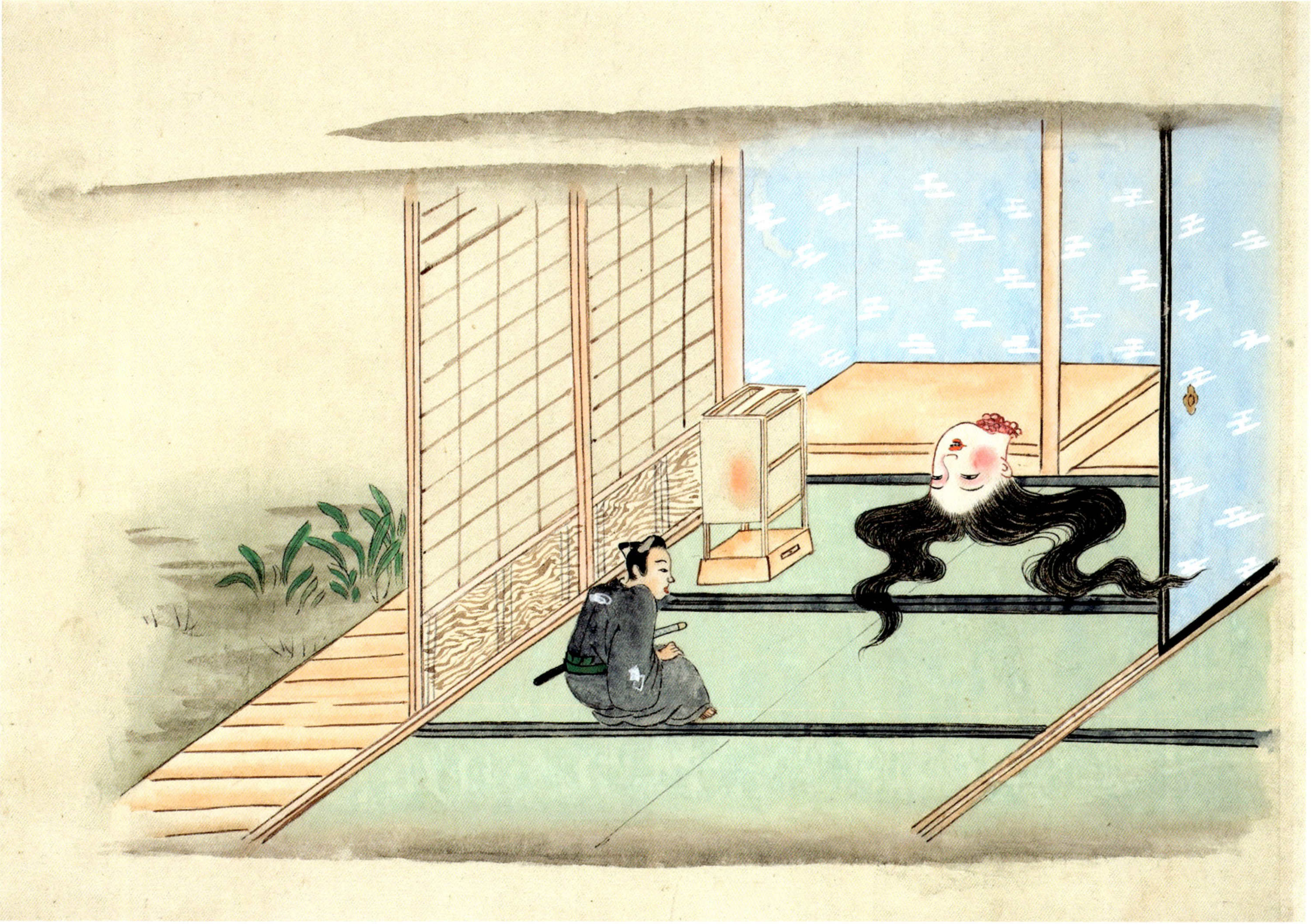

66

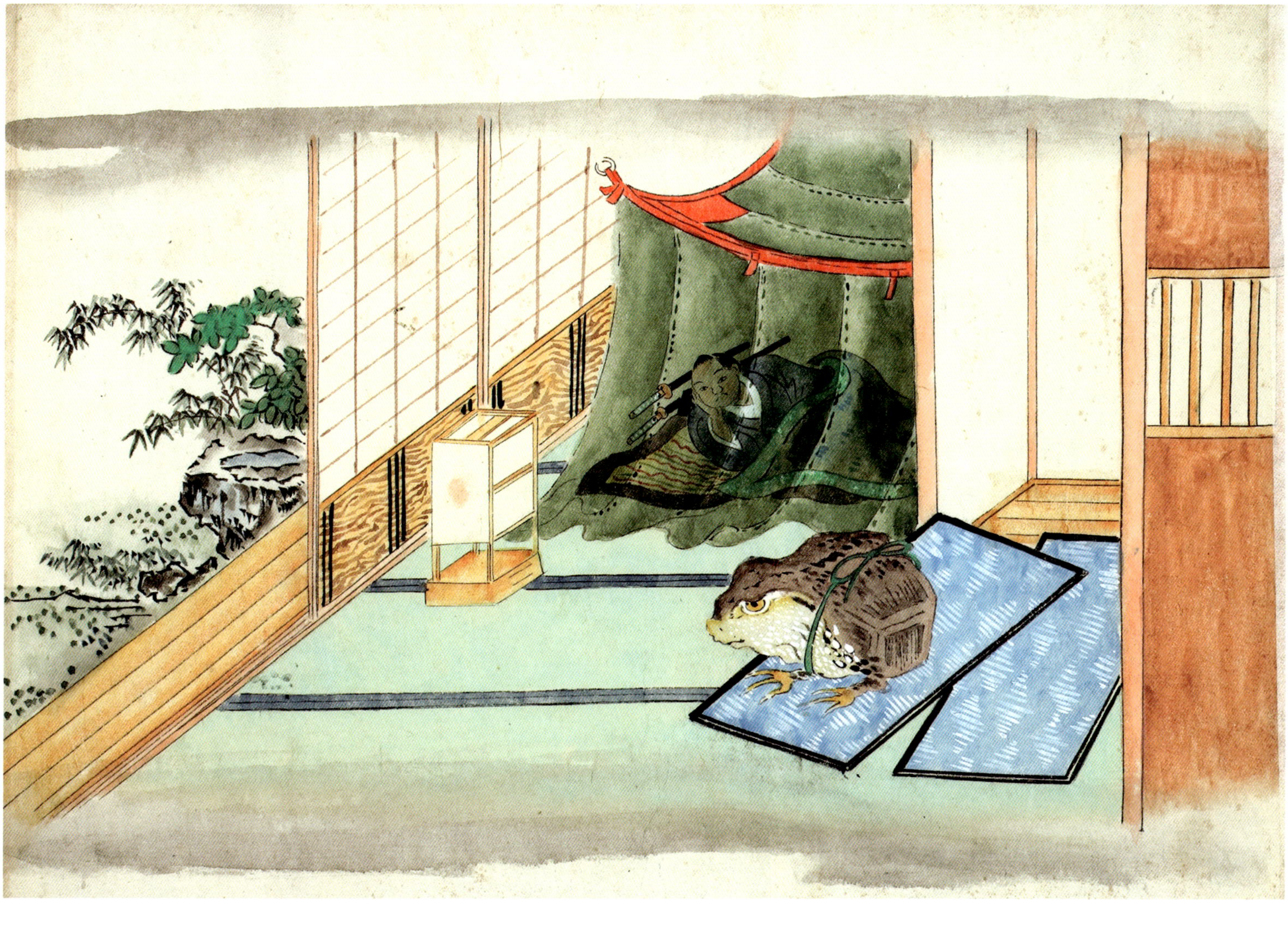

67

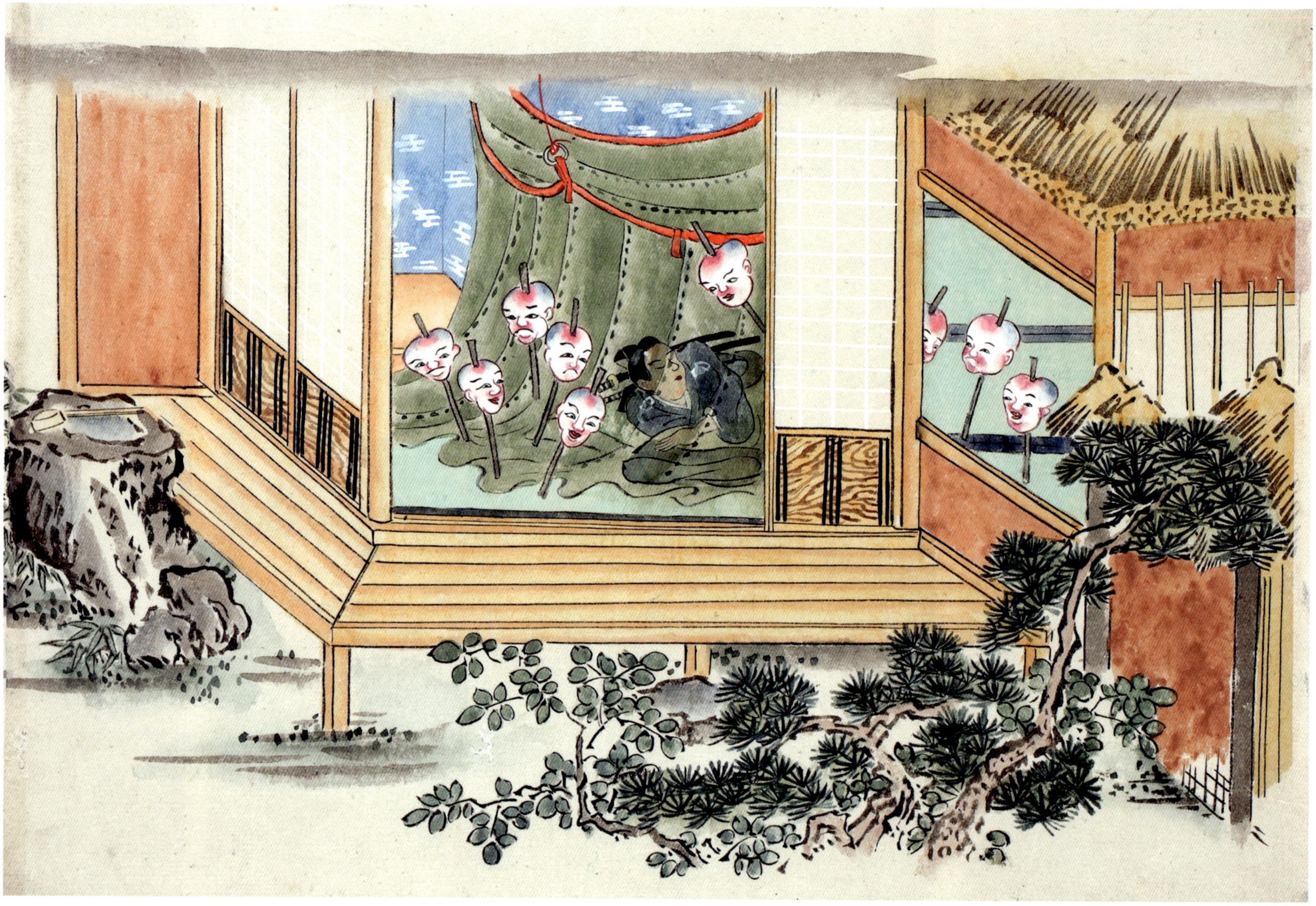

68

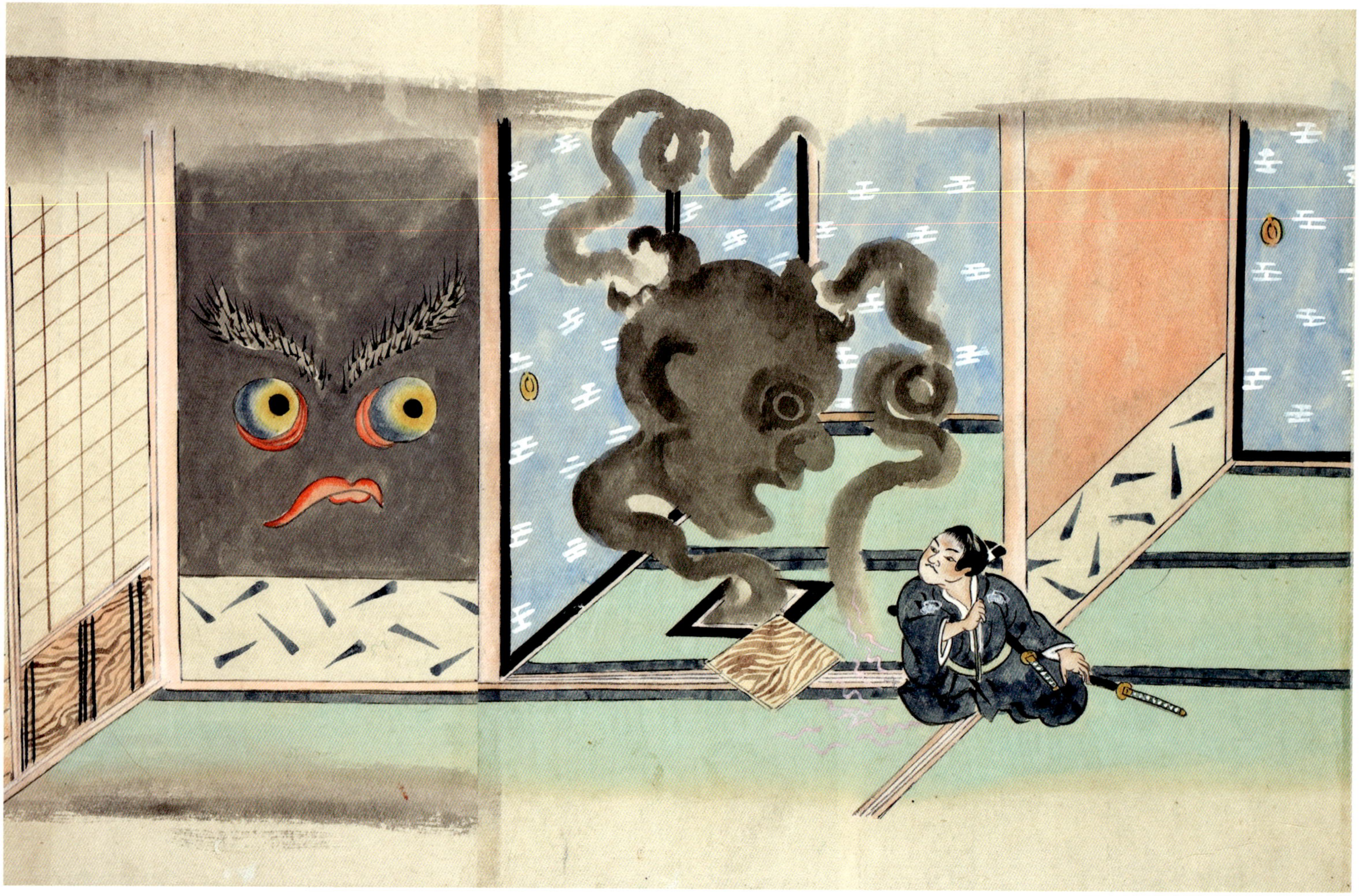

69

70

71

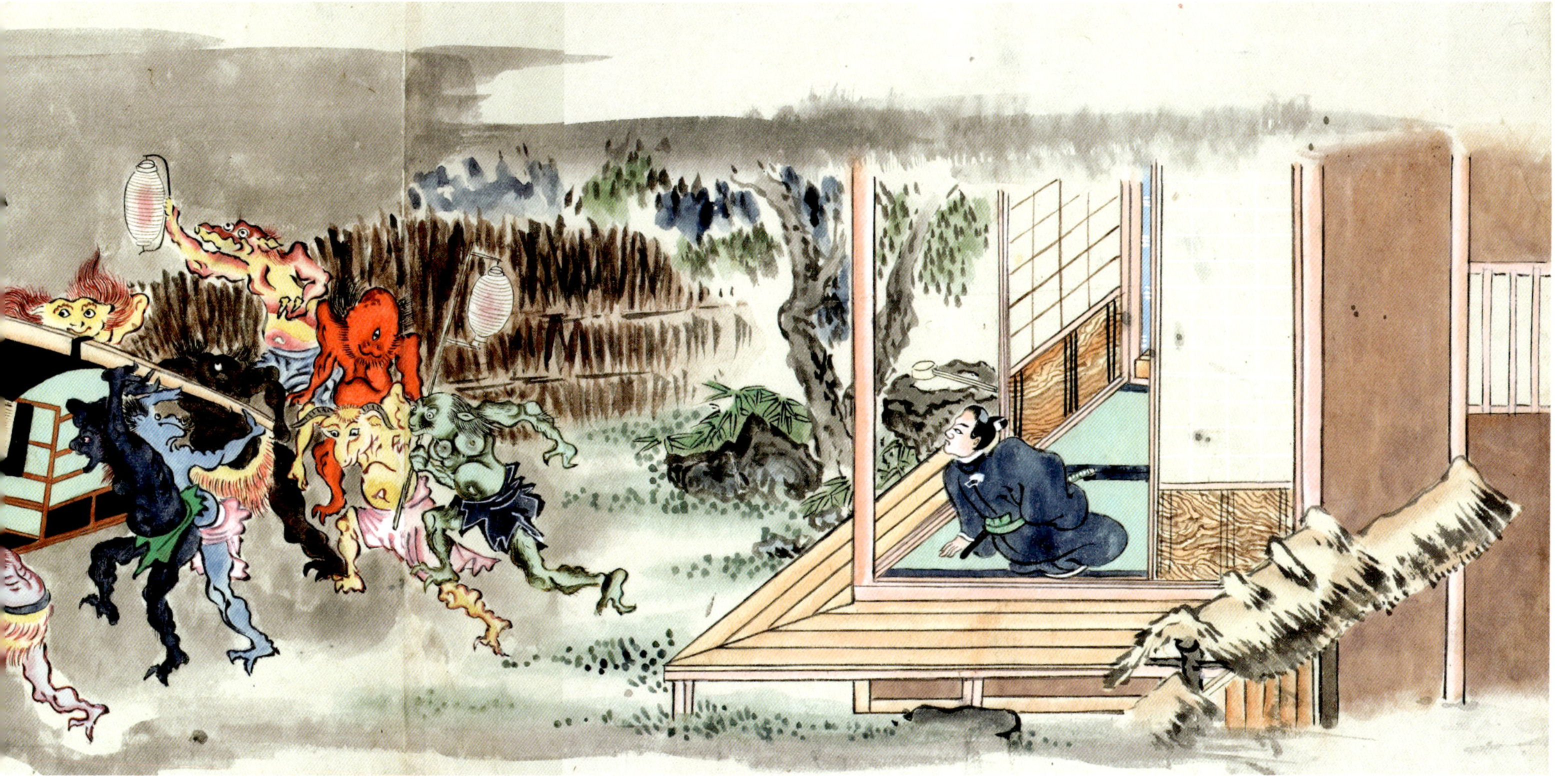

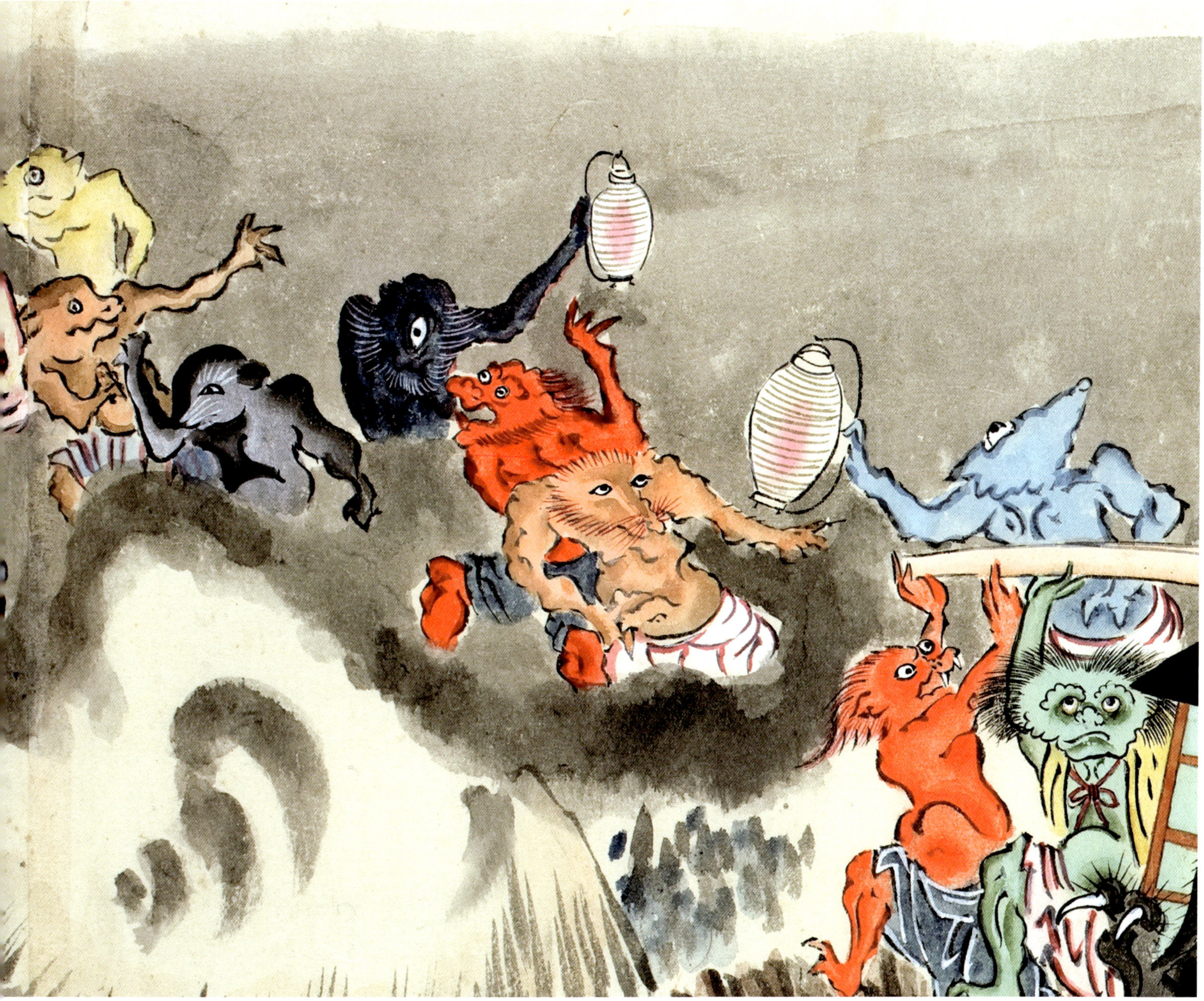

73

74

73-76. 佚名，《大江山酒吞童子》，17 世纪下半叶。
纸质绘卷三卷（局部图）。纽约公共图书馆。

战胜鬼怪：借助智谋之力

　　著名传奇故事"酒吞童子"的主人公是武士源赖光，他因在平安京一带斩杀

妖怪酒吞童子而闻名。这个讨伐妖怪的故事激发了诸多画家和作家的灵感。

　　故事发生在九九二年，那时总是有一些达官显贵家庭的孩子失踪。池田中纳言的千金小姐失踪后，他急忙请来了当时十分受人尊敬的阴阳师安倍晴明。经过

ほくさつのはあるをきりめもきけをものま
さりをれはうち小さうてけく二十よ人のふ

大あかりかのかをつるめともたいくく
うちかくると言川をうちふりてあくん

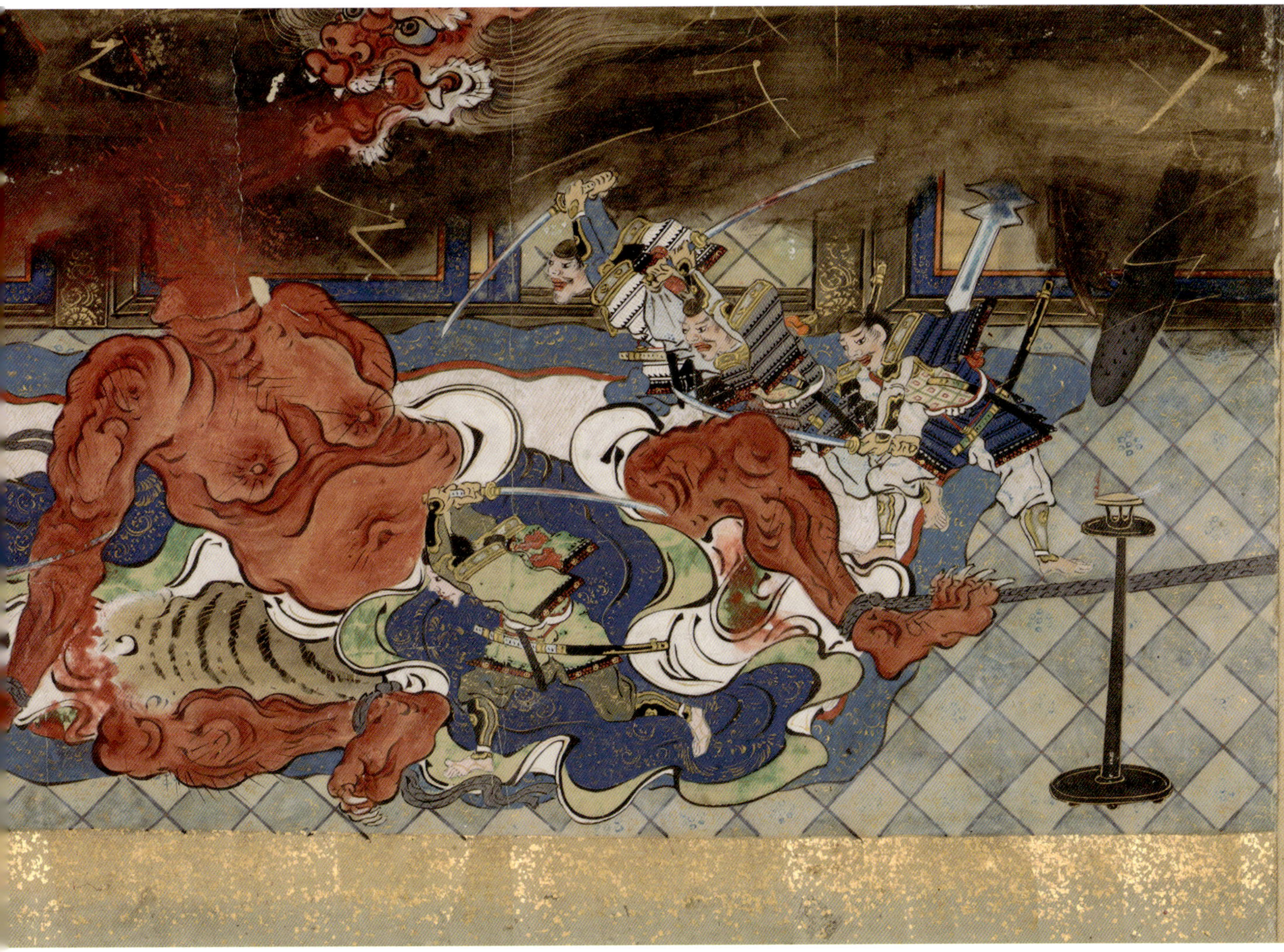

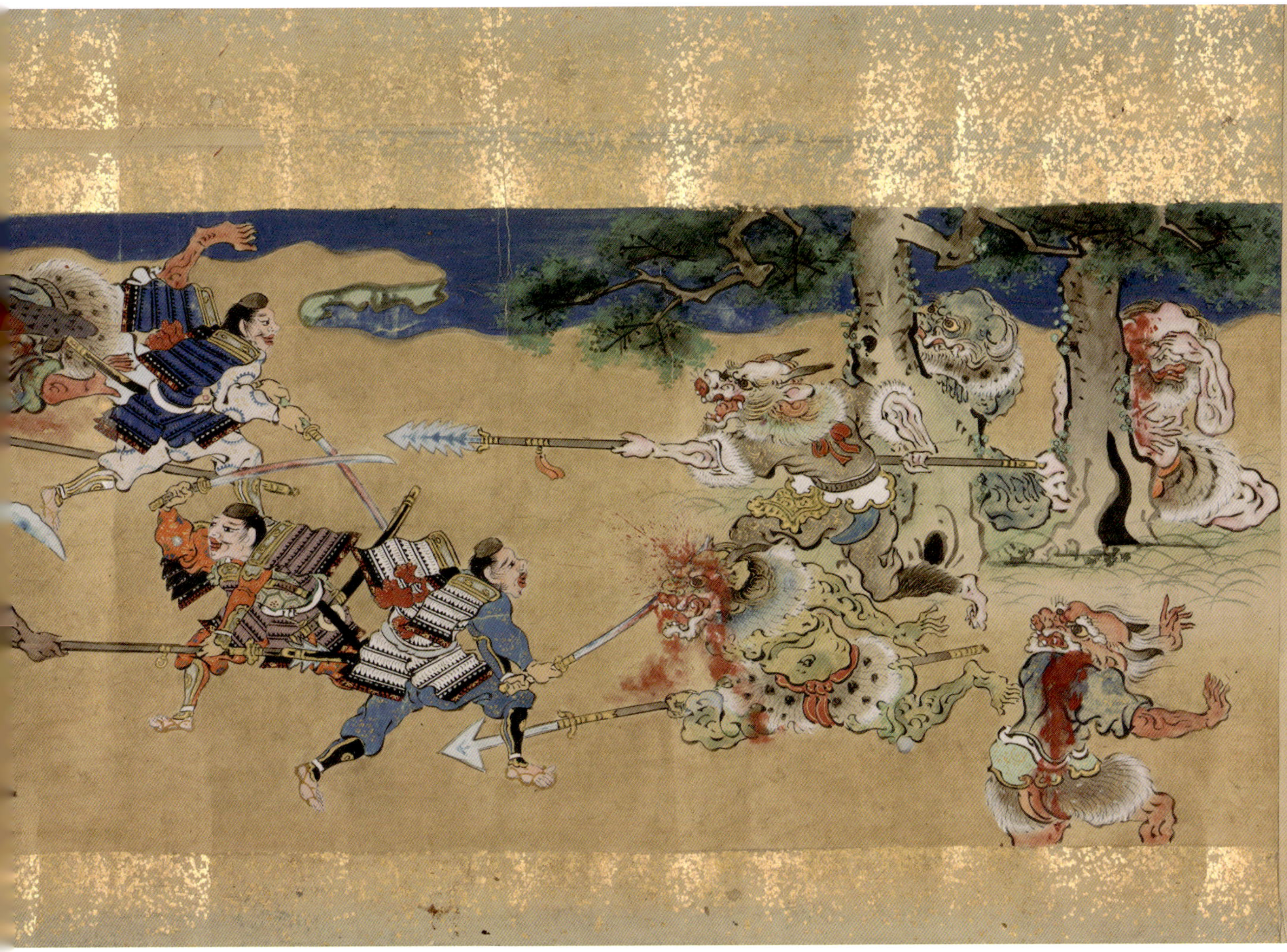

人々もうちよりおひはらめくらうともがら
かやうにみなくほろぼされけり

占卜，安倍晴明指出夺走孩子的是大江山的妖怪酒吞童子。源赖光领命去斩除这个妖怪。他与"赖光四天王"渡边纲、卜部季武、坂田金时和碓井贞光等人一同出发。

一行人来到神社中请求神灵的帮助。武士们听从神灵的建议，为了不引起妖怪的猜疑，他们藏起武器，装扮成苦行僧的模样。

半路上，他们遇到了一名为他们指路的女子。一番攀谈后才得知，女子已经有两百多岁，属于另一个世界。

他们到达酒吞童子的城池，受到了城主的热情款待。但招待他们的菜肴都是用人肉做成的，源赖光和"赖光四天王"不敢碰，否则就永远回不到正常的人类世界了。通过欺骗和诱惑妖怪及它的随从们，源赖光成功砍下了酒吞童子的头颅。被砍下的头颅在空中大声嘶吼着，又掉落下来咬住了源赖光的头盔。之前被妖怪抓走的人们立刻被放了出来，英雄们也胜利而归。当然，如果没有佛教神灵的帮助，他们是不会成功的。

最狡诈的妖怪总是不露声色

一次与朋友会面时，英勇的武士源赖光提到了一个魔鬼。只要有人靠近京都的罗生门，这个魔鬼就会跑出来为非作歹[30]。渡边纲不相信这个故事，他来到罗生门，大门旁边立了一张牌子，上面写着"禁止入内"。当他准备离开时，他的头突然被一只巨大的毛茸茸的手臂抓住，整个人都被抓离了地面。他急忙解开头盔的带子，这才掉到地上，从魔鬼手中逃脱。

魔鬼觉得自己被愚弄了，非常愤怒，又重新抓住渡边纲。不过这一次渡边纲飞速地砍掉了魔鬼的一只胳膊。魔鬼发出一声嚎叫，发誓一定要报仇，随后就消失了。

渡边纲把胜利品放进盒子里，去咨询阴阳师安倍晴明。安倍晴明嘱咐他七天之内不要出家门，也不要让府外的人进来。渡边纲严格遵守安倍晴明的叮嘱。但最后一天晚上，一个老妇人对门卫说自己是渡边大人的姑妈，请求见面。渡边纲先是拒绝了，但随后又改变主意，觉得不能让亲戚大半夜站在门外。老妇人向他表达了想看一看魔鬼胳膊的意愿，说外面关于此事的谣言都传开了。于是渡边纲把胳膊从盒中取出，正要递给老妇人时，老妇人突然变成魔鬼，把胳膊重新接到身上，狂笑着飞走了。这个魔鬼就是渡边纲和其他武士一起打败的酒吞童子的仆从。

77

77. 中村芝鹤，《纲馆鬼腕图》，昭和时代。
丝绸画，105.1 厘米 × 36 厘米。福冈市博物馆。

78. 月冈芳年，《新形三十六怪撰之老妇人接臂图》，1889 年至 1892 年。
木版彩色画，规格：大判。町田市立国际版画美术馆。

79. 佚名，《神农绘卷》，江户时代。
纸质绘卷（局部图），25.8 厘米 × 931 厘米。姬路，
兵库县立历史博物馆。

驱妖之术：放屁

　　描画放屁的绘卷虽然不太雅观，但是数量繁多。在《神农绘卷》中，有的人
在妖怪出现时不知如何摆脱，于是跑去咨询中国的神农，请求他给予帮助。神农
和三个人上了小船，朝着妖怪之岛驶去。

　　他们选择用一种奇怪的方法消灭妖怪：放屁使妖怪窒息而死。他们遇到妖怪首领，送给它清酒喝。当妖怪们睡着后，这四个人开始狂吃地瓜、栗子和柿子。食物很快起了作用，在他们肚子里翻滚，随后排出来的屁迫使妖怪们纷纷投降，妖怪首领还送给他们许多金银财宝。

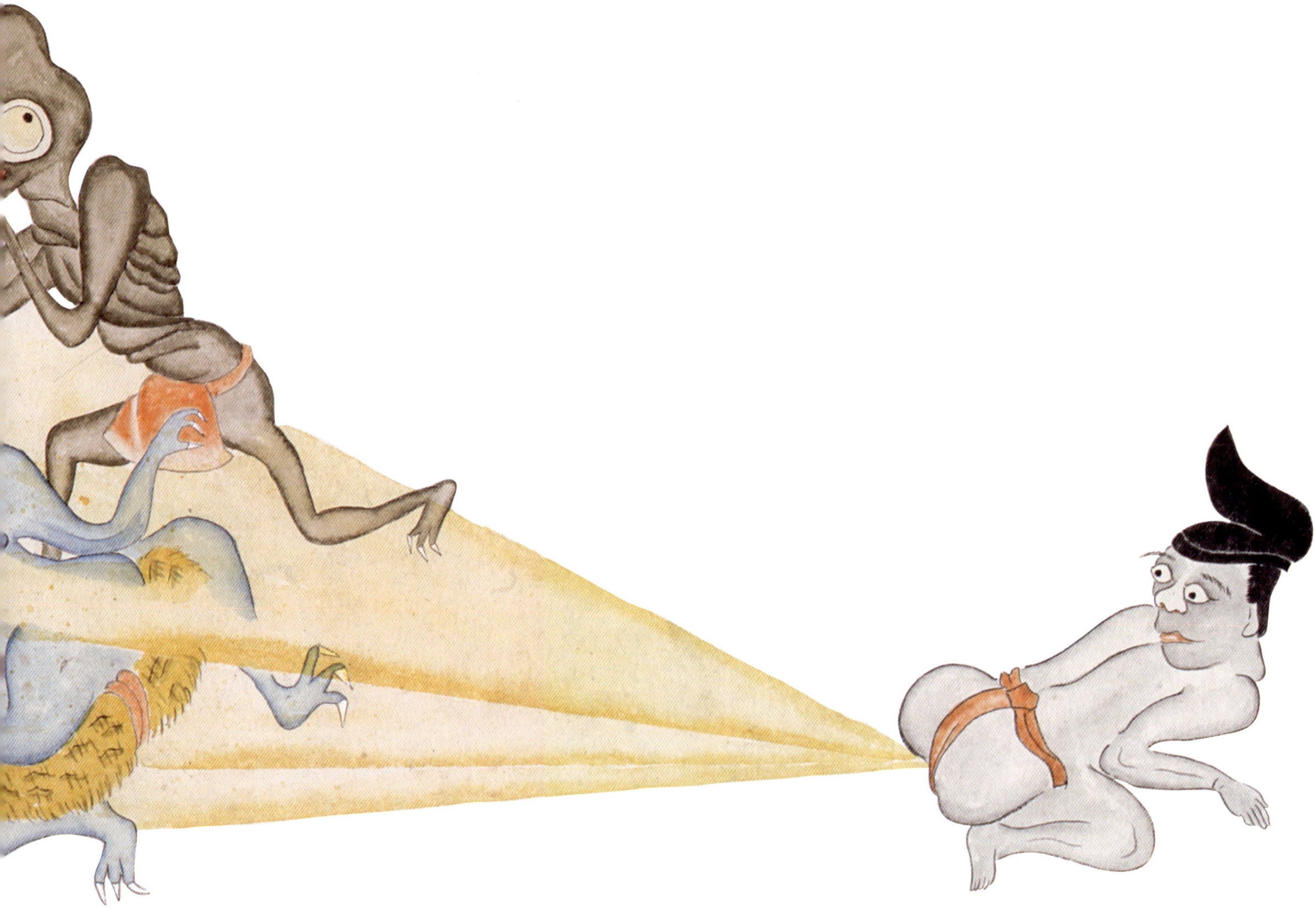

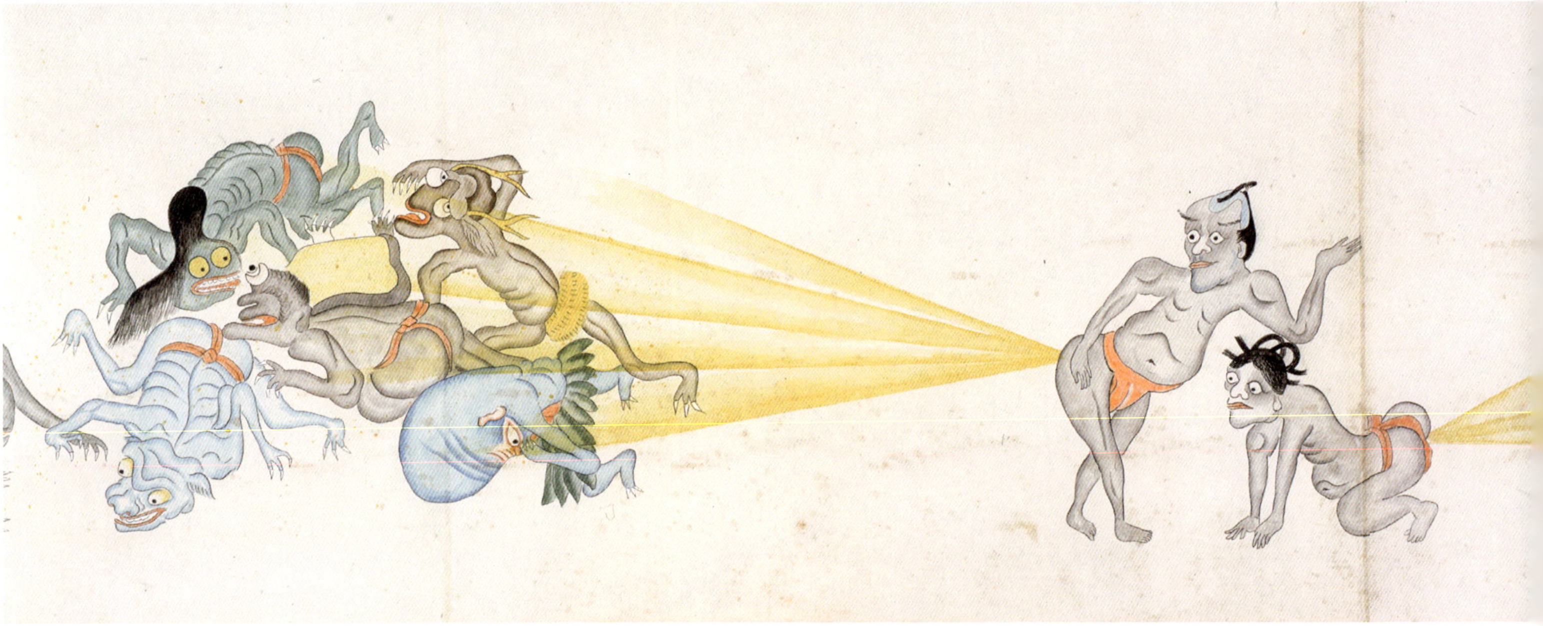

源頼光土蜘蛛ヲ切ル圖

生相怪诞的动物和假想的生物

要当心，一位美女也许仅仅是一只狐狸，一个男人很可能是狸妖变身；不要在某条河里洗澡，否则河童会吃掉你身体的一部分；也不要走某条道路，途中可能会碰到不吉利的天狗——这都是几个世纪以来一直在日本流传的传说。人类和化身为人形的动物（如鹤、狐狸、貉子、猫等）之间的爱情故事也层出不穷，故事的结局往往是动物的真实身份暴露，最后回到同类之中。动物也经常愚弄人类，甚至化身妖怪恐吓人。它们是许多文学作品的主角，最典型的是从室町末期到江户初期流行的短篇故事集《御伽草子》[31]。

《御伽草子》最初以绘卷的形式出现，随后发展为彩色插图书。这种插图书从十四世纪开始发展，到江户时代已经相当普及，供各年龄段和不同社会阶层的人消遣。彩色插图书的主题多种多样，包括镰仓时代的战争传奇、诗集、私人日记或随笔，其中有些故事的主人公是动物、植物或器具，大部分故事都有一个美好的结局。很多故事具有教育意义，针对的读者群是儿童或青少年。书内的插图十分精美，色彩鲜艳，虽然有的画风略显幼稚，但还是受到了人们的广泛喜爱。

还有一种小开本的绘卷，叫作小绘，长度是二十多厘米。这种绘卷方便携带，深受贵族家庭和富裕人家年轻女性和小孩的喜爱。书中人物的对话十分生动活泼。绘卷和带插图的书籍通常配有简短的文字说明，叫作"词书"，就像现在漫画的对话框一样。

室町时期还出现了一种叫"奈良绘本"的彩色插画书，有的画风十分简洁，有的画上撒着金粉，大受欢迎。从明治时代起，人们才把这种书命名为"奈良绘本"，可能是因为与奈良地区出售的画作有很多相似之处。在迁都江户之前，室町时期的大部分"奈良绘本"也是在奈良地区生产出来的。

巨型蜘蛛怪"土蜘蛛"

土蜘蛛是日本最可怕的妖怪之一，只有勇敢的武士才能从它的手中逃脱。许

80. 月冈芳年，《新形三十六怪撰之源赖光斩杀土蜘蛛》，1892 年。
木版彩色画，规格：大判。町田市立国际版画美术馆。

81

81-82. 佚名，《土蜘蛛草纸》，1837 年。
纸质绘卷（局部图），32.5 厘米 × 1080.1 厘米。国
际日本文化研究中心。

多绘卷都描绘了土蜘蛛的故事，有一幅十四世纪的绘卷《土蜘蛛草纸》，如今藏于东京国立博物馆。土蜘蛛同样也成了日本能乐和歌舞伎的表演主题。

绘卷故事的主人公是武士源赖光和他的四大随从武士之一渡边纲。途经北山旁散布着墓地的莲台野时，源赖光和渡边纲发现空中飞来一个人形骷髅。两人好奇心大起，跟随骷髅来到了吉田山上的森林。林中有一座老房子，似乎是没人住了。骷髅突然消失了，武士们决定离开此地，但他们想知道骷髅究竟是从哪里来的。源赖光便吩咐渡边纲守在房子门口，自己进去探查。他惊讶地发现了一位年老的妇人，妇人宣称自己已经二百九十岁高龄，曾连续服侍这栋房子的九个主人，她的言谈举止非常诡异。

源赖光退出来，渡边纲走进了厨房，感到十分担忧。闪电撕破了夜空，源赖光继续探查这座老房子，他先碰到了一群狂笑着跑过的魔鬼，又在另一个房间遇到一个女人。

这女人的个子不到九十厘米，但是头部却巨大无比。她扑灭了蜡烛，对着愤怒的武士大笑几声便消失了。在隔壁的房间，源赖光又发现了一位妆容精致但眼神怪异的美艳年轻女子。他以为终于找到了房子的女主人，然而女子突然从和服袖子里放出十多个白色的球状物，向着源赖光射去，想戳瞎他的双眼。源赖光可不是任人摆布的人，尽管对手是位美女。他拔出刀在空中挥舞，宝刀自上而下扎到地板上折断了，美丽女子也消失不见。渡边纲前来和源赖光会合，他们惊讶地看到刀身沾满了白色的液体，这绝不是人血。

二人惴惴不安地沿着地面上的白色痕迹来到一个洞穴的入口处，洞穴位于老房子西面的小山丘下。为了在最后的决战中保护自己，渡边纲制作了一个假人当作盾牌，并给假人穿上自己的衣裳。他们悄悄地钻进洞穴，眼前出现一只丑恶的蜘蛛怪——土蜘蛛。一道闪电猛地向假人劈过来，他们惊恐地看到，源赖光宝刀折断的那一部分竟然刺入了假人的体内。看来与怪物的战斗不可避免。源赖光和随从祈求天照大神和战神八幡神的保佑，和土蜘蛛开始对峙。

正在这时，土蜘蛛突然停止战斗，肚皮上翻倒地不起。源赖光砍下土蜘蛛的头，发现它已经身负重伤，也许就是因为在老房子里被砍的那一刀。两千多个人形骷髅和小蜘蛛从蜘蛛怪的伤口处跑了出来。武士们埋葬了妖怪，放了一把火将老房子点着后胜利而归，并得到了天皇的重赏。

83. 歌川国芳,《源赖光公馆土蜘蛛作妖怪图》,
1843 年。
木版彩色画,三折画,规格:大判,25.9 厘米 × 37.3
厘米。山口县萩美术馆·浦上纪念馆。
浮世绘画家经常选取流行的题材暗指时下的敏感
问题,以逃脱审查。在这幅图中,源赖光忍受
着痛苦,四个武士随从赶来救他。在一局棋中,
土蜘蛛招来其他妖怪,代表百姓反抗天保改革
(1830 - 1843) 的愤怒。实际上,源赖光象征
着德川幕府及其拥护者。

天狗

  日本的文学和妖怪艺术中有不少"天狗"的故事。天狗按字面意思为"天上
的狗"。天狗来源于中国古代的传说,是一种居于山上的恶魔。这种"恶魔"在
日本神话体系中也占有一席之地。它们住在森林里,像鸟一样长有翅膀。在《今
昔物语集》中,天狗被描述为类似鸢的生物,拥有超自然的力量,能让人产生诡

异的幻觉。著名的讽刺绘卷《是害坊绘卷》把天狗描绘成半人形的鸟，但只保留鸟爪、鸟喙和翅膀。在近来的图像中，天狗的形象还包含深红的脸颊和长长的鼻子等元素。

可怕的是，天狗还是亡灵的转世，人类必须万分小心，以防被骗。它们十分狡猾，竭尽所能欺骗僧侣。在《今昔物语集》中，有很多幽默戏谑的天狗故事。其中有一篇名为《伊吹山三修禅师得天狗迎》[32]，讲述美浓国琵琶湖的伊吹山附

84

84. 佚名，《是害坊绘卷》，14 世纪。
纸质绘卷（局部图），32 厘米 × 670 厘米。京都和东京，泉屋博古馆。

近住着一位高僧，他不习经文，只会念诵"阿弥陀佛"。

一天晚上，高僧面朝雅致的祭台和佛像念诵"阿弥陀佛"时，听到了一个声音，那声音说被他虔诚的信念打动，次日会来寻他。他真的以为自己感动了神灵，赶忙通知信徒，不停地念经，准备迎接佛祖的到来。

然而，一片浓厚的紫云升腾而起，笼罩了高僧的清修之所。就在这时，观音菩萨坐在紫金莲花座上，出现在僧人面前。高僧恭恭敬敬地走上前去，登上莲花座。观音迎上高僧，带着他朝西方而去[33]。信徒们怀着虔诚之心为上师念诵经文，坚信他就在佛祖的身边。可是一周后却发生了一件奇事，信徒们听到有人在山中的雪松上大喊救命，此人正是被天狗戏弄的高僧。不久，他便发疯死去了。

《震旦天狗智罗永寿渡此朝语》是《今昔物语集》中的另一个故事。

智罗永寿是一只强壮的中国天狗，目空一切，喜好吹牛，它去日本是为了看看彼岸的同类。这天狗曾打败过所有得道高僧，认为他们罪行累累。来到日本，它也立志要羞辱岛国的僧侣。日本天狗觉得这大言不惭的同类很有意思，愉快地接受了它的提议，并暗中观察它。智罗永寿化身老禅师，与一个比它强大许多的日本高僧对抗，却节节败退，只能匆匆逃了回去。随着绘卷的普及，这个有名的故事被进一步传播开来，许多绘卷再次描绘了这个故事，在形式上加以改编——包括主角的名字和部分情节。

十四世纪的《是害坊绘卷》就改编自这个故事，像《伊索寓言》一样，绘卷里的动物被人格化，我们能看到它们的缺点和弱点。《是害坊绘卷》中的故事背

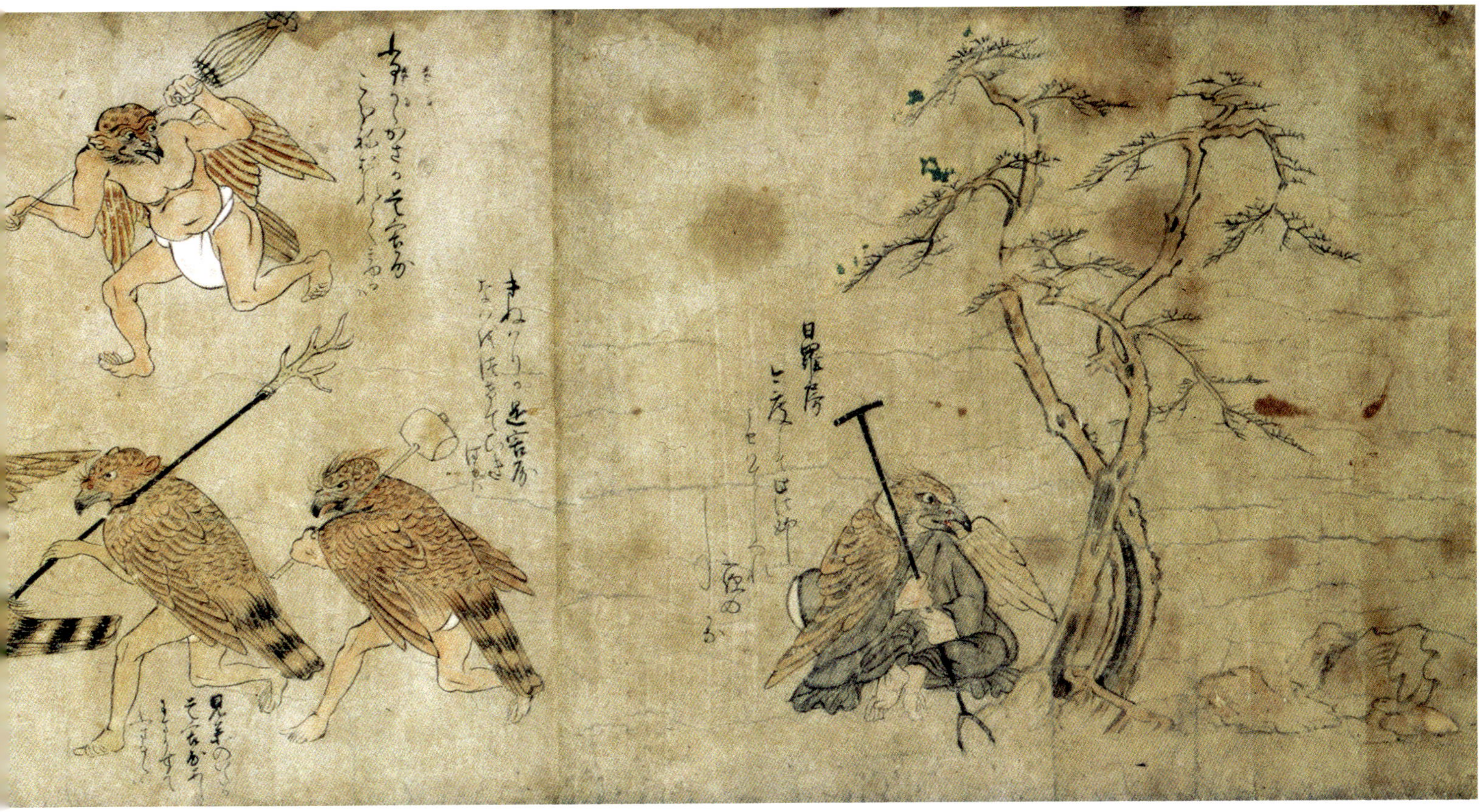

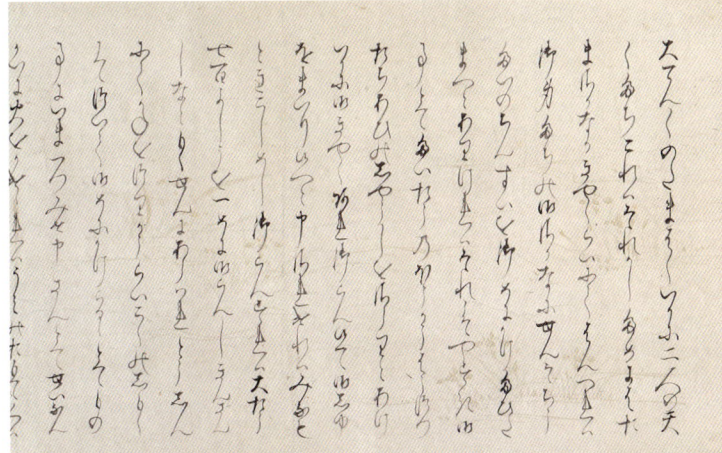

85

86

85-86. 佚名，《牛若丸鞍马寺修行绘卷》，江户时代，复制品。

纸质绘卷两卷（局部图），32.5厘米 × 1804.9厘米以及 32.3厘米 × 1800.2厘米。广岛，Umi-Mori美术馆。

87

87. 佚名，《牛若丸鞍马寺修行绘卷》，江户时代，复制品。
纸质绘卷两卷（局部图），32.5 厘米 × 1804.9 厘米以及 32.3 厘米 × 1800.2 厘米。广岛，Umi-Mori 美术馆。

88. 二代目歌川国辉，《鞍马山武术图》，1859 年。木版彩色画，规格：大判。日本公文教育研究会。
在这幅图中，牛若丸与八大天狗一同训练。鞍马山的天狗大师僧正坊看着他。僧正坊答应过牛若丸要好好地保护他。

景是九六六年，即村上天皇统治时期。这一年，大天狗是害坊来到日本，在爱宕山遇到天狗日罗坊。是害坊对自己的同类傲慢无礼，因为它在自己的国家已经战胜了很多得道高僧，听说日本也有很多知名僧人，就想将他们引入歧途。日罗坊天狗闻言接受了提议，并将是害坊引到比叡山，两人一起爬上了山。是害坊化身成老僧，日罗坊则躲在一棵树后静静地观察它。

僧人余计坐着轿子下山，在半山腰碰到是害坊。是害坊注意到有火焰从轿子里冒出来，十分害怕，便逃跑了。它随后又遇到几个厉害的法师，一番比较之后，发现自己的法力非常微弱。看到是害坊如此胆怯，日罗坊暗自嘲笑，并决定带它去见识见识比良山的天狗大师闻是坊。一听到这个名字，是害坊恐惧万分，立刻拒绝了邀请。

之后，它遇到了僧人余庆，被余庆身边的几个年轻僧人跟踪。这几个僧人攻击是害坊，还把它绑起来拳打脚踢，打完就跑掉了。日罗坊认为是害坊已经得到了教训，便飞过来解救它，用担架把这个连路都不能走的可怜虫抬走了。半路上，是害坊想在温泉里泡一泡治疗伤口。但是在日本，温泉是栖息着神道教神灵的圣地。日罗坊解释说，像它们这种神道教之外的物种，如果去温泉洗澡的话，很可能遭遇不幸。于是把它带到河边，和其他天狗一起烧了点热水，把是害坊小心翼翼地放入木桶中，悉心地照顾。过了十七天，是害坊的创伤终于愈合了，便

决定回国，日本的天狗们为它举办了一场欢送宴 [34]。这个故事幽默风趣，天狗之间的对话也非常口语化，画面就像漫画一样细致。

　　天狗也可以成为人类的保护者，比如少年牛若丸的故事。牛若丸名扬后世，是武士源义朝（源氏家族成员，与平氏家族对抗）和美女常盘御前的儿子。父

89. 歌川国芳，《武藏坊弁庆降伏之图》，1848 年至 1854 年。
木版彩色画，三折画，规格：大判。日本公文教育研究会。
描述了受八大天狗保护的源义经和武藏坊弁庆在京都五条大桥相遇的故事。

亲源义朝在夺取政权的斗争中失败被杀，母亲也被敌对阵营的平清盛抓走了[35]。在名门中，丧夫女子的命运是非常悲惨的。她们只能隐居寺庙，整日以泪洗面。但常盘御前愿意牺牲自己的名声，成为平清盛的侧室，这样孩子们才可以摆脱被杀戮的命运。

那时牛若丸才六岁，身强体健，平清盛担心日后牛若丸会报复自己，便想除掉他。牛若丸的母亲为了救儿子一命，把他托付给了鞍马寺的僧人东光坊。牛若

丸在这里学习经文，一待就是十一年。

  有一天，在寺庙附近的森林里散步时，牛若丸遇到了天狗大师僧正坊。僧正坊提议教授牛若丸如何使用武器。在天狗们的教导下（其中八个是日本最有名的天狗），牛若丸不断磨炼武艺，成为一名十分英勇的武士。在这部作品中，我们看到少年牛若丸前去六道轮回，在极乐世界幸运地见到了父亲源义朝，此时父亲已经到达了极乐境界。牛若丸向父亲保证，一定替父亲和源氏家族报仇雪恨。

90. 歌川国芳，《赞岐院眷属解救源为朝》，1850 年至 1852 年。
木版彩色画，三折画，规格：大判，每折为 25.4 厘米 × 37 厘米。山口县立萩美术馆·浦上纪念馆。

成年后，牛若丸离开鞍马寺，踏上了替父报仇之路。在中途，他遇到了后来成为他忠实伙伴的弁庆。

武藏坊弁庆（小名鬼若丸）是个本可以成为得道高僧的传奇人物。比起学习，他更喜欢赌博，而且做了很多恶事，喜欢抢劫路人、扣留兵器。一天晚上，他遇到了为躲避先父敌人而乔装为女人的牛若丸。弁庆发现牛若丸身上有剑，便

上前挑衅。这就是著名的牛若丸（本名源义经）和武藏坊弁庆相遇的故事。面对源义经的敏捷和强大，弁庆只能屈服，决定成为源义经的随从，忠实地追随他直到生命的最后一刻。

　　一些女英雄也知道如何制服天狗，比如伊贺局。伊贺局是镰仓时期宫中的著名人物。她是武士楠木正成的儿媳，也是后醍醐天皇（在位时期为 1318 年至

在这幅充满活力的木版画中，歌川国芳向我们描绘了作家曲亭马琴发表于 19 世纪中期的著名作品《椿说弓张月》中的一节。故事的主人公源为朝带领源氏军队逃跑，途中所乘船只不幸被暴风雨摧毁。他决定自杀时，妻子白缝姬为了阻止他，投海自尽了。幸运的是，已退位的崇德天皇的灵魂派鸦天狗来解救忠实的部下源为朝。源为朝的儿子得到父亲手下的保护，爬上一条巨大鲛鱼的脊背，而这条巨鲛正是由忠诚的武士灵魂所操控。他们最终平安抵达琉球群岛。

91

91. 月冈芳年，《和汉百物语之伊贺局》，1865 年。木版彩色画，规格：大判。町田市立国际版画艺术馆。

92. 月冈芳年，《月百姿 吉野山夜半月伊贺局》，1886 年。木版彩色画，规格：大判。町田市立国际版画艺术馆。

1339 年）皇妃的侍女。后来，后醍醐天皇被驱逐到京都，并在吉野行宫建立了新朝廷。在这趟危险的旅途中，伊贺局一直陪伴在皇妃左右。她以坚强的性格和健壮的体魄闻名，面对生活在平安时代的贵族藤原仲成的鬼魂变成的天狗，展现出了勇气。尽管天狗令人恐惧，但她还是冷静应对，天狗便立刻消失了。

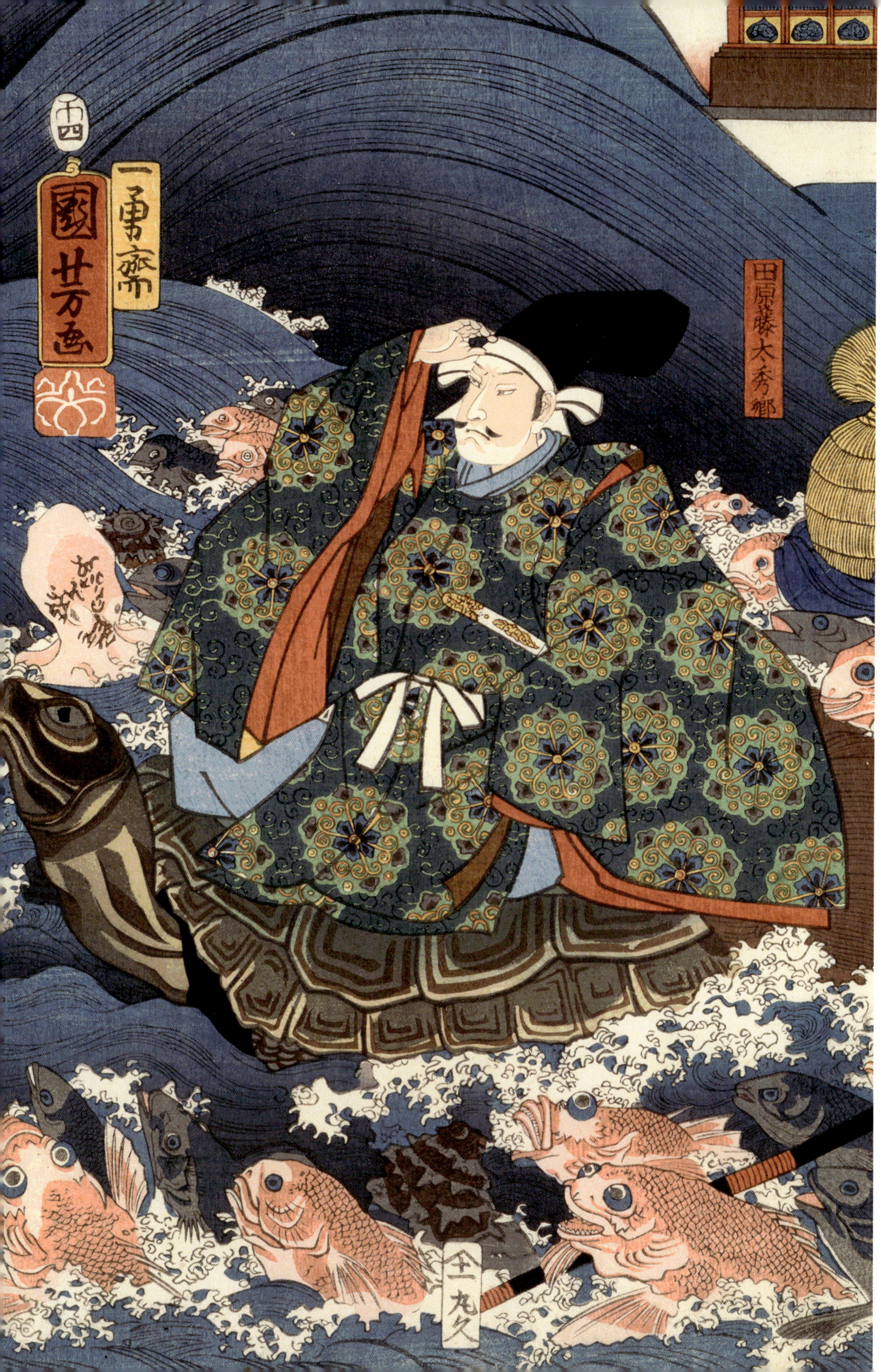

家喻户晓的英雄和动物

传说中的英雄

《竹取物语》

《竹取物语》出现于九世纪末，是日本最古老的物语作品[36]，开辟了日本物语文学创作的先河，有很多不同的版本流传至今。《竹取物语》一直是最受日本人喜爱的故事之一。

有位老爷爷每天都去砍竹子，再用竹子编成竹篮或其他编织品卖掉，以此谋生。有一天在茂密的竹林中，他突然看见一根竹子的根部在发光，走近后才发现竹竿里有一个三寸高的小女孩。老人把小女孩小心翼翼地捧在手里，拿着自己的东西，高高兴兴地回家了。家里的老婆婆看到这个孩子也十分开心，小心地把她放进篮子里。老夫妇给小女孩取名"辉夜姬"（月亮公主）。自从收养了这个女孩，老人每次去林中砍竹子，都能在竹竿里发现金子，因此变得非常富有。他建造了一座华丽的城堡，雇用了许多仆人，像对待公主一样养育小女孩。两个老人在女孩身上倾注了很多心血，她仅仅用了几个月的时间就长大成人了，并且出落得光彩照人，成了一位绝世美女。

辉夜姬的美貌迅速为人所知，吸引了许多追求者。但她没有看上任何一位，还给追求者提出了许多难题，借此拒绝他们。养父母很着急，担心自己死后没有人照顾辉夜姬。但辉夜姬不为所动，因为她知道自己来自另一个世界，不能和人类结婚。出于对父亲的尊敬，辉夜姬提出，为了弄清四个出身名门的追求者谁对自己的感情最深，会给每个人出一道难题：第一个人要找到佛祖的金钵；第二个人要去蓬莱寻找一棵树根是银的、树干是金的、果实是珍珠的树，并带一截树枝回来；第三个人要拿回一种极其罕见的耐火动物的皮毛；最后一个人要找到有助于分娩的贝壳。这四个追求者都爱辉夜姬爱得发狂，丝毫没有犹豫，纷纷出发去寻找女孩要求的东西，可惜都失败了。连天皇也听闻辉夜姬的美貌，想迎娶她。辉夜姬拒绝了天皇，解释说，成为帝王之妻是极大的荣誉，但是天上的信使快要来接她回去了。辉夜姬的养父母无法接受失去这个视如己出的女儿，便寻求军队的帮助。辉夜姬难掩离别之苦，可是真正的父母也在等待她，人类是无法与天上

前两页：
《龙宫赠俵藤太秀乡三件宝物》局部图，1858 年。全图详见 108 页。

93. 佚名，《竹取物语之大伴御行》，约 1660 年。奈良绘本，纸质彩色绘卷三卷，每卷为 29.5 厘米 × 22.4 厘米。日本公文教育研究会。

94. 佚名，《竹取物语之辉夜姬升天》，约 1660 年。奈良绘本，纸质彩色绘卷三卷，每卷为 29.5 厘米×22.4 厘米。日本公文教育研究会。

的信使相抗衡的。尽管辉夜姬的住所四周布满士兵，八月十五夜幕降临的时候，神灵还是乘着云彩从天而降。

面对光彩夺目的神灵，弓箭手只能放下武器。其中一位神灵对老人解释说，他再也不能见到辉夜姬了，因为辉夜姬来到人间是为了接受惩罚，现在她该回到天上去了。紧锁的大门神奇地敞开了，辉夜姬走了出来。她吃下长生不老药，穿上羽衣，忘记了所有的忧愁，忘记了在人间经历的一切，踏上绚烂的缎纹马车，缓缓升上天空，回到了月亮上。

浦岛太郎的故事

江户末期，日本的木版画大多取材于古老的传说和武士们的丰功伟绩。在日本家喻户晓的浦岛太郎的故事出现在浮世绘中的概率非常高。浦岛太郎的传奇故事要追溯到七二〇年的《日本书纪》，人们在后世的《丹后国风土记》（8 世纪中期）、《万叶集》（8 世纪末期）以及《宇治拾遗物语》（13 世纪初期）中也能读到。浦岛的故事同样出现在当代文学作品中，比如供儿童阅读的赤本故事、著名作家幸田露伴的《新浦岛》（1895）以及森鸥外的戏剧作品《玉匣两浦岛》（1902）等。

95. 月冈芳年，《浦岛太郎从龙宫归乡图》，1886 年。木版彩色画，规格：大判。日本公文教育研究会。

另外，这个故事也出现在诗歌中，比如诗人岛崎藤村的长诗《浦岛》（1901）。

　　当然，各个时代的画家都在描绘这个故事：一个名叫浦岛太郎的年轻人以打鱼为生。有一天，他的鱼钩被咬住了，他拉起鱼线，惊讶地发现钓上来一只大海龟。浦岛太郎心想，海龟这种动物能活很长时间，便把它放生了。第二天，他在钓鱼时看到一条精致的小船驶来，船上站着一位无比美丽的年轻女子。女子说自己遇到了暴风雨，多亏这艘船才活了下来，但她想回到自己的故乡，于是向这个年轻人求助。浦岛太郎无法拒绝如此美貌的女子，便划着小船，来到一座富丽堂皇的金顶宫殿前。女子向他坦白，其实自己就是那只被他放生的海龟。她是龙王的女儿，为了表达谢意，专门邀请他来龙宫游玩。这个地方美轮美奂，东西南北四个方向生长着四季的植物。之后浦岛太郎爱上了公主，并娶她为妻，两人过上了幸福美满的生活。

　　虽然有享不尽的荣华富贵，浦岛太郎还是想念父母和家乡，表示想回去看看。妻子因之感到焦虑，希望他能留在自己身边。但浦岛太郎还是决定回家三天。公主交给浦岛太郎一个盒子，让他保证无论发生什么事都不会打开。公主陪着浦岛太郎走到了岸边。但是，上岸后的浦岛太郎发现世间皆是陌生人，向别人打听也是徒劳，没有人认识他的父母。原来，自从他离开之日起，已经过去了

96

96-99. 佚名，《道成寺缘起之日高川绘卷》，江户中期。纸质绘卷，25.1 厘米 × 1388.9 厘米。西尾，岩濑文库。

七百年。浦岛太郎违背了自己的承诺，解开绑着珍贵盒子的绳子。一缕白烟从盒子里冒出来，他变成了一个老头，脸上瞬间爬满了皱纹，很快就死去了。浦岛太郎去了一个人类不应该知晓的世界，"解开神秘的绳子意味着驱赶灵魂、斩断他和妻子的联结，他们再也不能团圆了"[37]。

化身魔鬼的女人

《今昔物语集》中关于道成寺的故事来自平安时期的一个传说。许多绘卷都演绎了这个故事，并进行了适当的改编[38]。

一个年轻俊美的僧人同他备受尊敬的师父一道去熊野朝圣，途中在一栋房屋前停下脚步，向屋内一位年轻的寡妇化缘。两位僧人受到热情的招待，并留宿在这里。晚上，寡妇偷偷拉开房门，躺在年轻僧人身边，向他倾诉爱意。年轻僧人被惊醒，拒绝了寡妇的挑逗。为了摆脱纠缠，年轻僧人承诺自己朝圣之后就回来找她。女子有点不满，但翌日还是让他离开了。

几天过去，年轻僧人并没有回来，寡妇明白自己被欺骗了。她十分愤怒，便出发寻找僧人。她跑得上气不接下气，渐渐变成了一条巨大的白蛇。面对突如其来的白蛇，年轻僧人吓得扔掉行李，边逃跑边祈求她的原谅。他寻求摆渡者的帮助，渡过日高川，躲进了道成寺。他自以为躲藏的地方很安全，可是变身白蛇的寡妇游过河，闯入了寺庙。年轻僧人藏在一个笨重的铜钟里，白蛇还是发觉了他的踪迹，用身体缠绕铜钟，朝上面喷火，想把曾经爱过的男人杀死。她的脸上流下了血泪。离开寺庙后，寡妇便自杀了。其他僧人急忙往炽热的钟上泼水，当他们把钟举起来的时候，只看到年轻僧人烧焦的尸体，不禁感叹他的悲惨命运。有一天晚上，道成寺的长老梦到了两条蛇。一条蛇对他说，自己就是那个被蛇妖缠住的僧人，希望长老念经超度。长老在梦中急忙照着它说的做了。在第二个梦境

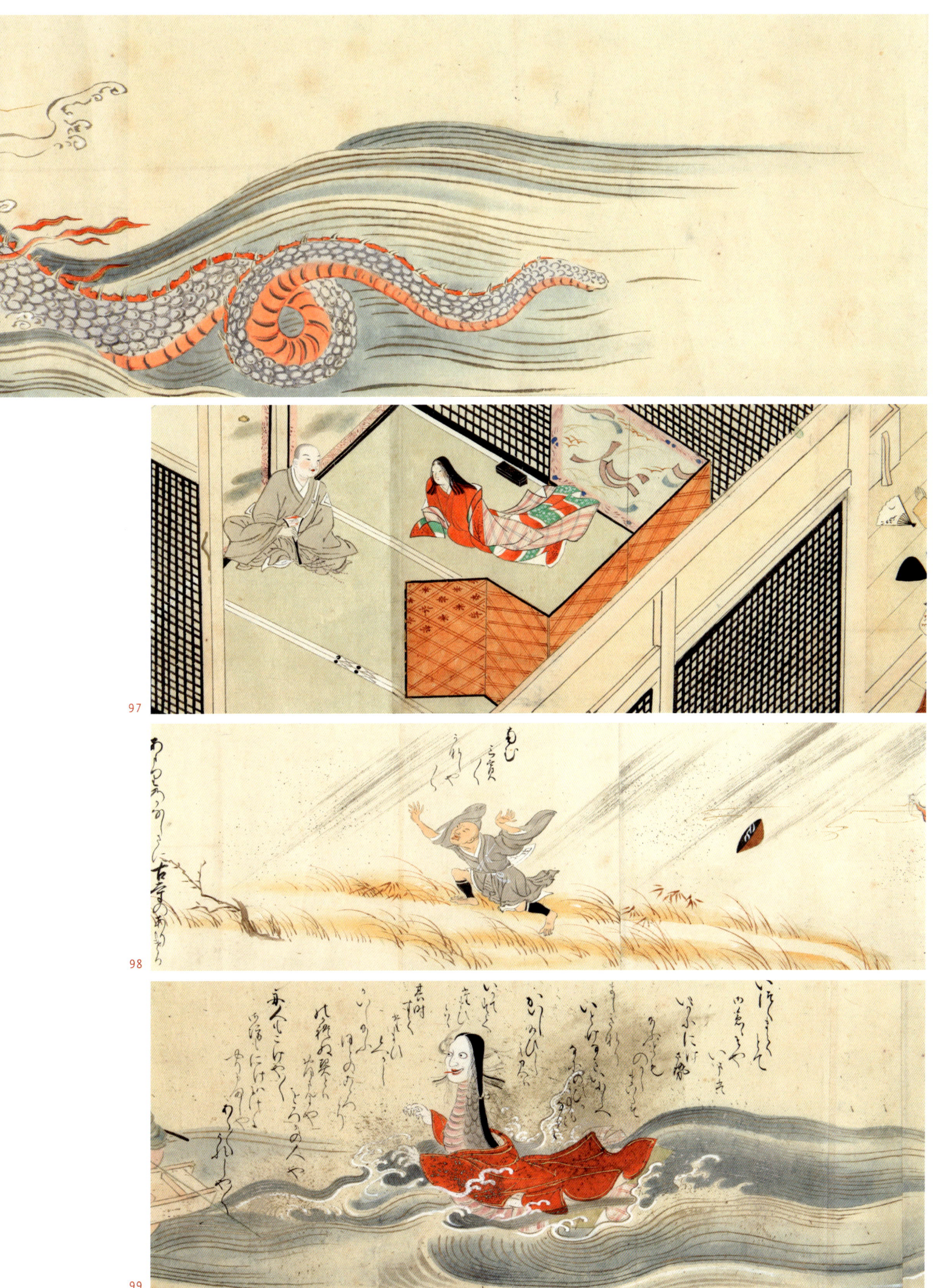

97

98

99

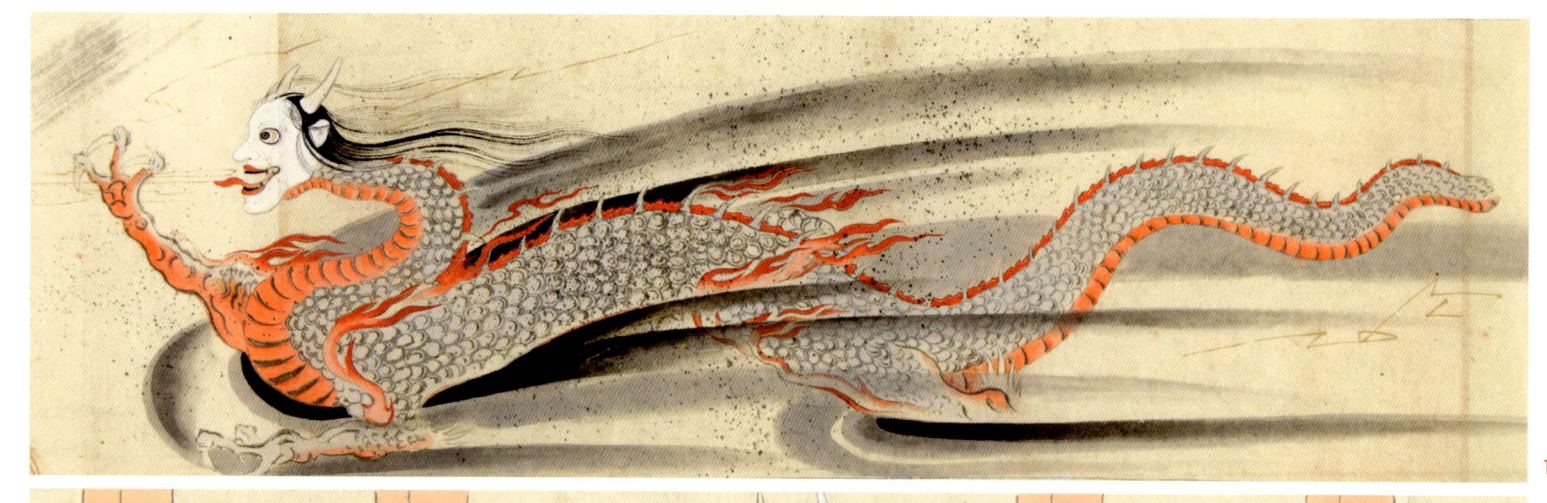

100-101. 佚名，《道成寺缘起之日高川绘卷》，江户中期。纸质绘卷，25.1 厘米 × 1388.9 厘米。西尾，岩濑文库。

中，他梦到僧人和蛇妖已经抵达了极乐世界。

俵藤太

日本的英雄人物大多足智多谋且身强力壮，不管是面对巨型蜘蛛怪、蛇妖，还是恐怖的魔鬼，他们都无所畏惧，给被妖怪折磨的人带来了慰藉。英雄们总能战胜妖魔，当他们凯旋时，既会受到百姓的热烈欢迎，也会得到达官显贵甚至天皇本人的称赞。

创作于十五世纪的《俵藤太物语》讲述了英勇武士俵藤太的故事，绘卷版本出现在十六世纪的江户时代初期。俵藤太是生活在十世纪的武臣，效力于朱雀天皇[39]（923 年至 952 年）。他出现在许多传奇故事中，以异于常人的勇气而闻名。一次，俵藤太来到近江国（如今的滋贺县）要穿过濑田桥时，发现桥上卧着一只长达六十米的巨型蛇妖。俵藤太没有丝毫畏惧，跨过蛇妖，若无其事地前进。夜幕降临，一个年轻美丽的女子出现在他面前，说自己就是他白天遇到的那条蛇。她原本住在琵琶湖下的龙王宫殿，被一只千足巨型怪物吓到了，请求俵藤太斩除它。世上没有什么能难得倒俵藤太，哪怕是一只千足大怪物，于是他立马答

应了，带上一张弓和三支箭，出发寻找怪物。发现怪物后，他射出了第一箭，但是没射中目标。第二箭也不走运。第三箭不能再失手了，否则就会丢掉性命。于是，他默默地向阿弥陀如来祈祷，把第三支箭射了出去，没想到竟奇迹般地吓跑了怪物。龙宫的公主又出现了，为了表达感谢，她送给俵藤太两卷丝绸、一口神奇的锅和一个米袋[40]。锅里可以变出他想吃的各种食物，米袋中的米足够他吃一辈子。她又邀请俵藤太来到龙王宫殿——这个地方富丽堂皇。龙王亲自用香醇的

102-103. 佚名，《俵藤太》，16 世纪。
纸质绘卷两卷，33 厘米 × 1019.1 厘米以及 32.9 厘米 × 937.9 厘米。广岛，Umi-Mori 美术馆。

104. 歌川国芳，《龙宫赠俵藤太三件宝物》，1858 年。木版彩色画，三折画，每卷为 36.9 厘米 × 254.6 厘米。山口县立萩美术馆·浦上纪念馆。

清酒和盛宴招待他，还赠送给他一副黄金盔甲和一把宝剑，以及一座能够减轻疼痛的红铜大钟。不久，俵藤太听说平将门叛乱，他身着龙王送的盔甲，手持龙王送的宝剑，平定了这场暴动。为了表彰他的英勇，天皇给他升官加禄。俵藤太把珍贵的红铜大钟安置在三井寺中，用以造福信徒。他后来成为江户时期大量木版画的主人公。

捕鱼之神和狩猎之神的故事

绘卷《神代物语》讲述了捕鱼之神和狩猎之神两兄弟的故事，这个故事要追溯到《古事记》和《日本书纪》这两本古书。捕鱼之神海幸彦和狩猎之神山幸彦是一对兄弟，他们在各自的领域都是一把好手。有一天，弟弟山幸彦觉得哥哥的

105

105. 河锅晓斋，《日本神话：海幸山幸》，1878 年。纸质水墨画，24.7 厘米 × 21.6 厘米。私人收藏。

活计很有趣，三次要求交换两人手里的工具，都被哥哥坚定地拒绝了。但面对弟弟的坚持不懈，海幸彦尽管有所担忧，最后还是让步了。如他所料，弟弟没有捕到一条鱼。更令他绝望的是，宝贵的钓鱼钩被弟弟丢进了大海。这惹得海幸彦非常愤怒，命令弟弟把鱼钩找回来。山幸彦吓坏了，不知如何补救自己的过错，更不知道在苍茫的大海里如何找回这么小的鱼钩。他便把自己的宝剑打碎，制成五百个鱼钩给哥哥，希望得到原谅。可是海幸彦不肯接受，只想要自己的鱼钩。绝望的山幸彦返回海边，忍不住痛哭起来。盐土老翁看到他如此伤心，便过来帮忙，用竹子做了一艘船，为他指引方向，告诉他将会到达一座宫殿，宫殿前的一口井旁边有棵桂树。山幸彦要爬上这棵树的树顶，海神的女儿丰玉公主才会看到他，并给他出主意。山幸彦认真地听从了盐土老翁的建议并照做了。他来到宫殿门前，爬到树顶等候。丰玉公主的一个女仆过来打水，看到井水里倒映着一个男子英俊的面容，女仆大为震惊。山幸彦朝女仆讨水喝，女仆急忙递给他一件珍贵的容器。他取下项链上的一颗宝石，放在盛满水的容器中。看到这颗宝石，丰玉公主知道有一位神灵正在不远处，便立刻来到山幸彦的面前。二人一见钟情。海神热情地招待山幸彦，并把女儿嫁给了他。

山幸彦在绝美的宫殿里度过了三年的幸福时光。某天，他突然开始哀叹起来。他对岳父说，总是忍不住惦记哥哥的鱼钩。于是，海神把所有鱼召集起来，问它们知不知道哪里能找到这个鱼钩。鱼儿们回答说，有一条黄花鱼一直抱怨嗓子里有个东西，都没办法进食，也许那就是山幸彦要找的物件。它们仔细检查了黄花鱼，找到了那个珍贵的鱼钩并还给了山幸彦。

海神对他的女婿说：“既然你的哥哥如此折磨你，你为什么不对鱼钩下诅咒，让他受到惩罚变得贫穷，从而乞求你的原谅呢？”海神送给山幸彦两块神奇的石头，又命令一只鲛鱼护送他回到岸边。上岸后，山幸彦找到哥哥，归还了鱼钩。他遵从海神的建议，于是哥哥日益贫穷，备受痛苦的折磨。有一天，海幸彦准备跳海自尽，山幸彦救了他的命。海幸彦于是跪在弟弟面前，请求得到他的原谅。

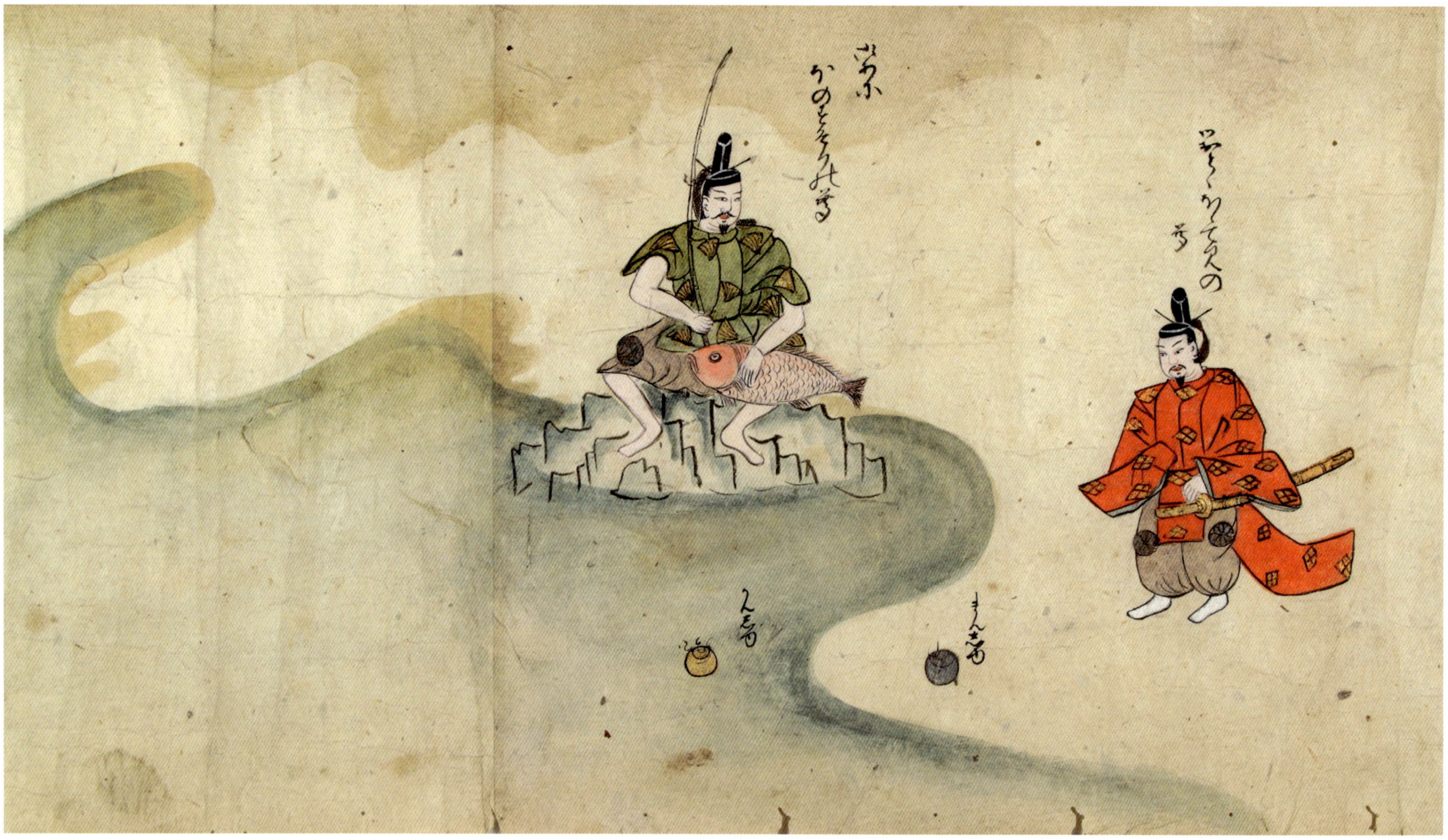

107

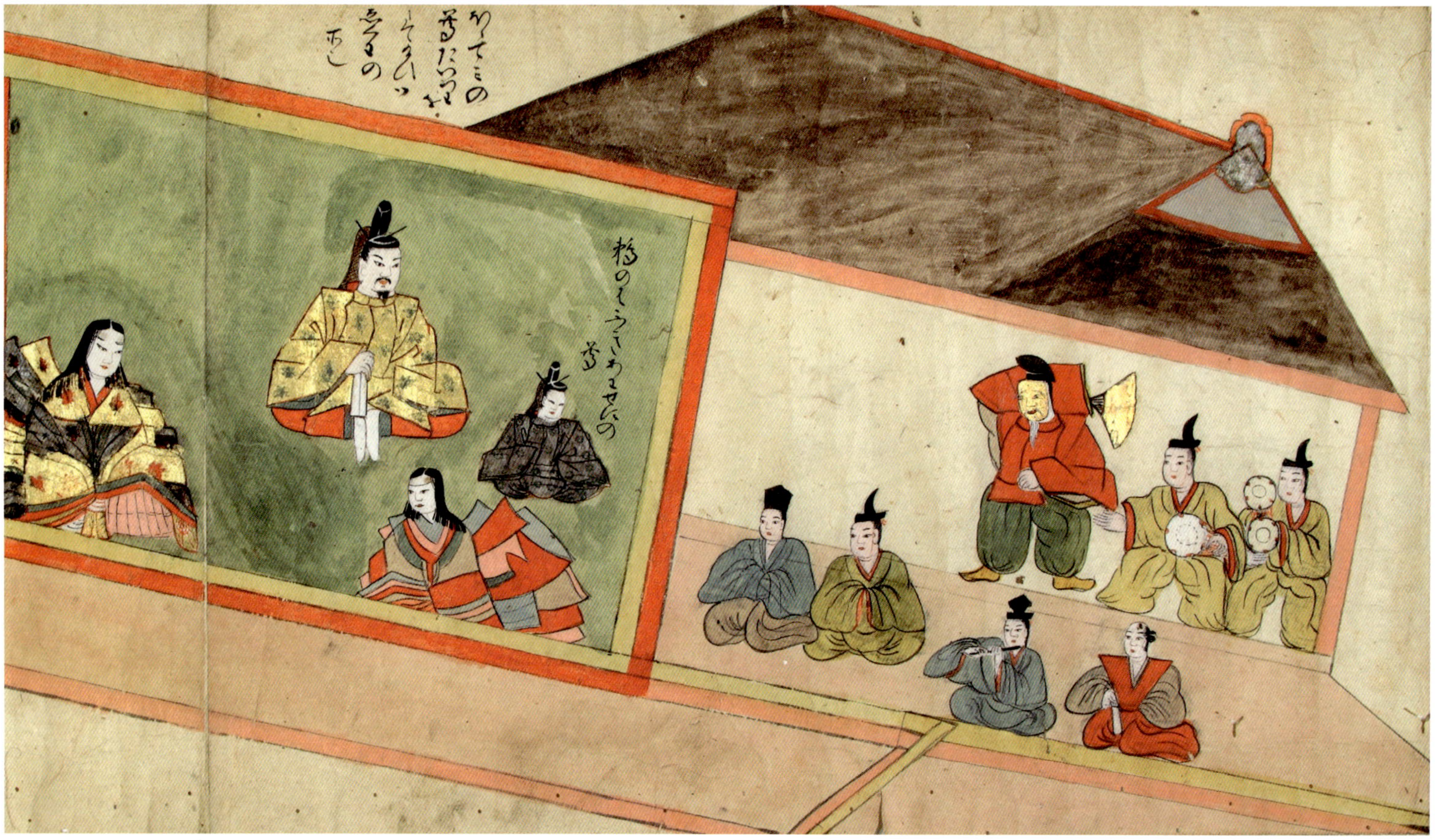

109

106-109. 佚名，《神代物语绘卷》，室町时代。
纸质绘卷，30.2 厘米 × 960.5 厘米。西尾，岩濑文库。
106. 井边相遇。
107. 黄花鱼的故事。
108. 鲛的护送。
109. 重获幸福。

106

108

拟人化的动物

许多传说的主人公都是动物，或者是变成人类、与人通婚的动物。在绘卷《御伽草子》中，动物们的言行举止与人类相同，它们或保留原本的外形，或变身为人类的模样。

麻雀

《小藤太绘卷》讲述了这样一个故事。

麻雀小藤太夫妇的生活十分幸福美满，育有一个孩子。有一天，当麻雀夫妇出门觅食的时候，一条蛇趁机吃掉了它们的孩子。麻雀夫妇悲痛无比，别的麻雀也不知如何帮助它们。于是它俩决定去朝圣以寻求安慰。麻雀夫妇分别拜访了不同的寺庙。小藤太身着佛教服饰，走遍了全国的主要寺庙，比如京都的清水寺、高野山以及其他著名的佛教道场。麻雀夫妇最终重逢，过上了虔诚而平静的生活。

在那个时期，幼儿夭折的情况时有发生。这幅绘卷是供贵族家庭或富有武士家庭的年轻女孩消遣的，像很多绘卷一样，它告诉人们物质的虚浮，教育世人遵守佛法才是正确的处世之道。

另一个在日本非常有名的关于麻雀的故事是《被剪掉舌头的麻雀》。这个故事起源于中国，后来流传到了日本，被写入《宇治拾遗物语》。这只麻雀也出现在江户时期的赤本故事以及现在许多艺术作品中。

故事讲的是一位老爷爷一直悉心照料一只麻雀，但他的老伴是个吝啬鬼，觉得这只麻雀吃得太多，于是剪掉了麻雀的舌头。可怜的麻雀便飞回了家。

老爷爷出去寻找麻雀，想替老婆婆道歉，希望老婆婆的残忍行为能得到麻雀的原谅。在麻雀的宅所中，老爷爷受到了热情款待。临走时，麻雀让他挑选一件礼物。老爷爷在一大一小两个盒子中选择了较小的那个，结果发现里面装满了金银财宝。

110. 月冈芳年，《和汉百物语之贪婪的老妇人》，1865年。
木版彩色画，规格：大判。町田市立国际版画美术馆。画家在这幅画中展现了《被剪掉舌头的麻雀》中残忍的一幕。

接下来的几页：
111-114. 佚名，《小藤太绘卷》，室町时代。
纸质绘卷（局部图），23厘米 × 646.5厘米。西尾，岩濑文库。
111. 麻雀皈依佛教，走遍全国。
112. 来到清水寺。
113. 在山中祈祷。
114. 拜访寺庙。

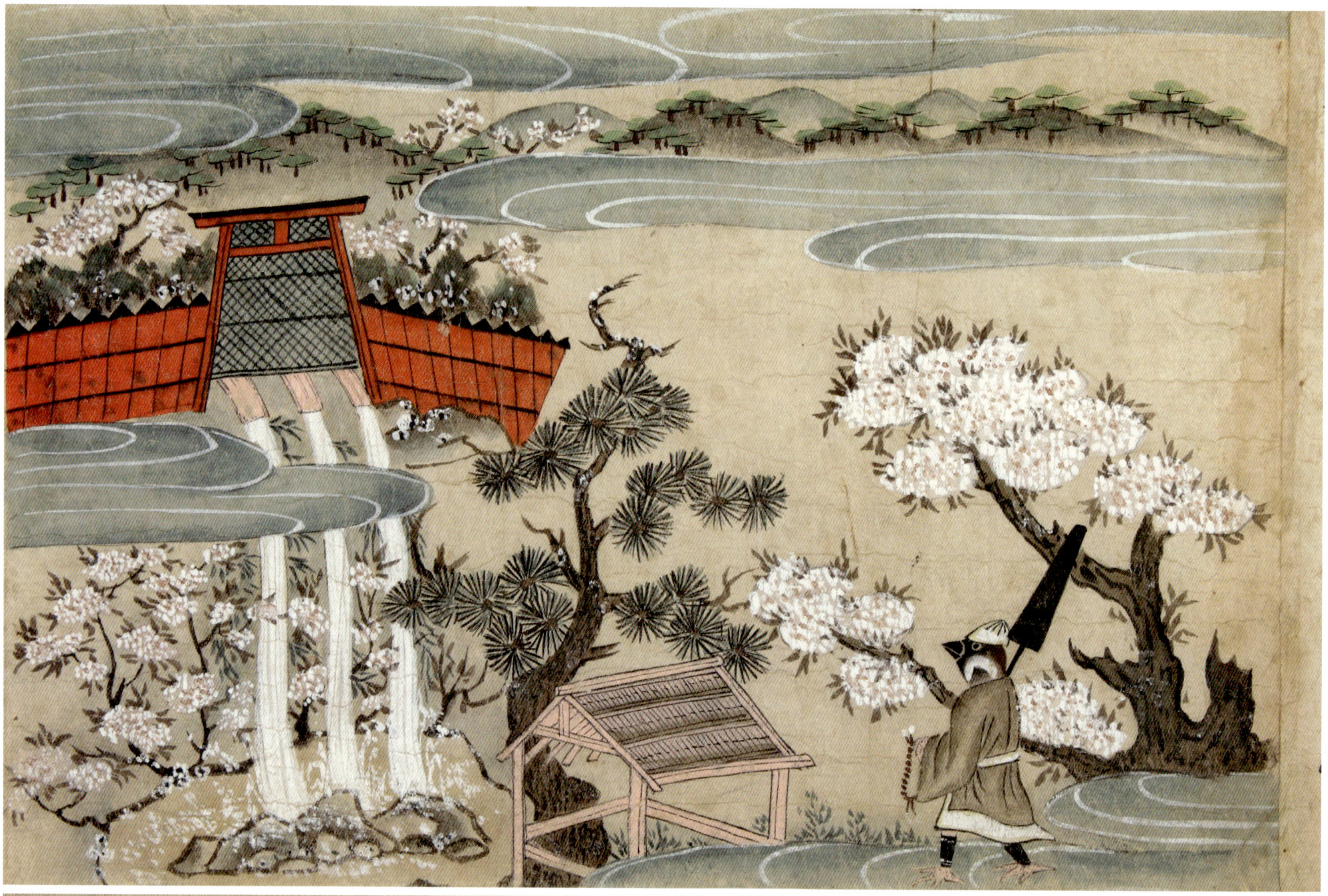

112

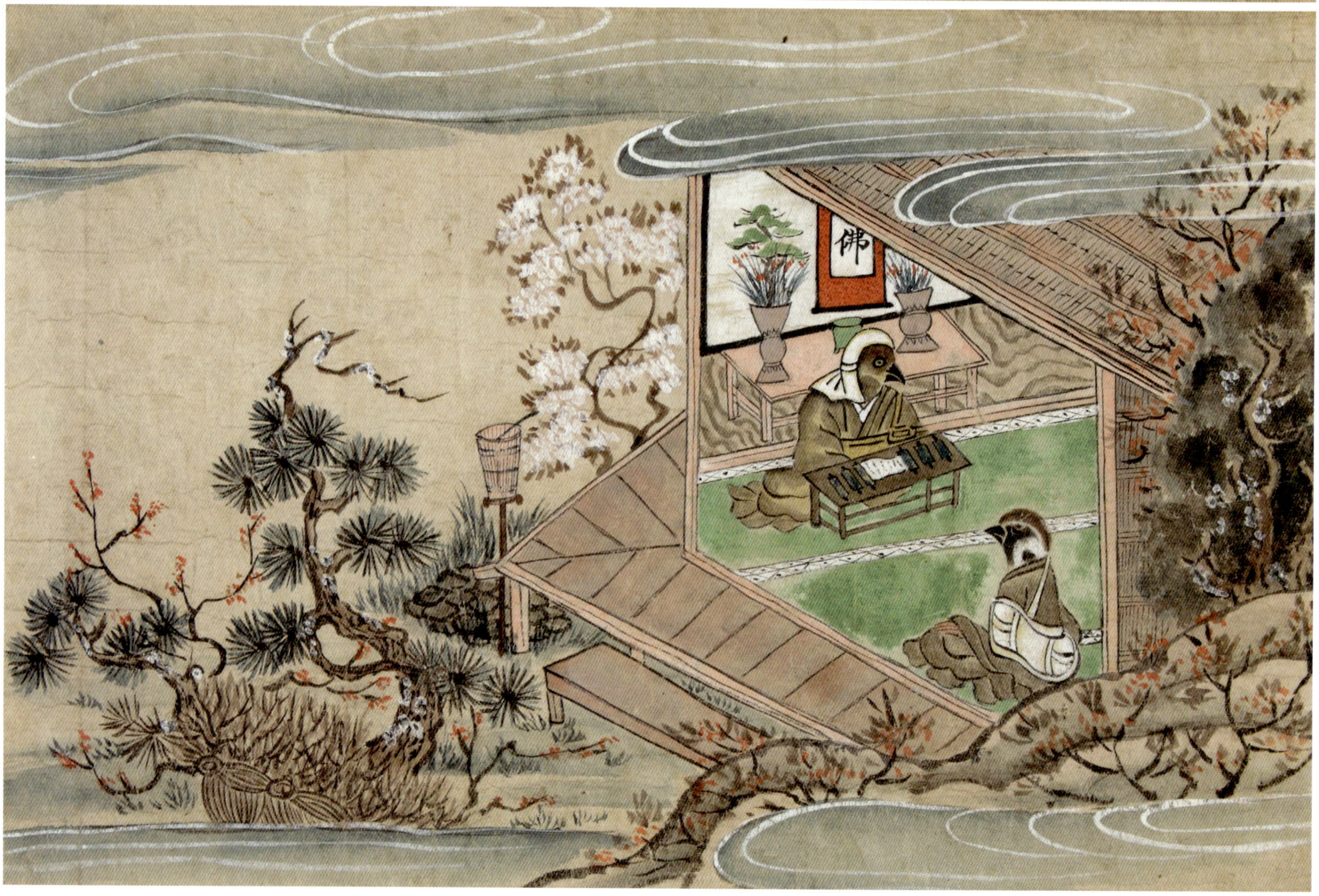

114

111

113

115. 佚名，《白鼠弥兵卫绘卷》，18 世纪。
纸质绘卷（局部图），33.8 厘米 × 1293 厘米。大阪
青山历史文学博物馆。

后来，贪婪的老婆婆也找到了麻雀一家，她选择了大盒子。回家路上，她迫不及待地打开盒子，以为里面都是金子。但是当她打开盒盖时，盒里涌出了妖魔鬼怪，一个比一个可怕，老婆婆后悔不已。

老鼠

《白鼠弥兵卫绘卷》的主人公是一只名为弥兵卫的白鼠。在古代日本，白鼠被认为是七福神之一大黑天的仆人，能给人带来幸福和财富，深受人们喜爱。

在京都的东寺中，住着一只名叫弥兵卫的白鼠，它马上就要和心爱的白鼠姑娘结婚了，这幅绘卷描画的正是婚宴的准备过程。白鼠们都身着奢华的和服，为婚宴忙前忙后，有条不紊地准备着菜肴。有的把米倒入臼中做成麻糬，有的借着煮饭的间隙洗鱼、烤鱼或者做刺身。

白鼠夫妻婚后过上了幸福的生活。不久，一只小白鼠诞生了。有一天，弥兵卫在一次捕猎中失手。它本想捕获一只野雁来讨妻子欢心，没想到野雁飞走了。更令人绝望的是，弥兵卫挂在野雁的身上，也被带走了。好在野雁中途把它丢下，在那里，它遇到了许多同类。那些老鼠热情地欢迎它的到来，并举办了一场欢迎会。

最后，老鼠们的首领护送弥兵卫回到京都，弥兵卫终于和家人团聚。为了表达对首领的感谢，弥兵卫送给它许多宝贵的礼物。

青蛙

日本的艺术作品中为什么经常出现青蛙的形象？为什么著名绘卷《鸟兽人物戏画》的主人公是青蛙、猴子和兔子呢？关于这些疑问，日本的研究者说法各不相同。一些人认为，日本一直信奉万物有灵论，青蛙代表水中的"灵"，而猴子

116

和兔子则代表森林中的"灵"。还有一些人则认为，画家们之所以选择这些动物，仅仅是因为它们容易被拟人化。

青蛙是艺术家最喜爱的动物之一，也融入了日本人的生活环境。稻田和池塘里的蛙鸣像一曲动人的交响乐章，青蛙滑稽的形象也给了画家们很大的发挥空间。青蛙还出现在许多古代著作中，比如编撰于七二〇年的《日本书纪》，书中写到应神天皇在旅途中品尝青蛙肉。编撰于平安时期的《今昔物语集》中同样出现了青蛙的形象。

在日语中，"青蛙"（かえる）和"回家"（帰る）的发音相同，这也是它成为一些宗教场所象征物的原因。许多人向青蛙祈求，希望自己能平平安安地回到故土。

画家渡边南岳的绘卷《青蛙大人行列屏风图》显然受到了《鸟兽人物戏画》的影响。绘卷中的青蛙站成一排，就像迎接武士大名的队伍。《鸟兽人物戏画》在日本有着举足轻重的地位，古时作为国宝藏于京都的高山寺中。这部画作共分为甲、乙、丙、丁四卷，在流传到后世的过程中损坏了一部分，如今分别保管在不同的博物馆内。

古往今来很多人不断地临摹和研究它，直到现在仍是艺术家的灵感来源，名声已经跨越了日本的国界，名扬海外。

甲卷是最早也是最有趣的绘卷，描绘了拟人化的动物。其他三卷里既有真实的动物，也有想象的动物，除此之外还有各色人物。在那个时代，拟人化动物的灵动和表现力非常令人瞩目。尽管没有题词和注释，但《鸟兽人物戏画》仅仅用画笔就表现出了如此有趣的画面，以至于现在有许多人认为它是当代漫画的鼻祖。

在绘卷里，动物可以进行相扑、骑射、法会、祭祀等活动，画家成功地把它们进行了拟人化。

117. 鸟羽僧正（据传），《鸟兽人物戏画》，12 世纪至 13 世纪。
纸质水墨绘卷（局部图），30.6 厘米 × 83.3 厘米。东京国立博物馆。

这部画作本身谜团重重，作画的目的和作者均不明。前两卷大约出现在十二世纪，后两卷则是完成于十三世纪初期。虽然有人认为这些画出自高僧鸟羽僧正之手，但没有确凿的证据，目前公认画作是由多位画师经历不同年代创作而成。同样，人们也不明白这幅绘卷描绘了许多不敬之处的目的是什么。一些研究者认为这是对宗教的讽刺，画中的青蛙、兔子和猴子等动物代表着品行不端的僧人。但具体目的仍然是个谜，也许《鸟兽人物戏画》要一直盖着这层神秘的面纱了。

119

120

狡猾的狸妖

接下来的绘卷故事取自室町时期非常著名的传说《咔嚓咔嚓山》。

故事的主人公是一只坏心肠的貉，也就是我们常说的狸或狸妖。"狸"在日本的故事和传说中经常出现，日本人认为这是一种十分淘气又特别爱喝清酒的动物。狸喜欢捉弄人，拥有强大的法力，而这些法力竟然都藏在它们那巨大的睾丸中，所以它们化为人形后还是会保留巨大的睾丸。

在这个故事中，一对老夫妻外出砍柴时，遇到了一只狸。老爷爷设下圈套逮住了它，并将它带回了家。

老爷爷再次出门前把狸交给了老婆婆，希望老婆婆把它做成美味的晚餐。狡猾的狸并未反抗，而是对老婆婆说："你也应该累了，快休息一会儿吧。我最擅长跳舞了，可以为你跳支舞，让你放松一下。"老婆婆听了很开心，便把它放了出来。谁知狸一出来就将老婆婆杀了。然后它把老婆婆放入锅中煮熟，自己化身

119-120. 山泽与平（故事和插图），《被吃掉的老婆婆》，1876 年。
纸质绘卷（局部图），18.3 厘米 ×577.5 厘米。东京，东洋大学。

118. 歌川国芳，《貉的相扑比赛，貉的夜市摆摊》，1830 年至 1843 年。
木版彩色画，规格：横中判，25.3 厘米 ×37.2 厘米。山口县立萩美术馆·浦上纪念馆。

121-123. 山泽与平（故事和插图），《被吃掉的老婆婆》，1876年。

纸质绘卷（局部图），18.3厘米 × 577.5厘米。东京，东洋大学。

成老婆婆的模样。老爷爷回到家里，闻到锅里飘出的香喷喷的肉味很高兴，坐在桌旁边吃边说："这狸的骨头可真硬啊！我以后还要抓几只狸来吃。"

这时，狸变回了原本的样子，边笑边逃，还把老爷爷称作"吃老婆的丑恶樵夫"。可怜的老爷爷悲痛万分，向好朋友兔子寻求帮助。兔子听了事情的缘由，发誓要替老爷爷报仇，于是约狸一起上山砍柴。

在回来的路上，兔子用打火石"咔嚓咔嚓"地点燃了狸背着的木柴。狸听到"咔嚓咔嚓"声觉得奇怪，便询问兔子刚才是什么声音。兔子回答："这座山叫咔嚓咔嚓山，所以咔嚓咔嚓鸟就会发出这种叫声。"狸的背部被火烧伤了，兔子用辣椒做药膏，假意帮狸涂药。狸疼痛难耐，连连叫苦。之后，兔子又约狸去钓

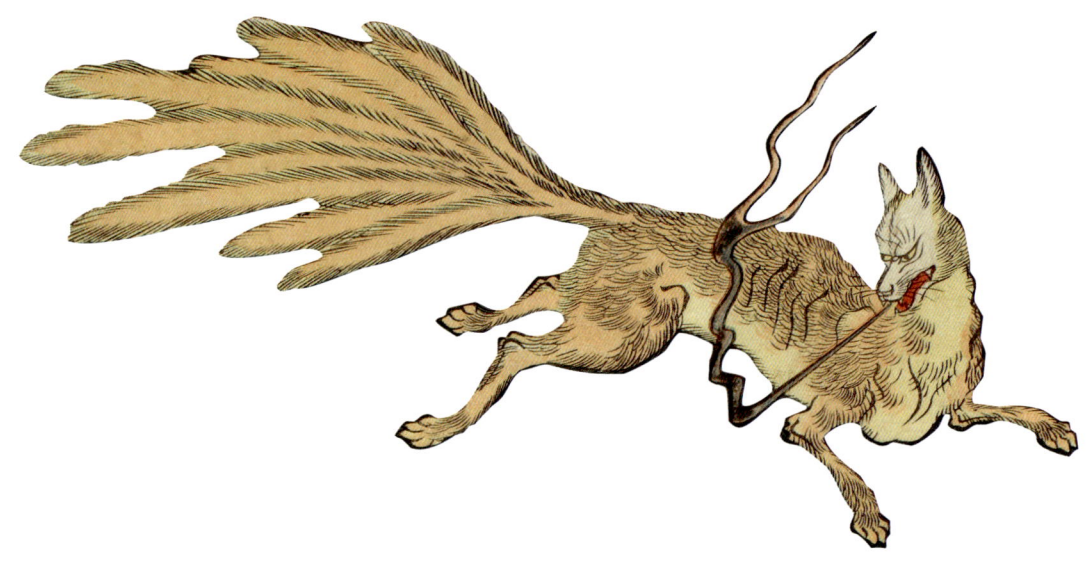

鱼，它们分别乘坐两条船出海。狸的船是用泥巴做的，慢慢地在水中解体，狸就沉入水中溺死了。

狐狸

在日本，狐狸是丰收之神稻荷神的信使，在门口放置狐狸石像已经成为许多神社的惯例。日本人因此认为，丰收之神稻荷神常以狐狸的形象现身。而狐狸这种动物在变身方面非常有天赋，便诞生了许多关于狐狸的故事。故事里的狐狸化身为年轻的美丽女子勾引男人，并和男人结婚。其中最有名的故事是《葛叶》，在不同的年代有着不同的版本。

公元十世纪的某天，贵族安倍益材在供奉稻荷神的神社花园里散步吟诗时，遇到了几个人在猎狐。狐狸在安倍益材面前停下来，似乎在寻求保护，他毫不犹豫地把狐狸藏在衣袖中。不久，他遇到了一个名为葛叶的年轻的美丽女子，并与她结为夫妻。葛叶为安倍益材生下一个儿子，三人幸福地在一起生活了六年，直到葛叶的真实身份暴露：原来她就是安倍益材曾经救下的那只狐狸。葛叶不能继续生活在人类世界了，她离开了心爱的丈夫和儿子。后来葛叶出现在安倍益材的梦中，劝他不要再伤心，如果想证明对自己永恒的爱，可以去信太之森寻找野葛的叶子。动物和人类之间的婚姻是不能持久的，它们不是回到原来的世界，就是和人类共度一晚后便死去。

画家月冈芳年画出了葛叶即将离去的场景，身后是想要挽留她的儿子。纸拉门上映出的年轻女子的侧影是半透明的，与人类似乎毫无二致。人类与化身人形的动物结婚，生下的孩子总是有着超自然的天赋和奇妙的命运。葛叶的儿子就有超乎寻常的占卜天赋，他便是著名的阴阳师安倍晴明。

一些狐狸是不吉的象征，其中最令人生畏的是玉藻前，也就是美丽的九尾狐。玉藻前有金色的皮毛和雪白的头部，但在一些其他记载中，她的皮毛是白色

126

127

127. 歌川重宣，《安倍泰成降伏妖怪图》，1857 年。木版彩色画，三折画，规格：大判，34.8 厘米 × 24.2 厘米。东洋大学。

或锈红色的。九尾狐最早出现在公元前十一世纪的中国，即商朝时期，它化身为美丽的宫女妲己诱惑纣王，被纣王封为妃子。由于它的奢侈和残忍，商朝覆灭了。九尾狐又来到印度王朝的摩竭陀国斑足太子身边。随后它在周朝时期回到中国，化名为褒姒，摧毁了两个王朝。九尾狐首次出现在日本是在十二世纪鸟羽天皇统治时期。它不仅拥有超凡的美貌，还有着与年轻的外表不相称的才识，可以解答所有领域的问题。所有人都认为它不可能是普通人，鸟羽天皇还是深深地爱上了它。有一天晚上，大家聚在一起欣赏音乐、吟诵诗歌时，暴风雨突然来袭，

整个皇宫陷入了黑暗。这时，九尾狐在黑夜中熠熠发光。在场的人都吓坏了，但鸟羽天皇更加宠爱这位女子，并为她赐名"玉藻前"（意为发光的珍宝）。不久天皇病倒了，身体状况一天不如一天。侍从们请来了大阴阳师安倍泰成（安倍晴明的后代），安倍泰成占卜了七天七夜，终于占卜出玉藻前是天皇重病的原因。想让天皇康复，必须杀死这个变身为人类的妖怪。为了让狐妖现出原形，需要举行法事。在安倍泰成念咒语的时候，人们惊讶地看到玉藻前现出了九尾狐的原形。它想逃走，最终还是被抓住杀死了。死后的九尾狐变为一块不祥之石，凡是靠近

128

129

128-129. 佚名（仿土佐光信），《狐狸的故事》，19 世纪，江户末期。
纸质绘卷（局部图），18.3 厘米 × 746.3 厘米。西尾，岩濑文库。

130. 歌川广重，《名所江户百景之王子稻荷神社除夕狐火》，1857 年。
木版彩色画，规格：大判，23.7 厘米 × 35.5 厘米。山口县立萩美术馆·浦上纪念馆。
在 12 月 31 日的夜晚，许多狐狸在这棵大树旁集合，朝着王子神社走去。人们看着狐狸发出若隐若现的光芒，纷纷猜测来年能否获得丰收。

这块石头的人和动物都会死去。十四世纪末的一天，一位禅宗僧人经过这块石头时看到了一个女子。这女子便是玉藻前的亡魂，她向僧人讲述了自己的故事。为了超度狐妖的亡魂，僧人在石头前放了花，点上一炷香，开始诵读祈祷文。石头兀自粉碎，玉藻前终于得到了超度。

狐狸也能够制造出幻象。如今，当日本人看到黑暗中摇曳着鬼火或赶上太阳雨时，还是会使用"狐狸家嫁女儿"（狐の嫁入り）这种说法。画家也经常描绘狐狸嫁女儿的场景。

变形大赛

狐和貉有时会在变形大赛中伪装成其他动物。有一个这样的传说。月圆之

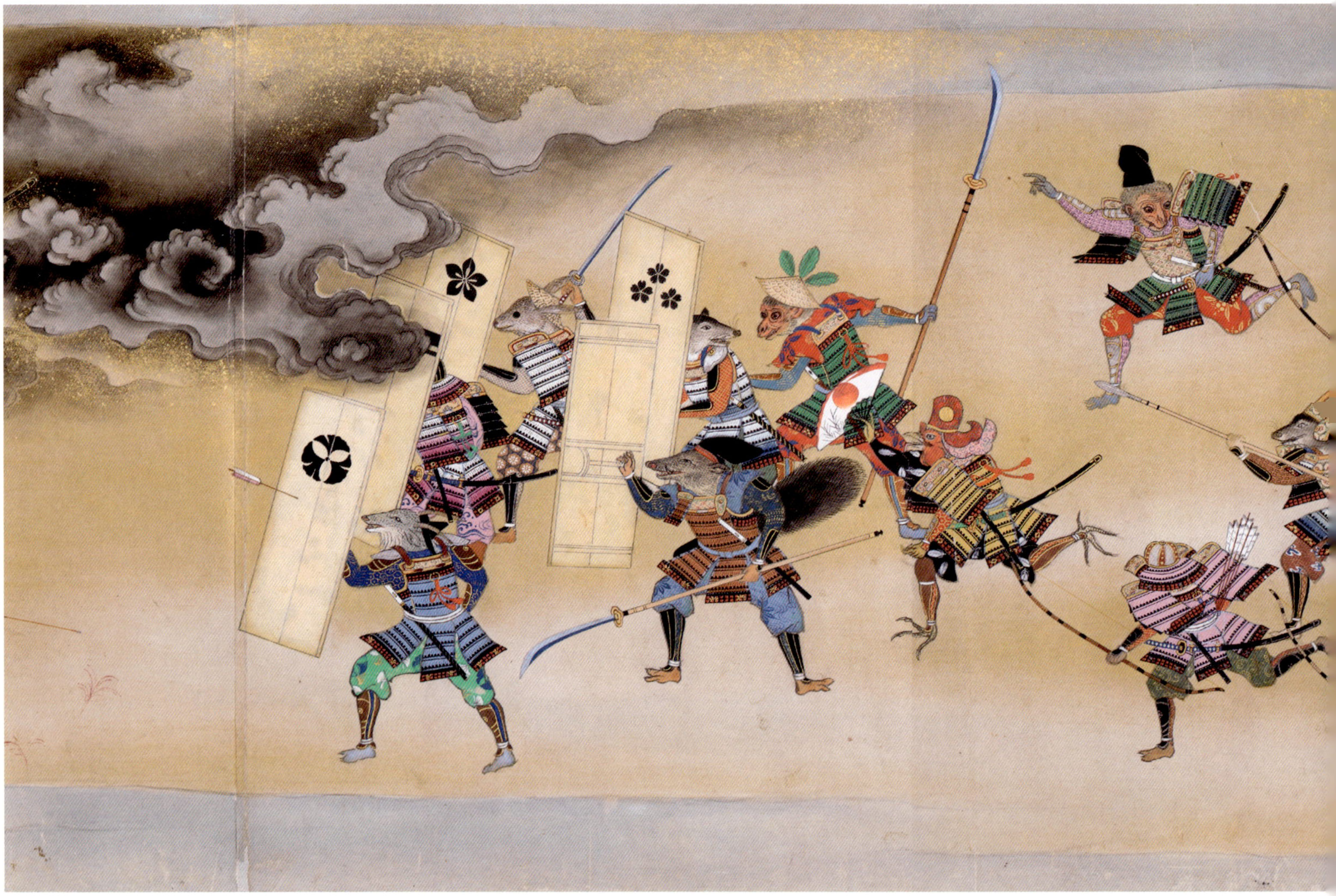

131

132

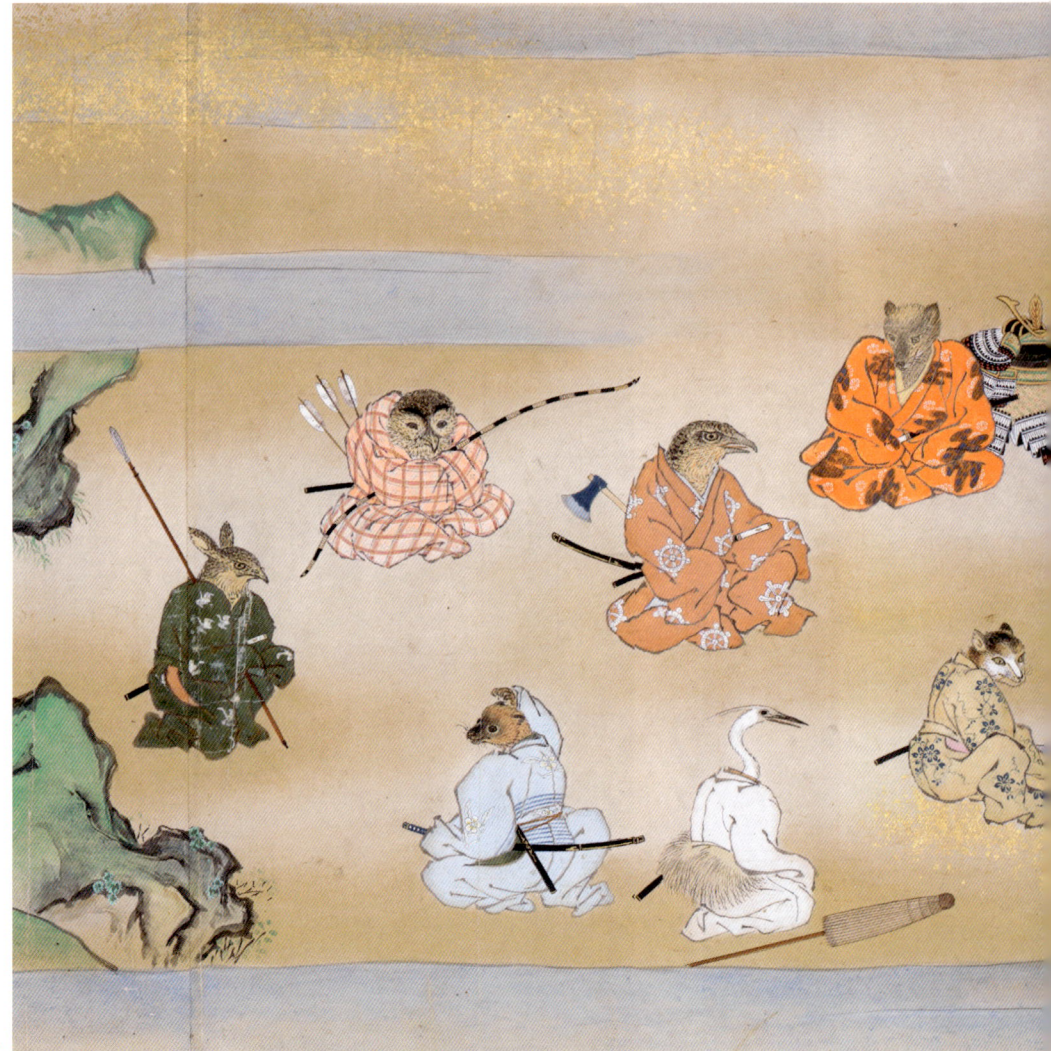

131. 佚名，《十二类绘卷 战斗》，江户初期。
纸质绘卷三卷（第三卷局部图），36 厘米 × 1377.1 厘米。广岛，Umi-Mori 美术馆。

132. 佚名，《十二类绘卷 歌会》，江户初期。
纸质绘卷三卷（第三卷局部图），36 厘米 × 1377.1 厘米。广岛，Umi-Mori 美术馆。

133. 佚名,《变形大赛》,江户初期。
纸质绘卷两卷（局部图）,33.1 厘米 × 824.8 厘米。
广岛,Umi-Mori 美术馆。

134. 玉园,《画本西游记 百鬼夜行图》,江户末期或明治初期。
木版彩色画,三折画,规格:大判。日本公文教育研究会。

夜,十二生肖聚在一起举行诗会,主持者是一头鹿。第二届诗会即将到来,貉十分羡慕鹿,希望自己也能成为主持者,但遭到了十二生肖的反对。貉恼羞成怒,不得不被赶出这个地方,于是和十二生肖进行了激烈斗争,但最终败下阵来。经历了这件事,它懊悔不已,最终成了隐士。

还有另一个传说。有一天,近江国的一个人散步时,听到一群动物在辩论。狐狸吹嘘自己是丰收之神的信使,貉子说自己可以和其他动物一样在肚皮上打鼓,于是它们两个举行了一场比赛。貉子变身为一名美丽的女子,狐狸变身为英俊的男子,然后它们又变成了和尚、魔鬼、龙、蝴蝶、研钵、阳伞等,实在是难以评定谁胜谁负。故事的最后,这个人突然醒了过来,原来这只是一场梦。

谈到动物变形,就不得不提到孙悟空。孙悟空打败众多妖怪的场景,让人联想到江户末期外国船只进入日本时引发的恐慌。孙悟空是著名小说《西游记》的主人公。《西游记》创作于十六世纪,作者是吴承恩,自江户时代起便风靡日本。

鬼魂和妖怪群体

神怪

画家伊藤若冲和曾我萧白在同一时期大获成功，他们的作品打破了常规，颇具原创性。人们把他们称作"怪诞派"[41]，那古怪的画作既让人吃惊又非常有趣。这一流派对主流审美发起挑战，为大众打开了新的视野。

毫无疑问，伊藤若冲[42]是日本历史上最独特的画家之一。他的作品直到二十世纪末才被重新发掘，并大获好评，其画展自此以后吸引了大量的观众。

伊藤若冲于一七一六年二月八日出生在京都的一个富裕家庭，家里做蔬果批发生意。二十三岁时，他便接手了父亲的事业。伊藤若冲这个名字是艺名，他真正的名字叫伊藤源左卫门。根据史料记载，他不爱学习、不爱书法、不饮酒，对女人和做生意也没有任何兴趣，唯一的爱好就是画画。他师从大冈春卜[43]，专心临摹日本第一大画派——狩野派的作品。后来，他爱上了中国风格的绘画，在寺庙中临摹了大量的中国画，最终找到了兼具日本特色和个人特色的绘画风格。佛教一直是他的灵感来源。

在不惑之年，伊藤若冲把家业完全交给弟弟打理，终于全身心地投入到艺术创作中。他是一个独立的艺术家，不属于任何流派，也许正因为这样，才能画出如此新奇的作品。他为寺庙画了许多隔扇、壁画、屏风和卷轴。伊藤若冲作品的构图、色彩和主题都充满了独创性。通过研究他的作品，人们发现他或许是日本第一位在画作中表现光影效果的画家。他的作品极具美感，主题、色彩和灵性深深地吸引着人们。

《鸟兽花木图屏风》

尽管存在着大量猜测，这扇彩色屏风依旧是谜一般的存在[44]。这幅巨大的镶嵌画描绘了天堂的情景，画家似乎已经预测到了未来图片中的像素世界。狩野博幸认为，这种画法的灵感来源于京都的华贵织物西阵织的纹理[45]。伊藤若冲融合东方和西方的文化，为世人呈现出天堂般的画面。人们好奇画家为什么在艺术表

前两页：
《象与鲸鱼图屏风》局部图，1795 年。
全图详见 144 页。

《八仙图屏风》局部图，1764 年。
全图详见 146 页。

135-136. 伊藤若冲,《鸟兽花木图屏风》,江户时代。
一对屏风,纸质画。右侧屏风:137.5 × 355.6 厘米;
左侧屏风:137.5 × 366.2 厘米。静冈县立美术馆。

137-138. 伊藤若冲，《象与鲸鱼图屏风》，1795 年。
一对六扇屏风，纸质水墨画，159.4 厘米 × 354 厘米。
滋贺县，MIHO 美术馆。

现上是如此前卫，绘画的主题也令人惊诧。人们猜测，他也许在书中见过某位西方艺术家描绘天堂的版画。无论是构图、主题还是描绘的动物，他都走在时代的前沿。这对屏风由八万多个边长为一厘米的小格子构成，每个小格子的颜色都不同。伊藤若冲先用淡彩填满画稿，再以毫米为单位，在每个格子里填涂上更深的不同的颜色。同时代的画家中没有人使用过这种独特的绘画技术，能精确地展现出光与影，无论观众从哪个角度欣赏屏风，都可以看出细微的色彩差异。寓意着幸福的凤凰与大象居于画作的中心。

伊藤若冲在另一幅作品《象与鲸鱼图屏风》中重现了大象这一主题。这对屏风画充满了神秘感，大象眼睛的颜色和形状与佛教绘画中的大象很相似。伊藤若冲也许见到过日本于一七二九年引入的大象。这只大象在长崎靠岸，经过京都，最后到达江户。人们都争先恐后地去观看这只成为众多画家绘画对象的动物。不过，这幅画似乎蕴藏着更深刻的含义。根据伊藤若冲的研究者狩野博幸的研究可知，这幅画或许讲述了一个寓言故事，白象背上的牡丹花代表着骑在坐骑背上的普贤菩萨三曼多跋陀罗[46]。

139

139. 曾我萧白,《八仙图屏风》,1764 年。
一对六扇屏风,纸质画,172 厘米 × 378 厘米。东
京,文化厅。

曾我萧白

　　曾我萧白笔下的作品异乎寻常,甚至有些怪诞。人们无法对这样的作品无动
于衷。在他所有的画作里,关于中国八仙的绘画尤其著名。"八仙是历史上真实
存在的人物,只不过他们的人生被写成了小说,赋予了神话色彩。八仙的人数是
固定的,但在不同时代的故事版本中,八位仙人的名字、身份、特点,以及生活
的地方都是不同的。他们代表了人类社会的不同阶层:男女老幼,贫富贵贱,文
德武功。[47]"他们抛弃了俗世的价值观念,寻求道教中的"道"。八仙拥有神奇的

能力，致力于帮助人们走上修道之路。在曾我萧白的画作中，八仙保留了中国传
说中的特点，但是他们在日本画作里的表现却是不同的。

　　曾我萧白绘制的八仙屏风画十分奇特，画作中人物的面部和身体姿势是错
位的。

　　在这个屏风的最右侧，携带卷轴的人是神医董奉，他悬壶济世却分文不收，
只要求病人种些果树报答自己，并派一只老虎监督他们。他有一个葫芦，葫芦里
装着长生不老药和能够抓住恶灵的仙气。董奉旁边是擅长吹洞箫的韩湘子，吹出
的箫声能迷惑住所有动物，哪怕是最残暴、最凶恶的野兽。他的坐骑是一只凤

140. 曾我萧白，《八仙图屏风》，1764 年。
一对六扇屏风，纸质画，172 厘米 × 378 厘米。东京，文化厅。

凰。铁拐李有一条腿是瘸的，总挂着拐杖，他的本领是通过吹气来变身。吕洞宾是八仙中最重要的人物，他身着蓝衣，乐于助人。在这幅画中，他脚下的龙带起了旋风和巨浪，使画面充满了力量感。

在另一扇屏风中，站立在画面右边的是诗人林和靖。他身边有几个小孩在玩耍，象征长寿的仙鹤伴其左右。水池中象征幸福的鲤鱼属于仙翁葛玄，他是著名方士左慈的弟子。仙人曹国舅曾任高官，是吕洞宾的弟子，随身携带着一只白色的癞蛤蟆。这只癞蛤蟆有的时候有三条腿，是能带来财富的吉祥之物。紧挨着曹国舅的年轻女子是他的女仆。画面上方有一只穿山甲，这是一种全身布满鳞片的

哺乳动物，常被当作药材或用来辟邪。何仙姑是八位仙人中唯一的女仙人，负责
照管每三千年才结一次果的桃树。吃了这种桃子的人会永葆青春。当桃子成熟
时，她会邀请其他仙人过来品尝，她的女仆就站在一旁[48]。

　　这些风格怪诞的绘画依旧保持着独特性，直到今天也能博得大众的赞誉，
并启发着当代的艺术家，比如村上隆、TeamLab 艺术团队以及团队的创始人猪
子寿之等。

鬼魂

自古以来，日本人就认为死者的灵魂可以现身人世间。鬼魂最早出现在十一世纪的日本文学《今昔物语集》中。从十三世纪起，已经有一些画家开始在绘卷中描画鬼魂，但直到圆山应举挂轴上的画像才奠定了我们如今看到的鬼魂形象。

江户时代，人们相信在那些因受苦或暴力而死的人中，有一些人无法抵达极乐世界，他们的灵魂会被困在人间。那些抱恨死去的人，灵魂会回来折磨生前给自己带来痛苦的人。人们还相信，某种神秘的力量会让这些灵魂给人世间带来灾祸。

这个时候，世人就会求助僧侣，通过修建神庙、念诵佛经等行为安抚那些灵魂。当死者以生前的样子再度出现时，人们将其称作"幽灵"；当死者改变外貌而以妖怪的样子出现的时候，则被称作"魔鬼"。人们还相信，死者的灵魂可以进入人类的身体，借用人类之口说话。当时的人们认为神明生灵、动物或鬼魂都可以侵入另一个人的灵魂，随后西方理性主义渗透进日本，这些信仰便失散了[49]。如今，学者正在考虑要不要把"幽灵"与"妖怪"并为一类[50]。

幽灵最初出现在绘卷上的时候，都是腾云驾雾，代表着它们不属于这个世界。到了江户时代，一切都改变了。很多画师（包括著名画家）开始以幽灵为主题作画。一些画师把幽灵画得面目狰狞，一些画师笔下的幽灵则柔和得多，比如圆山应举。圆山应举深受西方透视法的影响，他的透视画和风景画非常有名。他也十分擅长描画幽灵，尤其是身着白色和服、没有脚、披散着头发，似乎在空中漂浮的优美女性幽灵形象。他的这类作品通常以挂轴的形式呈现，在很大程度上影响了后世的好几代画家。

描绘女性幽灵的现存画作数量庞大，描绘男性幽灵的绘画也不在少数，其中有一些令人生畏，比如河锅晓斋的写实主义作品《幽灵图》。

在弯月的微弱光线下，一个瘦骨嶙峋的幽灵出现在黑暗中，正用牙齿啃食着一个人的头发。二十世纪的艺术家河村长观的画风与圆山应举相似，也十分优雅。

141. 圆山应举，《幽灵图》，江户中期。
丝绸画，98.1 厘米 × 28.5 厘米。福冈市博物馆。

142. 森彻山，《小町幽灵图》，江户末期。
丝绸画，84.1 厘米 × 29.4 厘米。福冈市博物馆。
女诗人小野小町是平安时代初期的"六歌仙"之一。在她的身后，从灯中出现了一个拿着骷髅头的鬼魂。

接下来的几页：
143-146. 小林清亲，《四季幽灵图》，明治时代。
纸质画，四幅卷轴画，120.4 厘米 × 42 厘米。福冈市博物馆。
小林清亲选择用四个幽灵来展示传统的四季主题。
春季画中的幽灵很温柔，身体藏在和服之后。
夏季画中的幽灵怀里抱着一个婴儿。
秋季画中的幽灵吹着长笛。
冬季画中的幽灵似乎死于难产，在悲痛地哭喊。

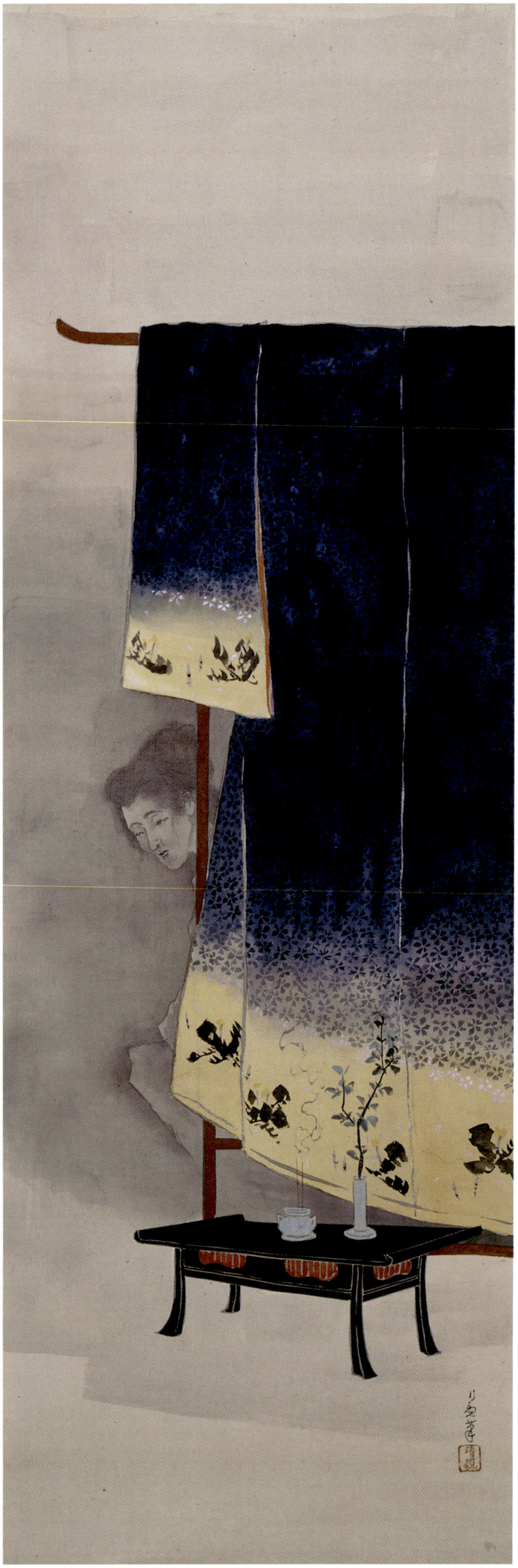

143

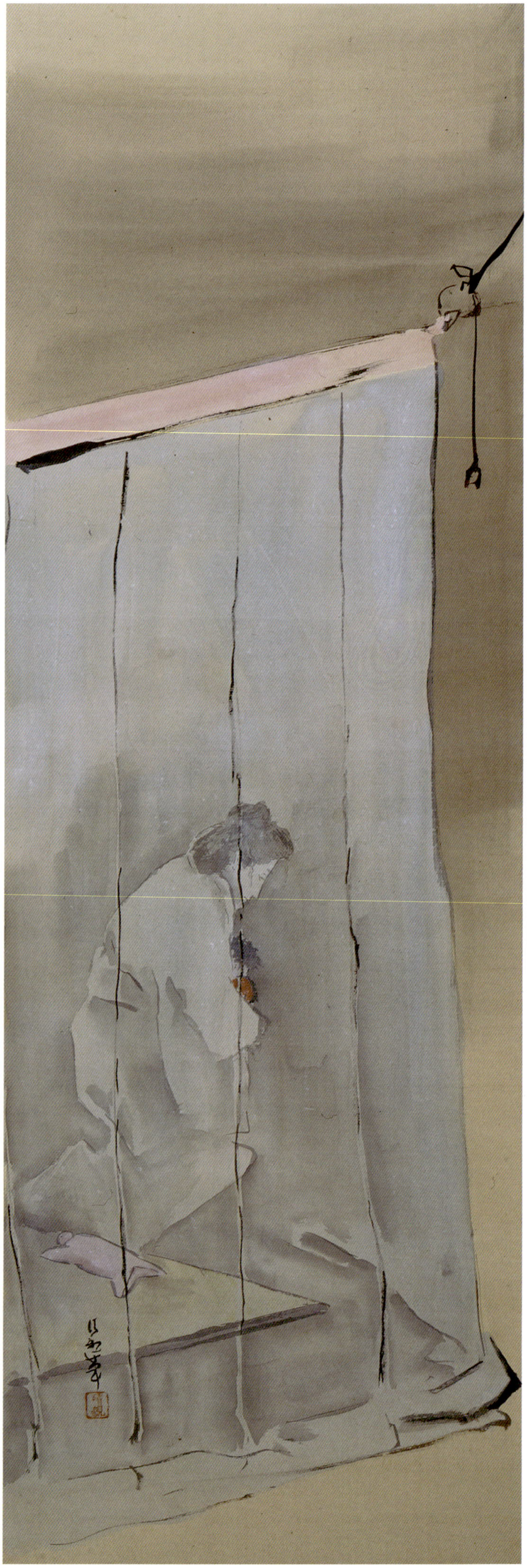

144

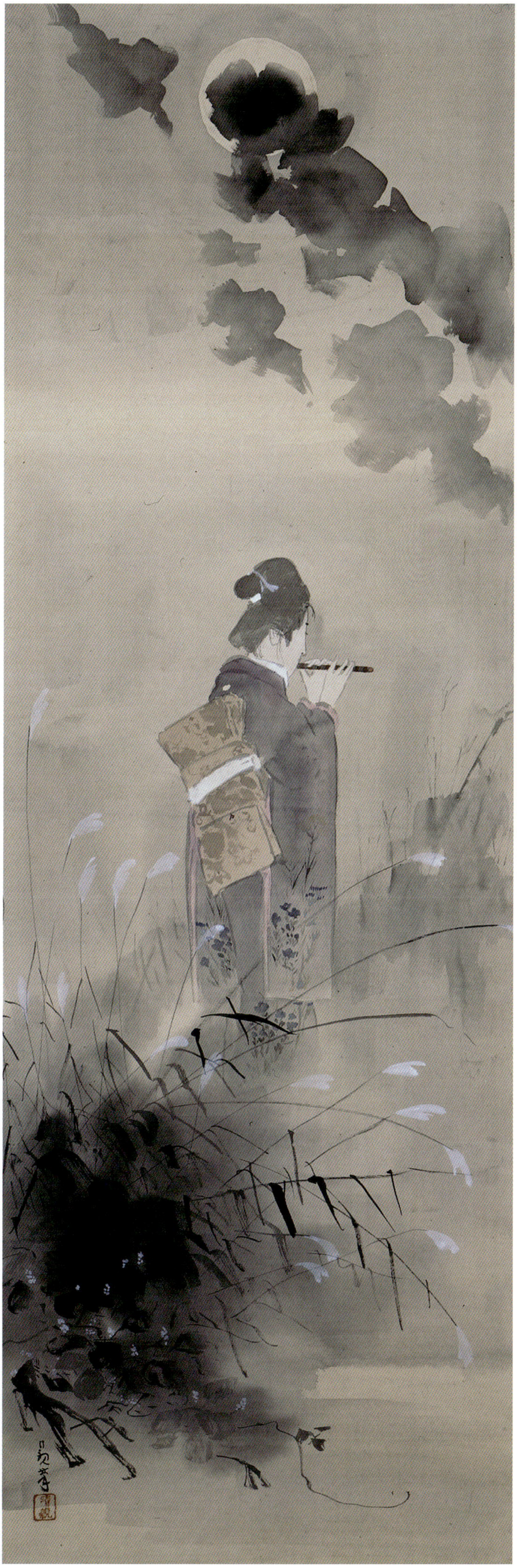

145

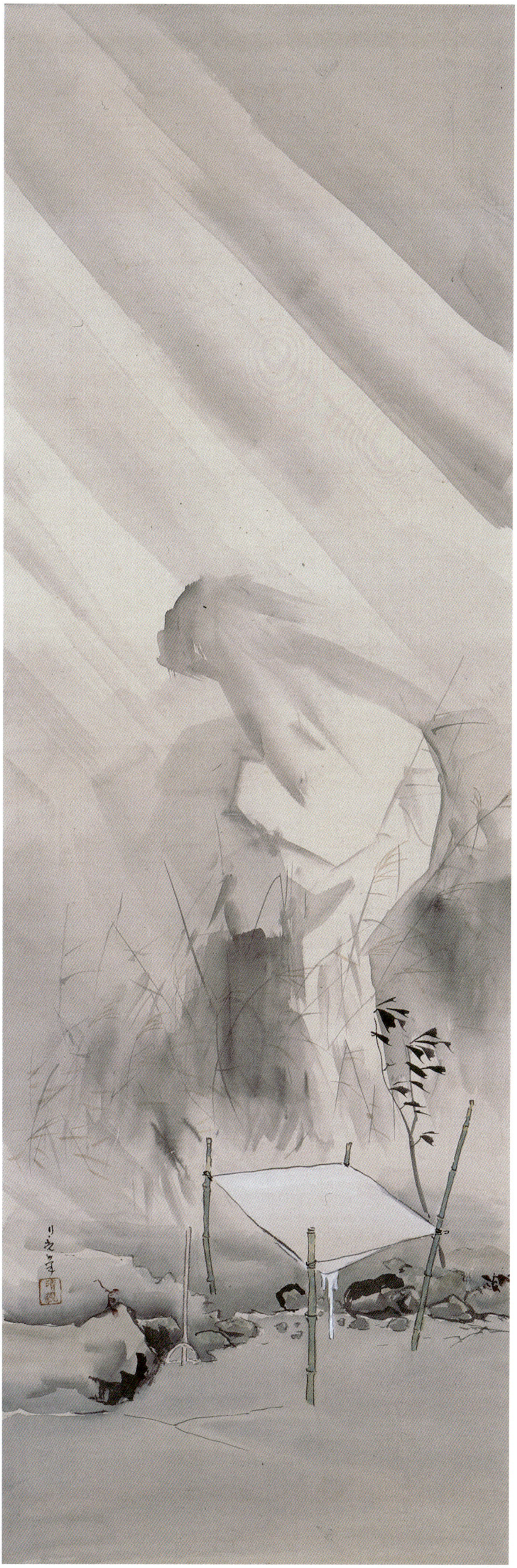

146

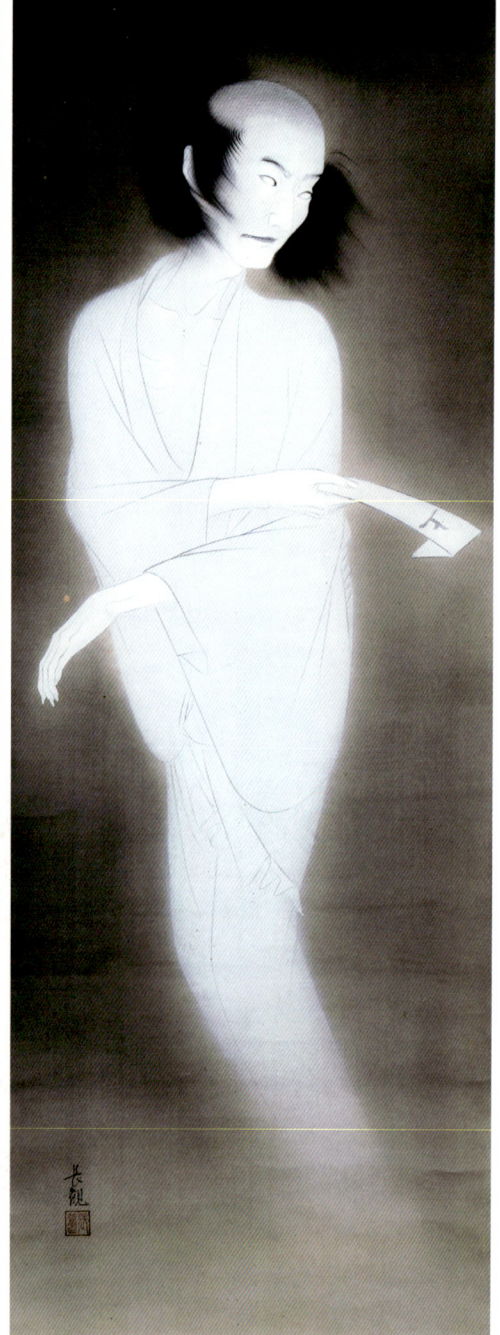

147

148

当代艺术家松井冬子
和她笔下的鬼魂

当代日本画[51]画家松井冬子让传统的幽灵形象在自己的画作中得以重现。她带领我们走进秃鹫吞食人肉的世界，并为人们展示了死者被分解的过程。松井冬子笔下的幽灵异常美丽，似乎在叩问人类的生存条件和人类的自负。

松井冬子的两幅幽灵画《雀盲眼》和《夜盲症》展现出的稍纵即逝之感和从温存中透露出的悲伤情绪，让人印象深刻。她笔下的幽灵长发飘飘，头发垂落在白色和服上。画家解释说，幽灵手里拿着的是一只被杀死的鸡。鸡这种动物有夜盲症，天一黑就要睡觉。对于另一个幽灵，画家说："我原本决定画一个常规意义上的幽灵，也就是说画一个圆山应举时期的幽灵形象——在空中漂浮着，没有脚，长头发，身着白色和服……但是这一次，我想画一个因病而死的当代女幽灵。她没有穿白色和服，而是身着医院的病号服，还扎着绷带，带着输液针，腹部的管子若隐若现，手腕上还有住院手环。[52]"如同前一幅画，这幅画的主人公手里也拿着一只鸡。这个幽灵已经开始消失，身体呈烟雾状。松井冬子说，这个女人似乎在微笑，但实际上，她因再也无法哭泣而感到痛苦。眼睛蒙上了绝望的泪水，让她再也无法看到外面的事物。

松井冬子是传统幽灵主题绘画的传承人，精湛的日本画绘画技术赋予其笔下的幽灵一种触动人心的悲伤感。

147. 河锅晓斋，《幽灵图》，1870 年。
丝绸水墨画，98.9 厘米 × 34.7 厘米。福冈市博物馆。
148. 河村长观，《佐仓宗吾幽灵图》，昭和时代（1926 年之后）。
丝绸水墨画，116.2 厘米 × 41.9 厘米。福冈市博物馆。在歌舞伎作品中，主人公佐仓宗吾是藩主起义的领袖，他为了保护百姓，顶撞权贵，揭露藩主暴行。被处死刑后，他变为幽灵重回人间，手里还拿着写满证据的诉状。
149. 松井冬子，《雀盲眼》，2005 年。
丝绸画，138.2 厘米 × 49.6 厘米。成山画廊。
150. 松井冬子，《夜盲症》，2012 年。
丝绸画，139.2 厘米 × 40 厘米。成山画廊。

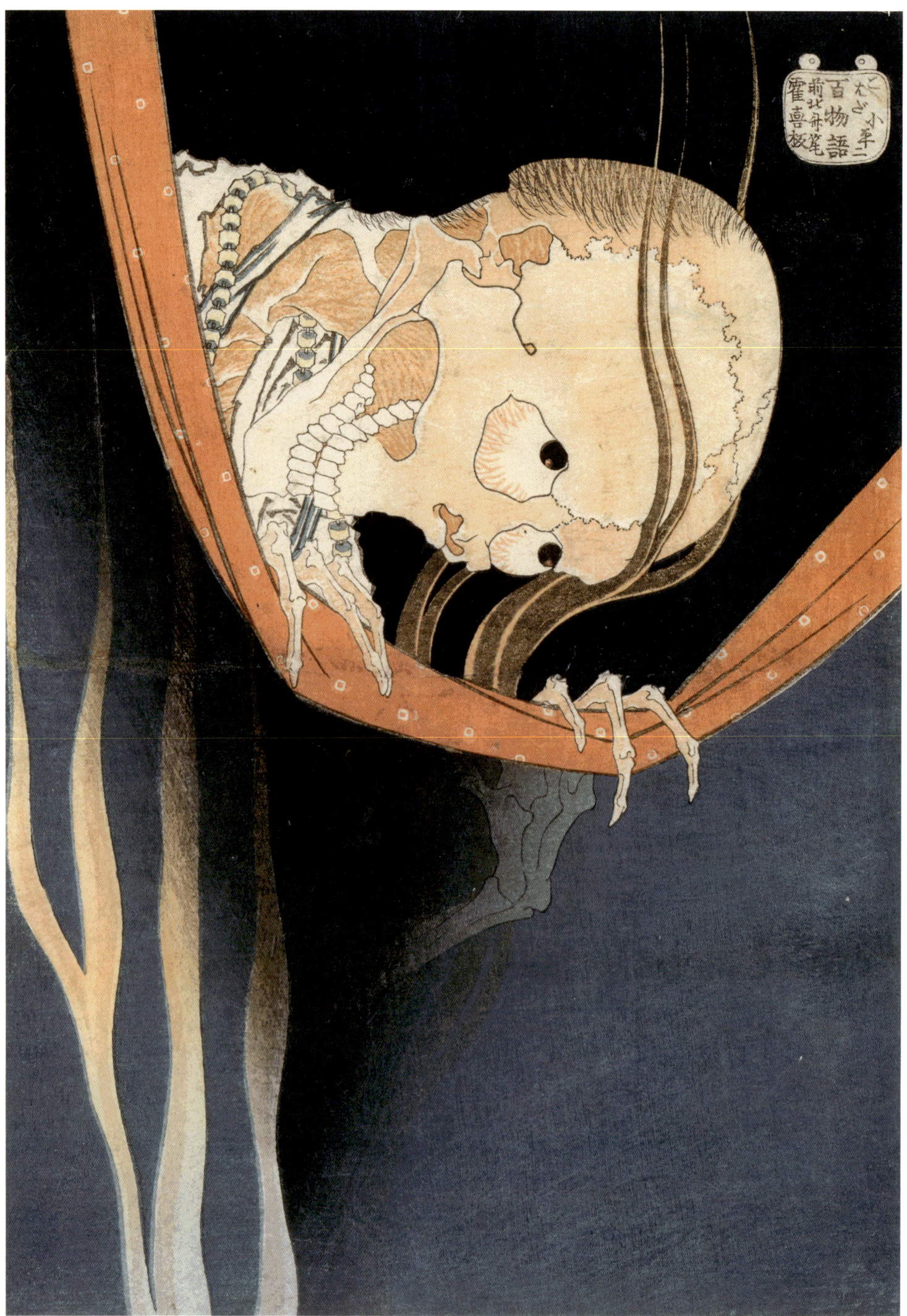

151

漂浮着的超自然世界

随着时代的更迭，日本民众越来越不畏惧妖怪和幽灵，有关它们的故事早已成为一种日常消遣。

在江户时代，妖怪和幽灵的故事非常盛行，这要感谢自一七六五年开始迅速发展起来的彩色套印技术和彩色木版画。彩色木版画价格低廉，适合社会各阶层人士观赏，并且主题多样，一上市就因富有趣味、寓教于乐而得到广泛传播，深受人们的喜爱[53]。

直到江户时代，绘卷还是贵族、宗教人士或富有商人的专属品。木版画为新的艺术表现形式打开了一扇大门。虽然木版画的地位与绘卷不同，但是它促使广大人民群众接触到了与时事相关的各种彩色绘画，例如最新的潮流事物、相扑比赛的日程、歌舞伎表演，暗喻政治事件的滑稽画，面向儿童的木版画剪纸，风景画等。

木版画不被认为是艺术作品，因为它没有唯一性，可以被无限地印刷制作。编辑寻找能绘制某一主题的画师，先由画师绘图，再把画送到雕版师那里。雕版师把画刻在木板上，将木板送到印刷厂。木版画是彩色套印印刷品，需要手动印刷，有多少种颜色就需要多少块木板。为了降低价格，就得大量生产；为了吸引更多的消费者，还得不断寻找新主题。

浮世绘画师通常也绘制其他作品，比如屏风、挂轴等。对他们来说，画多种主题的作品既轻松又有趣，其中的主题之一便是妖怪。

一七七六年，浮世绘画家鸟山石燕出版了一本插图式百科全书，名为《画图百鬼夜行》。这本书是单色印刷的，那个时候刚刚出现彩色木版画，彩色套印还是非常昂贵的。

几年之后，彩印价格下降，彩色图书纷纷面市。这本书的大获成功，也坚定了包括葛饰北斋、歌川国芳和河锅晓斋在内的一些著名画家将妖怪作为绘画主题的决心。二十世纪日本最著名的漫画家之一水木茂曾说过，鸟山石燕是给他带来最大启发的画家。

151. 葛饰北斋，《百物语之小幡小平次》，约 1831 年至 1832 年。
木版彩色画，规格：中判，18.2 厘米 × 25.7 厘米。
山口县立萩美术馆·浦上纪念馆。

152

153

154

152. 鸟山石燕,《肉瘤怪》, 1776 年。
木版画, 21.8 厘米 ×16 厘米。美国华盛顿, 史密森尼图书馆。
人们认为这种妖怪是佛教徒, 出现在废旧寺庙旁的墓地里。

153. 鸟山石燕,《滑瓢》, 1776 年。
木版画, 21.8 厘米 ×16 厘米。美国华盛顿, 史密森尼图书馆。
滑瓢是冈山地区的妖怪, 最大的特点是头部巨大, 经常穿墙而入, 去别人家里喝茶或吸烟。

154. 鸟山石燕,《河童》, 1776 年。
木版画, 21.8 厘米 ×16 厘米。美国华盛顿, 史密森尼图书馆。
河童遍布日本, 是一种生活在水中的妖怪。河童头顶的碟子必须装有水, 否则它就会精力尽失而死。这种妖怪喜爱的食物是黄瓜, 兴趣是相扑。它可以变身为各种物品, 会帮助人类, 但有时也会伤害人类。

155. 月冈芳年,《月百姿之源氏夕颜卷》, 1886 年。
木版彩色画, 规格: 大判。町田市立国际版画美术馆。
在这幅画中, 画家描绘了夕颜的幽灵。夕颜骤亡, 灵魂无法得到安息。她的魂魄找到一个僧人, 求僧人为自己诵经, 以此走上通往极乐世界之路。

浮世绘和鬼魂

除了魔鬼和妖怪, 浮世绘画家对鬼魂这一主题也很感兴趣, 他们有时会把鬼魂故事表现得富有诗意。日本最古老也最有名的小说《源氏物语》创作于公元一〇〇〇年左右, 作者是紫式部。这本小说讲述了这样一个故事: 天皇深爱的妃子生下了一个英俊的男孩, 惊异于男孩的智慧和才华, 天皇为他赐姓源氏。源氏十二岁时便奉旨与一个自己不喜欢的女孩成婚, 但他的感情生活极其复杂混乱, 因为女人们都无法忽视他英俊的相貌。有一天源氏去拜访生病的乳母时, 发现路旁宅院的栅栏里盛开着绝美的夕颜花, 他忍不住停下脚步, 让仆人去摘一朵最美丽的花给他。女仆从那个宅院带回了一把散发着香气的精致折扇, 扇面上有一朵美丽的夕颜花。源氏隐瞒了自己的贵族身份, 结识了房屋的女主人夕颜, 并爱上了她, 两人经常私会。源氏的另一个情妇六条御息所知道这件事后, 嫉妒得发狂。一天晚上, 当夕颜依偎在源氏怀里时, 六条御息所的生灵杀死了夕颜[54]。

百物语

"百物语"是十九世纪八十年代日本很流行的民间游戏, 不过这个习俗要追溯到很久以前。当时, 人们喜欢晚上聚在一起讲关于鬼怪的故事。大家躲在一块巨大的布下面, 每人举着一支蜡烛, 每讲完一个故事就吹灭一支。当讲完第一百个故事后, 所有人都在黑暗中等待, 既害怕又期待看到幽灵或妖怪出现。有的故事是根据著名传说随意改编的, 有的则源自大家耳熟能详的能剧或歌舞伎的剧本。

156. 葛饰北斋，《百物语之阿岩的鬼魂》，约1831年至1832年。
木版彩色画，规格：中判。日本公文教育研究会。

157. 春梅斋北英，《百物语之阿岩》，约1818年至1837年。
木版彩色画，规格：大判。福冈市博物馆。
画家在这幅画中展现的是《东海道四谷怪谈》中阿岩的故事。被丈夫毒死后，阿岩的鬼魂每个晚上都会回来骚扰他。

157

木版画《百物语》的作者是著名画家葛饰北斋。依照《百物语》的字面意思，葛饰北斋应该为这个系列绘制一百幅木版画，但实际上，他只绘制了五幅。不过这五幅画的影响力无人能比，一直被后世的艺术家们研究和临摹。葛饰北斋绘制这五幅画的灵感来自于作家鹤屋南北创作的歌舞伎剧本《东海道四谷怪谈》。这个系列中最有名的是阿岩的故事。歌舞伎《东海道四谷怪谈》于一八二五年在中村座剧院上演。主人公阿岩和父亲四谷左门一起过着乞讨的生活。父亲遇害之后，阿岩一心想为父报仇。她的前夫伊右卫门哄骗说要帮她报仇，于是两人顺利复合。但阿岩不知道伊右卫门其实就是自己的杀父仇人。这时，伊藤喜兵卫的孙女阿梅爱上了伊右卫门。伊藤想把阿梅嫁给他，于是命令他和阿岩离婚。阿岩不

接下来的几页：

158. 葛饰北斋，《百物语之皿屋敷》，约1831年至1832年。
木版彩色画，规格：中判，19厘米×26.5厘米。山口县立萩美术馆·浦上纪念馆。
歌舞伎《番町皿屋敷》于1741年首次在大阪上演。女仆阿菊因为打碎了一个盘子，被雇主杀死并扔进井里。阿菊的鬼魂回来骚扰雇主，她的脖子是由盘子摞叠起来的。鬼魂一刻不停地数着盘子。

159. 葛饰北斋，《百物语之笑般若》，约1831年至1832年。
木版彩色画，规格：中判，18.2厘米×25.7厘米。山口县立萩美术馆·浦上纪念馆。
这个女鬼刚刚吃了一个婴儿，十分高兴。

160

160. 丰原国周，《相马良门古寺之图》，1858 年。木版彩色画，三折画，规格：大判。山口县立萩美术馆・浦上纪念馆。

画面的右侧是伊贺寿太郎，中间是泷夜叉姬，左侧是她的哥哥平良门。

同意，伊藤便找人用毒药将阿岩毁了容，伊右卫门也要求阿岩离开自己。阿岩愤怒地追赶伊右卫门，竟意外地触刀身亡。最后，阿岩的灵魂回到人世间，完成了最终的复仇。

木版画中的英雄和怪物

在日本木版画中，画家通过一页或几页绘画来讲述一个故事，图画旁边有时

配有简短的文字介绍。与展示故事发展过程的绘卷不同，木版画需要更加概括性的构图来展现故事的全貌，也需要夸大人物特征，让人物具有较高的辨识度。人们乐于阅读木版画，是因为这种画能让人想起著名的历史事件、传奇故事或歌舞伎中的一些场景和人物[55]。

　　在这两幅三折画中，人们可以重拾著名武士、下总国佐仓的首领平将门后代的故事。九三五年，平将门杀死伯父平国香并夺走他的领地。到了九三九年，他几乎控制了整个关东地区，迫不及待地自称新皇。很多军队起兵讨伐，英勇的平

161

161. 歌川国芳，《相马旧王城》，1844 年至 1847 年。木版彩色画，三折画，规格：大判，36.6 厘米 × 24.8 厘米、36.6 厘米 × 25.5 厘米和 36.7 厘米 × 25.1 厘米。山口县立萩美术馆·浦上纪念馆。

这幅壮观的木版画展示了泷夜叉姬（左侧）召唤出巨大的骷髅来恐吓武士光圄的场景。

贞盛和俵藤太最后战胜了平将门。

　　民间流传着很多关于平将门的传说，比如他有七条命，或者有七个武士加在一起那么大的力量。据说他的孩子也具有神力。在哥哥平良门的帮助下，平将门的女儿五月姬组织了一次叛乱来为父报仇。五月姬在父亲死后成为享有盛名的妖术师，更名为泷夜叉姬，能在战斗时召唤出妖怪（尤其是蟾蜍妖），但她最终被精通占卜的大宅太郎光圄打败。有几部歌舞伎取材于此，这个故事因而广

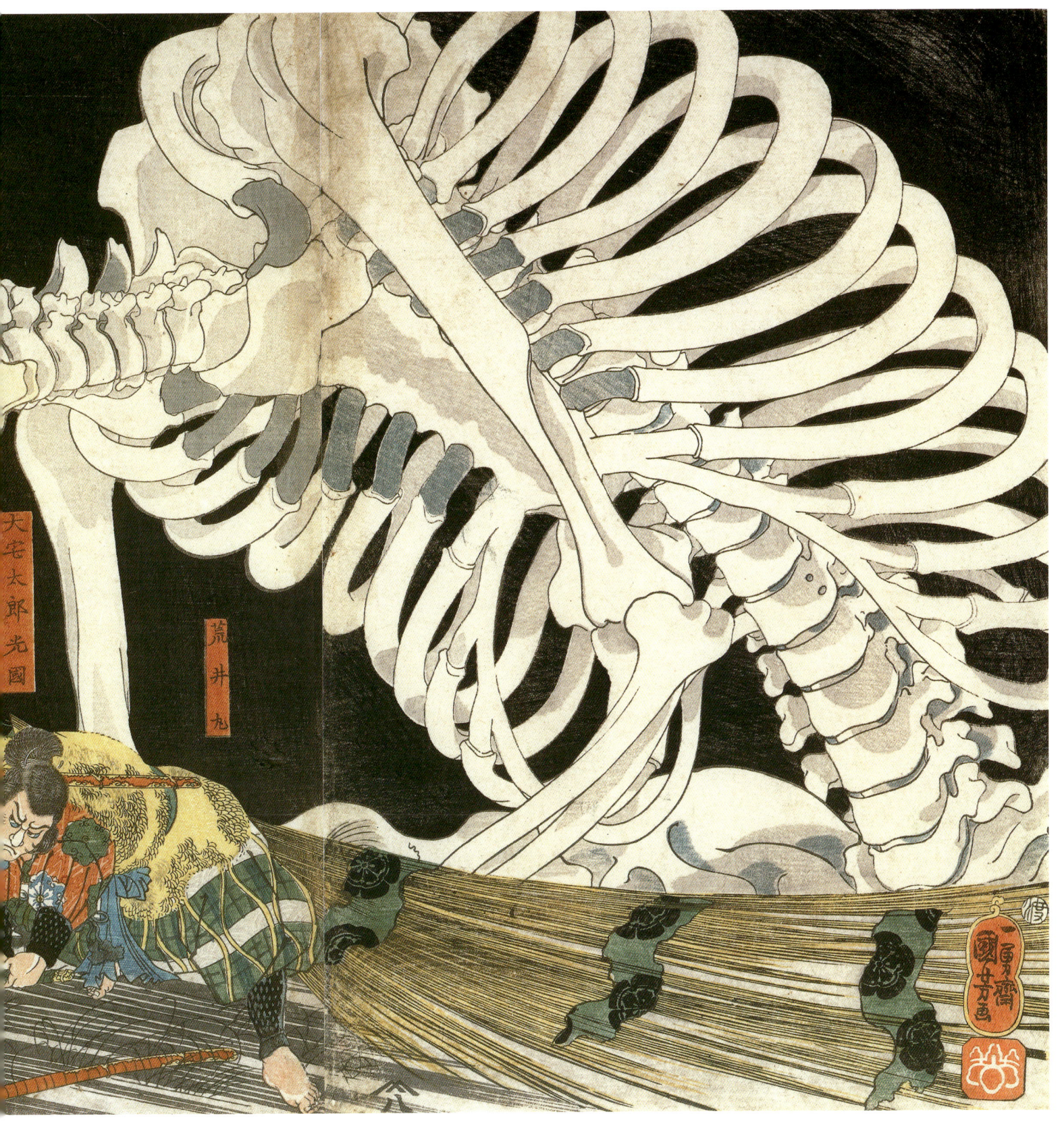

为人知。

　　另一个著名的英雄人物是采珠女。传说藤原氏的始祖、位居高官的藤原镰足把女儿玉取姬嫁给了中国唐朝的一位皇子，皇子送给岳父一些珍贵的礼物，其中有一颗巨大而神奇的珍珠。运送礼物的船遭遇了海难，龙王夺走了这颗珍珠。藤原镰足想要回珍珠，于是要求一个采珠女去寻找。在一些版本中，这位采珠女就是藤原镰足的女儿。

162

162. 歌川国芳，《龙宫玉取姬之图》，1853 年。
木版彩色画，三折画，规格：大判，25.5 厘米×37
厘米。山口县立萩美术馆·浦上纪念馆。

采珠女被龙王和随从们袭击了，但最后还是拿到了宝物。为了完成任务，她不惜牺牲自己的生命，划开乳房，把珍珠藏在里面，终于在临死之前把珍珠交到了藤原镰足手中。

英勇的武士加藤清正同样是一位传奇人物。歌川芳虎在一幅木版画中描绘了加藤清正和武士们一起消灭青蛙怪、蝙蝠怪、蜘蛛精、巨型螃蟹怪等怪物的情景。丰臣秀吉去世之前，加藤清正一直效忠于他。但在丰臣秀吉死后，他便加入

了德川家康的阵营，并参与了一六〇〇年的关原之战。

具有超能力的相扑力士

相扑力士是日本人心中的英雄，常常因为骄人的成绩成为活生生的传奇。相传相扑源自神道教的宗教仪式。在远古时代的日出之国，建御雷神与建御名方神

163

163. 歌川芳虎，《加藤清正怪物退治》，江户时代末期。
木版彩色画，规格：大判。兵库县立历史博物馆。

因为争夺统治权而进行相扑角斗。在《日本书纪》中，也有关于两个敌对阵营的
首领进行角斗的描写。

　　最初，人们只在村庄里进行相扑比赛，以此向神灵祈求丰收。江户时期，相
扑的比赛规则发生了变化，开始广泛流行起来。如今，最好的相扑运动员仍然能
得到日本民众的喜爱，并像明星一样受人追捧。

　　白藤源太是农夫源左卫门的儿子，出生于加津佐地区（现群马县）的一个村
庄里。白藤源太力大无比，在当时被列为最厉害的相扑力士之一。他也成为在歌

舞伎和净琉璃中登场的主人公。关于这个人物，民间有很多传说，这里举一例。

　　一个夏日，白藤源太正在柳树下乘凉，几只河童出现在面前，想和他较量一下，比比谁的力量更大。白藤源太非常愤怒，把河童抛向空中，把它们全都杀死了。在这幅画中，月冈芳年描绘了白藤源太一边扇风，一边平静地观看河童互斗的情景。

　　小野川喜三郎是著名的相扑力士，曾被授予横纲头衔，战绩辉煌。一次，他听说一栋房子里经常闹鬼，于是前去查看。在那里，他看到了一个长着三只眼睛

164

165. 月冈芳年，《和汉百物语之小野川
喜三郎》，1865 年。
木版彩色画，规格：大判。町田市立国
际版画美术馆。

165

的长脖妖怪。妖怪放声大笑，小野川喜三郎不但没有受到惊吓，反而把烟斗里的
烟朝妖怪喷去，抓住了它。这时他才发现，这妖怪原来是一只老貉子。

164. 月冈芳年，《和汉百物语之白藤源太》，1865 年。
木版彩色画，规格：大判。町田市立国际版画美术馆。

交际花

　　木版画记录了各种各样的著名人物，其中，交际花也是画家们钟爱的描画对象之一。作为货真价实的时尚偶像，交际花展示着当时最新潮的发型和妆容，她们穿的和服上有新颖的图案，穿衣方式也很前卫。

　　生活于室町时代的"地狱太夫"是日本历史上最有名的交际花之一。她拥有出众的美貌，小时候就被卖到妓院，得名"地狱太夫"，这个名字也预示了她一生的轨迹。她与禅宗临济宗僧人一休宗纯关系密切。

　　一休宗纯是后小松天皇和一个妃子所生的儿子，是著名的画家、音乐家、诗人和书法家，常常以古怪的行为举止震惊世人。他周游日本，宣传临济宗的教理，他的艺术才华也得到了赏识。他决定收美丽的"地狱太夫"为徒，帮助她走上正途。一休还为她提供了良好的艺术教育和文学教育，并让她皈依宗教。

　　这幅画中的"地狱太夫"身着华服，等待着客人。画家勾画出了撑开的小阳伞的轮廓。两个小骷髅走在前面，代表妓女学徒；后面紧跟着五个成年人体型的骷髅，代表在妓院附近负责招揽顾客的人。"地狱太夫"的和服左侧装饰的是地狱阎魔王的图案，右侧则是头顶柔和光环的观音像。"地狱太夫"平静的神情表明了她立志改变人生和遵从宗教戒律的坚定决心。

儿童趣味木版画

　　江户时代，小孩子承担着家族传宗接代的任务，备受疼爱。以小男孩和小女孩为目标读者、描绘英雄人物的木版画数不胜数，有的可以剪成卡片，有的可以做成可换装的布偶，有的可以制作成寺庙、房屋或风景的模型[56]。

167

167. 歌川国芳，《金太郎尽相扑之图》，江户时代（天保时期）。木版彩色画，规格：大判。日本公文教育研究会。

166. 月冈芳年，《新形三十六怪撰之地狱太夫悟道图》，1889年至1892年。木版彩色画，规格：大判。町田市立国际版画美术馆。

168

168. 歌川国芳，《坂田金时、碓井贞光、渡边纲和妖怪》，1861 年。
木版彩色画，规格：大判。日本公文教育研究会。

这些木版画上经常出现英勇的武士坂田金时。他儿时的名字叫金太郎，一出生就有着超凡的精力。母亲山姥[57] 含辛茹苦地把他养大。传说他的父亲是雷神，猴子、熊和巨型鲤鱼都是他的玩伴。金太郎拥有超乎常人的巨大力气，通常以挥舞着斧头（雷神的武器）的形象出现，是一个半人半神的人物。成年后，金太郎成为源赖光的忠臣，与主君一同击败了妖怪酒吞童子。

在歌川国芳的一幅名为《金太郎尽相扑之图》的木版中，金太郎给两位朋

友——猴子和兔子的相扑比赛做裁判，旁边有一只蓝色妖怪在观看比赛。

另一版三折画中有一幅描绘的是成年的金太郎，即坂田金时，两个同伴陪他一起冒险。这三个武士无所畏惧，正在与两只可怕的妖怪下围棋。

月冈芳年则描绘了著名武士楠木正行的童年时期。当主人公骑木马时，一个由老貉子变成的女人把他吓了一跳。然而，有着与年龄不相符的勇气的楠木正行把妖怪赶跑了。

明治时代出版物中的怪物、妖怪和鬼魂

日本木版画与十九世纪七十年代出版业的诞生密切相关。那时，日本的报纸只有一页，刊载的内容是大幅的彩色图片和简介性质的文字，能够让人们随时了解社会新闻[58]。

如今，关于妖怪或非自然现象的传闻依旧时不时在媒体上出现。在过去，这种故事非常多见，经常有人声称自己看到了魔鬼。

其中一个故事发生在桑名市。根据当地的风俗，每个月月末人们都被禁止出海，因为妖怪"海坊主"会现身。然而，一个名为德藏的海员决定挑战禁忌。当天他出海时，一阵狂风突起，海坊主出现在海面上，问道："那么，你觉得我怎么样呢？有大家传言的那么恐怖吗？""不，不像传闻说的那样。"德藏回答。他说出这番话后，海坊主立刻消失了。

在一八七四年出版的一期《东京日日新闻》（创刊于 1872 年）中，人们读到了如下一则信息：一八七三年八月四日凌晨三点，一个名为梅村丰太郎的男人突然被地板震动的声音惊醒。他听到儿子在呼救，似乎有人正在侵犯他。梅村急忙跑过去，看到一个长着三只眼的长脖妖怪头顶天花板，正在威胁他的儿子。他立

170. 歌川芳员，《百种怪谈妖物双六》，1858 年。木版彩色画，规格：大判。日本公文教育研究会。

169. 月冈芳年，《和汉百物语之楠多门丸正行》，1865 年。木版彩色画，规格：大判。町田市立国际版画美术馆。

接下来的几页：

171-172. 歌川国芳，《鬼灯集锦》，1844 年至 1847 年。儿童木版画，规格：大判。日本公文教育研究会。在这组画中，歌川国芳赋予了鬼灯这种植物类似人的行为举止。这组木版画富有趣味性，是系列作品的组成部分。画家让拟人化的植物活了起来。

173. 落合芳几，《东京日日新闻》第 145 期，1874 年。
木版彩色画，规格：大判。兵库县立历史博物馆。

174. 二代目长谷川贞信，《大阪日日新闻》第 13 期，
明治时代。
木版彩色画，规格：大判。兵库县立历史博物馆。

175. 歌川国芳，《东海道五十三对之桑名》，1844 年
至 1847 年。
木版彩色画，规格：大判，24.4 厘米 × 36.4 厘米。
山口县立萩美术馆·浦上纪念馆。

刻拉扯妖怪的衣服，把它推倒在地。走近一看才发现，妖怪是一只老貉子。

即使到了明治时期，传说中的妖怪依旧活跃在人们的脑海中。《大阪日日新闻》刊登过一则带有插图的奇闻异事：一名生活在东京的女子在午夜十二点看到一只全身漆黑的妖怪，甚至被这只妖怪舔了脸。女子吓坏了。第二天夜里，她来到父母家才安然入睡。第三天，她回到自己家里，看到妖怪还等在原地。她请求僧人为自己驱邪，但是无济于事。

175

当代神怪

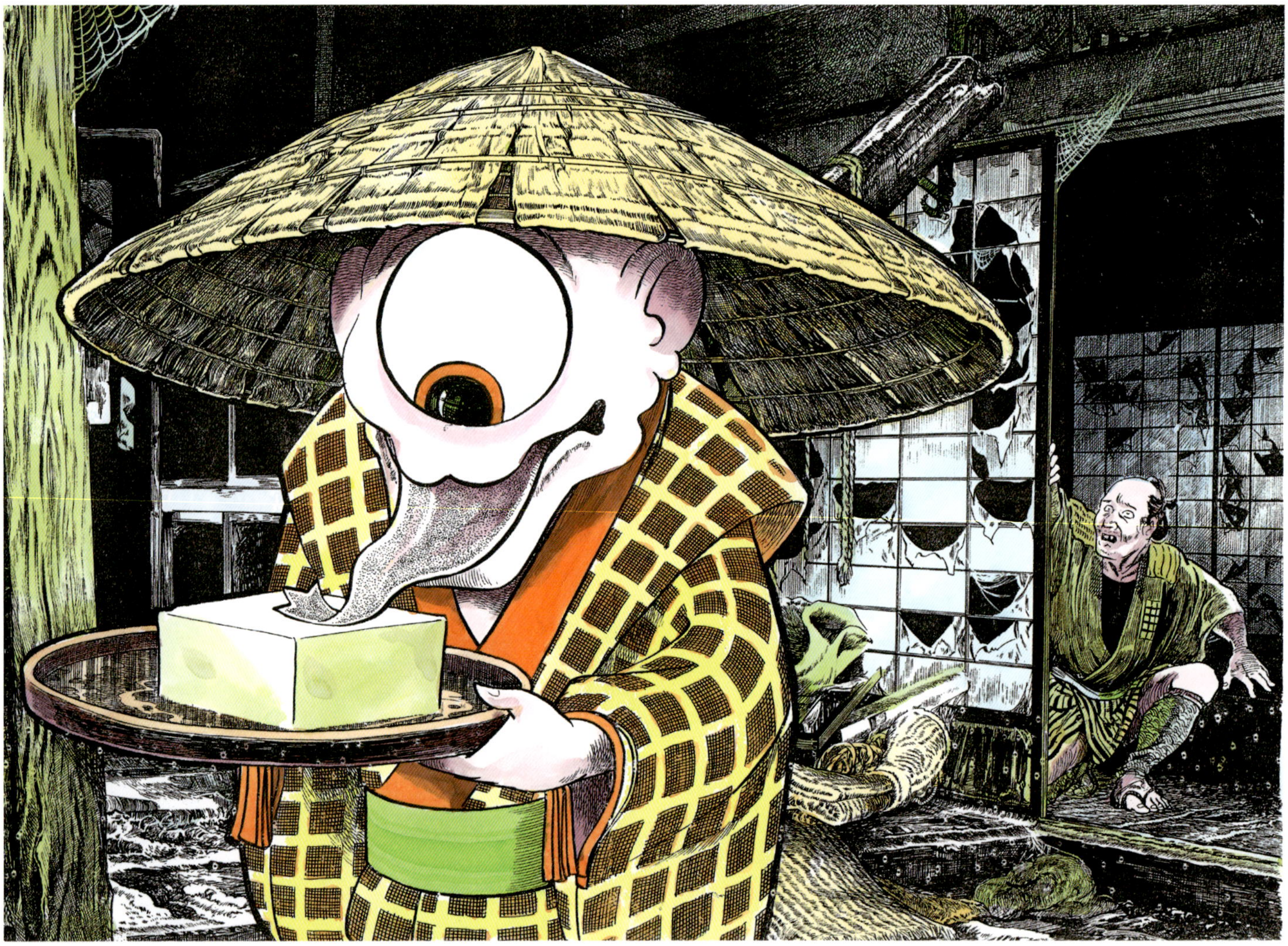

176

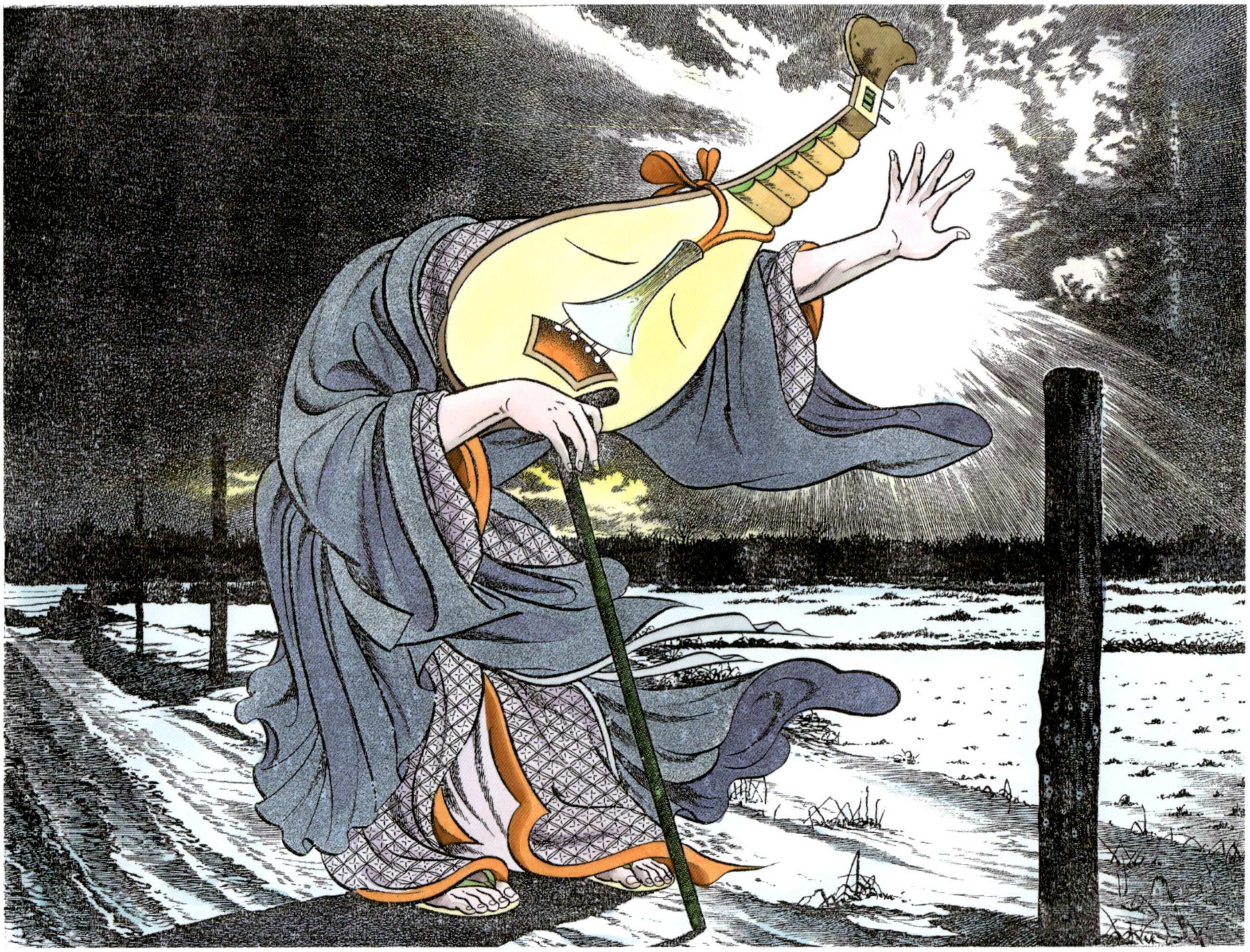

妖怪大师：水木茂

水木茂（原名武良茂）已于二〇一五年离开了我们，但是他在一九五五年开始连载的漫画作品《鬼太郎》中的英雄人物，以及他投入了大半生精力的妖怪研究，使他的名字一直被人们铭记。

我有幸几次参观水木茂位于东京的工作室。工作室中陈列着水木茂笔下众多漫画人物的模型，他就曾在这样一个被模型包围着的环境中接待来访者。

水木茂在日本松江市附近的境港市长大，童年时非常依恋一位名为"鬼婆婆"的老妇人。鬼婆婆曾是水木茂家中的女佣，经常给他讲妖怪和幽灵的故事。水木茂正是在这样奇妙的氛围中长大。

他一放学回家，就和鬼婆婆去正福寺欣赏描绘极乐世界和地狱场景的六道绘。年幼的水木茂总是盯着地狱图看很久，这些画既让他着迷，又让他心生恐惧，这种奇妙的感觉令人难以释怀。这些地狱场景对他以后迷恋超自然力量起到了很大的作用。他从此相信了超自然的存在。

从年幼时期开始，水木茂就喜爱画画。他十五岁离开学校，出来谋生，但每找到一份活计都只能做几天，这些工作根本无法让他产生兴趣。水木茂最大的愿望是成为画家，但是战争爆发了，这个梦想也随之落空。

水木茂带着歌德的书上了前线。他偏爱歌德，因为这些书能够让他思考自己存在的意义和战争的无益。在一场轰炸中，他失去了一条胳膊，漂流到了新几内亚，奇迹般地活了下来。他后来感染上疟疾，与当地一个土著居民一见如故，受土著居民的悉心照料才恢复健康。他是军队中唯一一个在土著人面前没有表现出优越感的士兵，因此被当地人收留，共同生活了一段时日。

水木茂承认，如果不是战争结束后上级要求自己回日本，他会一直待在那里。"这些人一无所有，但是他们很幸福，知道如何慢慢享受生活。"水木茂总是喜欢重复这些话，也从未忘记自己的朋友们。多年以后回到家乡，他却悲伤地发现，由于缺乏医疗条件，很多人年纪轻轻就死掉了。

战争结束后，水木茂面临着温饱问题。他在神户安顿下来，先后尝试过做好几份工作来维持生计，但他对艺术的热爱始终不变。直到二十世纪五十年代，他

前几页：
《鹌》局部图，2004 年。全图详见 225 页。

176. 水木茂，《一目小僧》，1968 年。
纸质画。《周刊少年》杂志。水木出版公司。
一目小僧是一只独眼妖怪，但这个词有时也指长脖妖怪。

177. 水木茂，《琵琶牧牧》，1968 年。
纸质画。《周刊少年》杂志。水木出版公司。

178

179

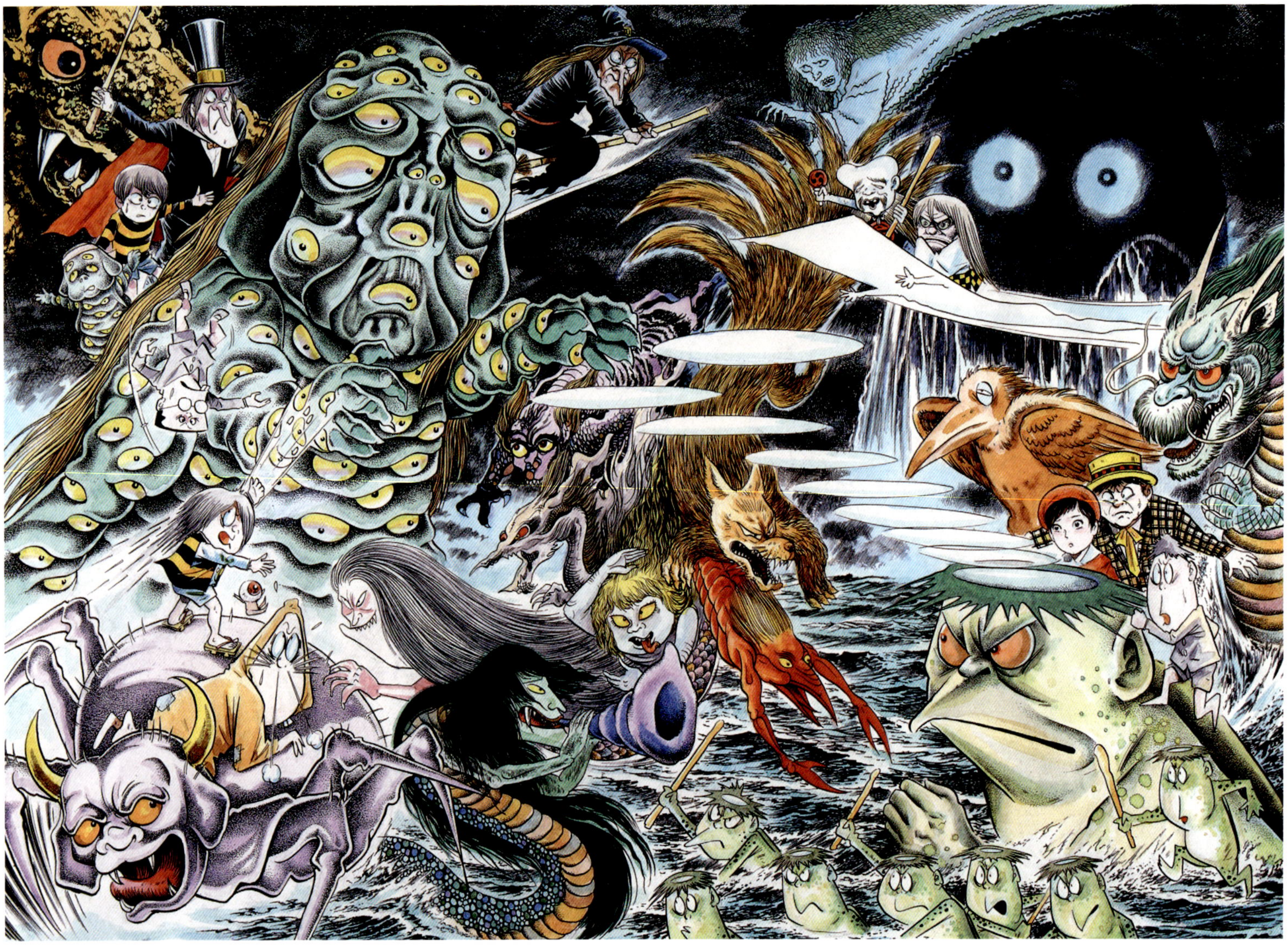

178. 水木茂，《宇宙飞船：三大巨星的梦幻共演，地球上最大的战役》，1985 年。
纸质画。朝日出版社。水木出版公司。
水木茂漫画中的英雄与邪恶妖怪之间的战斗。

179. 佚名，《百百目鬼》，明治时期。
纸质水墨画，26.2 厘米 × 17.8 厘米。太田纪念美术馆。

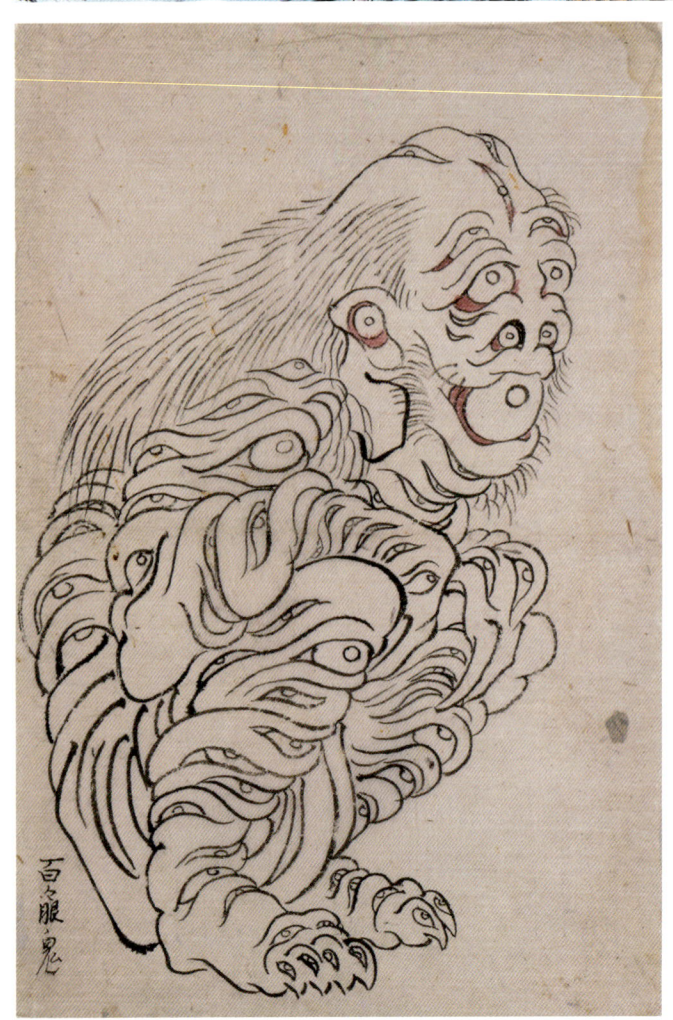

一直在绘制纸芝居（一种当时流行于日本、按图画讲故事的戏剧形式），并为一些图书画插图，但生活条件十分不稳定。他创作的漫画（比如《恶魔君》和《电视君》）给他带来了名气，却没有带来财富。直到《墓场鬼太郎》出版后被更名为《鬼太郎》，并在杂志《周刊少年》上连载，水木茂的才华才被真正认可。

根据这部漫画改编的同名动画片上映后，"鬼太郎"在世界上很多国家都备受欢迎。这个有点阴郁的故事大获成功后，漫画家水木茂又进行了一系列更有趣的创作。

水木茂对妖怪的历史、民俗和肖像学方面的深入研究大大推动了这个领域的学术发展。另外，彩色绘卷和木版画也带给他更多的灵感，激发了丰富的想象力。水木茂沉浸在浮世绘大师的作品中，从中汲取营养。

到晚年，水木茂已经获得了日本最高的荣誉紫绶褒章，但依然保持着朴实的生活态度。他的人生就像一本小说，他把自己大部分的人生都用漫画表现了出来。他笔下所有的人物和妖怪中，最吸引读者的还是鬼太郎。

水木茂和以他名字命名的"水木道"让境港小城的国际知名度大增。水木茂

180. 水木茂，《百目妖怪》，1968 年。纸质画。讲谈社。水木出版公司。人们认为，这种妖怪最早出现在明治时代[59]。

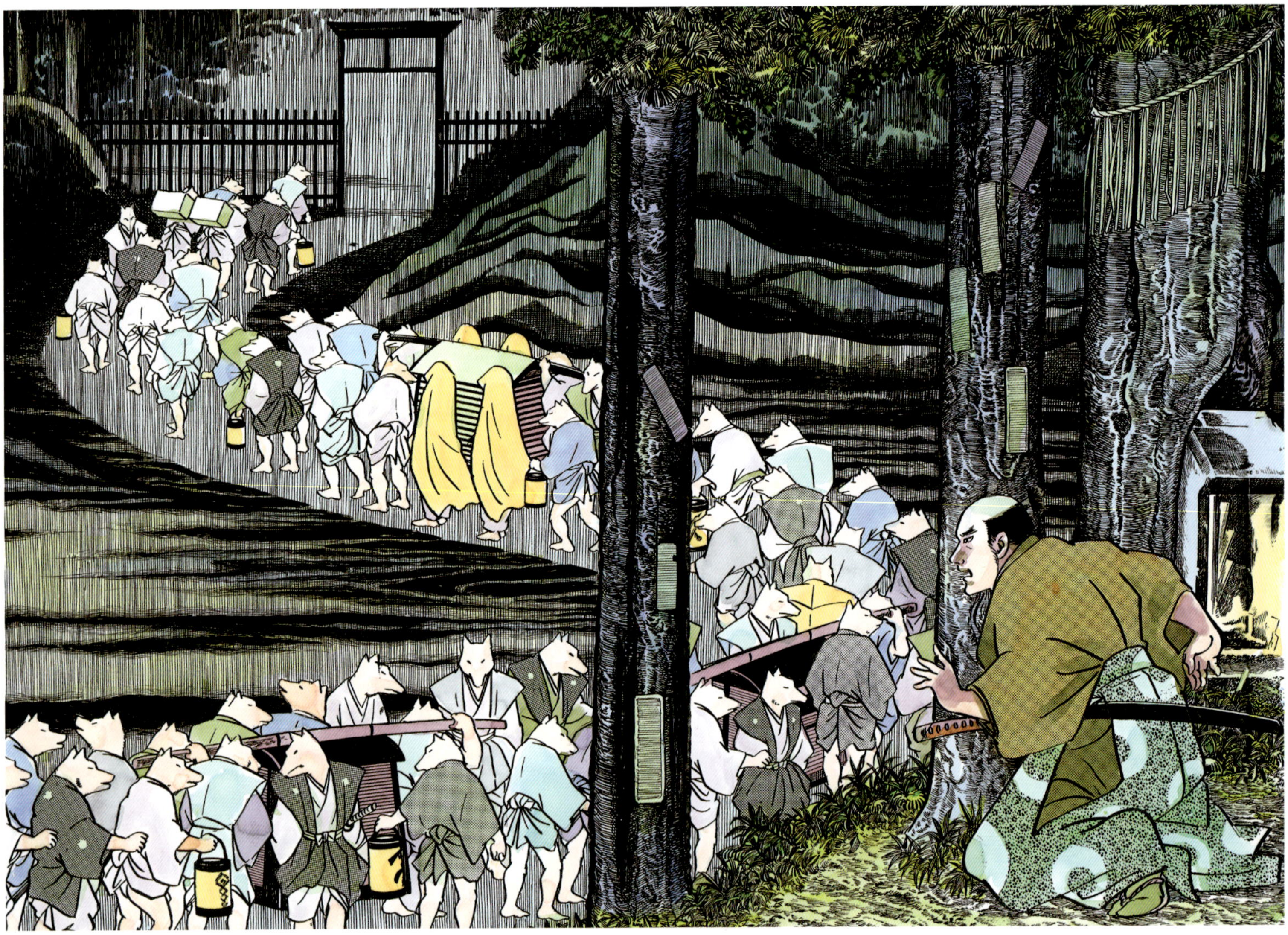

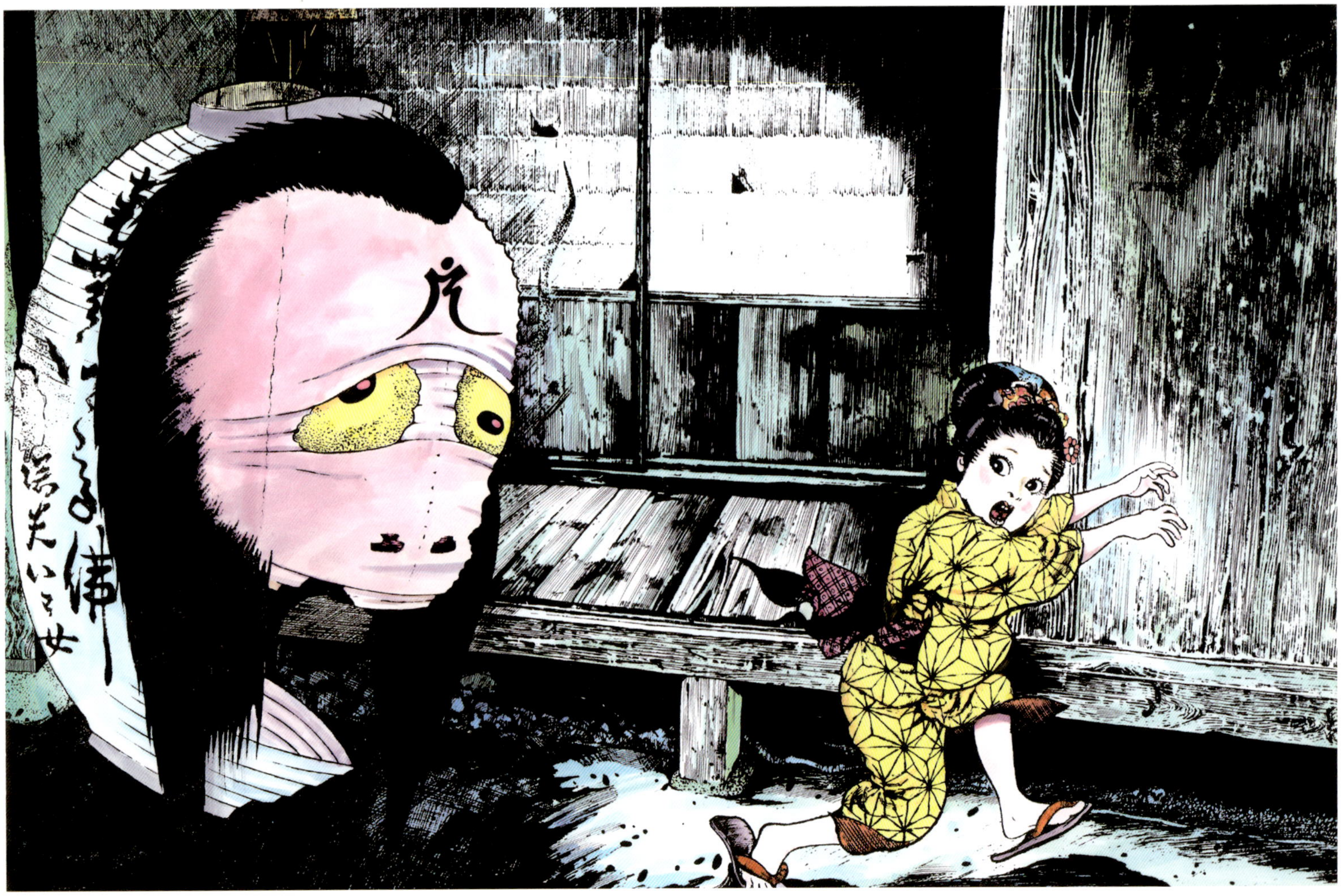

和笔下一百五十三种妖怪的铜像分散在小城中，迎接着全世界的游客。

　　在一次和水木茂先生的会面中 [60]，我问他，在江户时代的所有画家中，哪一位对他的启发最大，他毫不犹豫地告诉我是鸟山石燕，又补充说，自己当然也很喜爱葛饰北斋和河锅晓斋的作品。他从鸟山石燕的妖怪中汲取灵感，再运用现代的绘画技术将其表现出来，在不同的场景中创造出新的妖怪。他常说，妖怪的形象总是自然而然地从笔下诞生，并且一直住在他的想象里。

183. 水木茂，《水獭妖》，1968 年。
纸质画。讲谈社。水木出版公司。
这种妖怪遍布日本的各个地区，被认为是狐狸或貉的家族成员。它可以轻松地变身成美丽女子，诱惑年轻男子。

181. 水木茂，《狐狸的婚礼》，1968 年。
纸质画。《周刊少年》杂志。水木出版公司。

182. 水木茂，《提灯阿岩》，1967 年。
纸质画。株式会社小学馆。水木出版公司。

山本龙基：地狱的新视角

地狱主题一直吸引着艺术家们。在当代画家中，山本龙基[61]笔下的地狱五彩缤纷，风格十分新颖。受彩色地狱绘卷的启发，山本龙基创作出三幅全新的画作。这三幅作品既没有表现出地狱的恐怖，也不涉及宗教典故，其中两幅传递着智慧与和平的信息。他强调人人平等，人类不应该自相残杀。他还创作了多幅自画像，原因是他有一个孪生兄弟，所以习惯看到自己的样子。但是，他在画布上绘制最多的是普通人类，他曾说，"人类应该不惜一切代价寻求和平"。

在描绘诸多地狱场景的过程中，山本龙基会从江户时代的《熊野观心十界图》中汲取灵感。这幅画是应慈眼寺持宝院长老的要求绘制而成，目的在于让信徒更轻松地了解宗教。人类从出生到死亡的命运轮回以圆环的形式表现在画稿上。山本龙基提取画中的重要元素，用带有嘲讽意味的手法进行再创作。这幅画充满了各种细节。神灵、掉入地狱火焰中的死者、男人、女人，都在画布上一一呈现。

关于另一幅名为《混沌图》的画作，山本龙基说自己沉迷于各种绘卷（其中包括北野天满宫的著名作品《北野天神缘起绘卷》）和歌川广重的木版画，还受到辛迪·舍曼和森村泰昌的影响。另外，杰克逊·波洛克和克莱福特·斯蒂尔的作品，尤其是在大幅画布上的创作方法以及色彩的运用也给他带来了灵感。但他希望自己能创作出有日本典型特色题材的画作。《混沌图》中魔鬼的样子和画家的长相相似，而在山本龙基其他类型的自画像中，他从来没有这样理想化过，从如此敏锐的视角出发绘画。山本龙基梦想成为漫画家，他说通过展示地狱场景，也获得了画漫画的灵感。除了崇拜手冢治虫，他还是鸟山明（《七龙珠》）、奥浩哉（《杀戮都市》）、水木茂和宫崎骏的忠实读者。在山本龙基的画笔下，绘卷、木版画、讽刺画、漫画和动画中的妖怪和怪物都得到了引人注目的新的诠释。

《天地图》取材于耶罗尼米斯·博斯的作品，其中对山本龙基影响最大的是《人间乐园》和《最后的审判》。山本龙基十分钟爱这两幅画。宏伟的画作充满灵性，本意是为了娱乐，但画作的每个角落都有富士山的剪影和太阳，象征意义也很明显。山本龙基说自己想在这幅巨制中展示日本宗教的不同侧面。

184. 山本龙基，《混沌图》，2012 年至 2014 年。丙烯画，400.3 厘米 × 302.3 厘米。三潴艺术画廊。摄影：宫岛径。

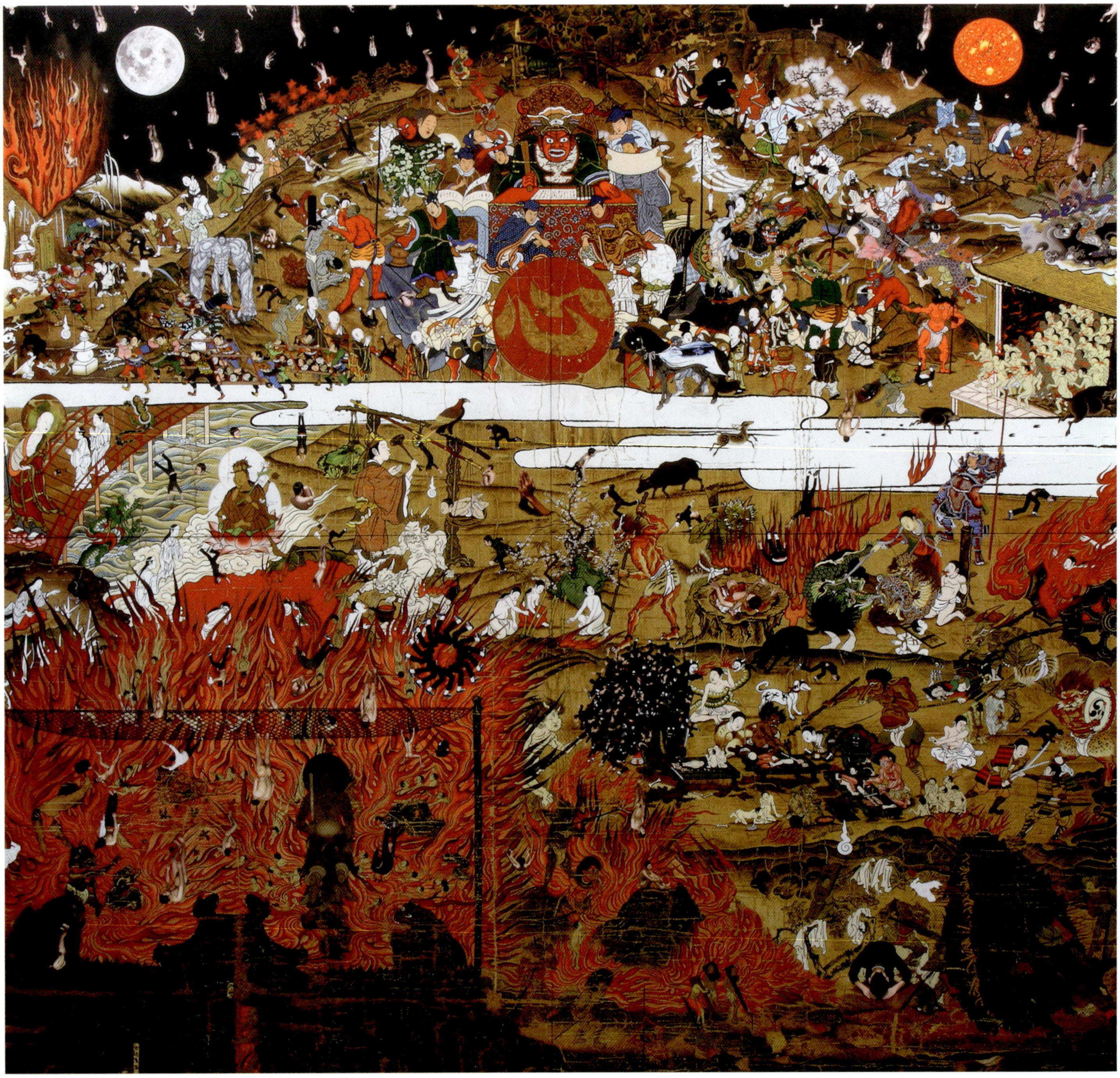

185

186

185. 山本龙基，《地狱》，2011 年。
丙烯画，360.2 厘米 × 381.3 厘米。三潴艺术画廊。
摄影：宫岛径。

186. 佚名，《熊野观心十界图》，江户时代。
纸质画（来自慈眼寺持宝院），143.5 厘米 × 124.8 厘米。兵库县立历史博物馆。

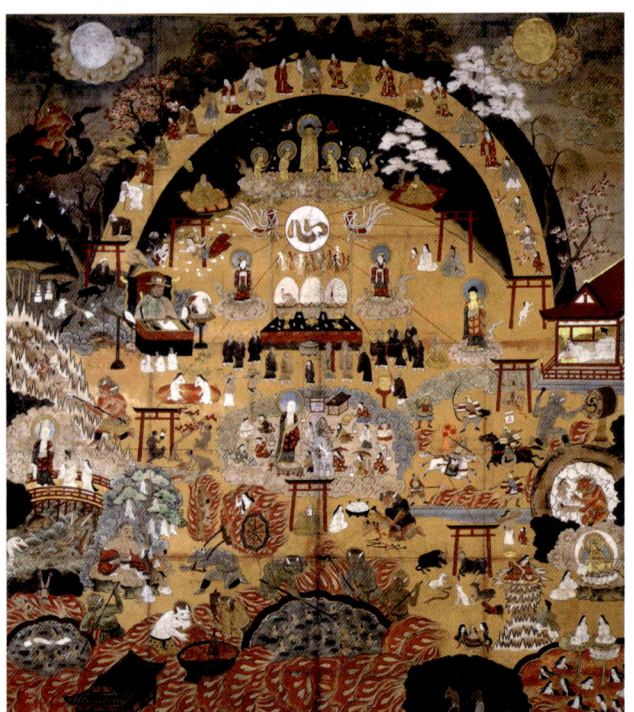

187

187. 山本龙基,《天地图》, 2014 年。
丙烯画, 199.6 厘米 × 354 厘米。三潴艺术画廊。摄影: 宫岛径。

197

智内兄助

为了创造出一个既诗意又神秘、连接过去与现在的宗教世界，画家智内兄助同时使用新旧两种绘画技术，借助金片、铂金片以及金粉，在和纸上创作丙烯画。他的艺术世界是神圣的，创作好似一场祷告仪式。他运用炽烈但不具攻击性的色彩，同时在颜料中掺入金片，使画作随着时间的流逝生成更特别的色泽。智内兄助喜爱日本古典文化，尤其是和歌。他会选择著名的诗篇，将优雅的诗句写在自己的绘画作品上。他的女儿直到成年之前，一直是他的模特。现如今，他主要创作风景画。

智内兄助创造了一个神奇的世界，这个世界里不仅有妖魔鬼怪，也有书法和诗歌。书法和诗歌不是一种装饰，而是绘画鲜活的主题，更是画作不可或缺的一部分[62]。

作为古典诗歌、短歌和连歌的狂热爱好者，智内兄助还参考了琳派（日本画派之一，代表人物是尾形光琳）、葛饰北斋、喜多川歌麿和河锅晓斋的绘画作品。他希望通过和这些艺术家跨越时空的合作不断提升自我。每天天一亮，智内兄助就前往自己的工作室，在那里他感觉很幸福。"我带着孩子般的喜悦去作画。绘画于我来说像供神灵消遣的神乐一样，让人感觉快活似神仙。"他坦言，年轻时曾犹豫过是否要继续绘画生涯，但是，佛教绘画证明艺术也可以到达一种绝对的美。对于智内兄助来说，绘画已经成为每天都向着美、向着神灵更进一步的祷告。

《百人一首》中的著名诗歌《天之风》（"六歌仙"之一的僧正遍昭所作）歌颂了人们隐约见到的天上女神的美貌，智内兄助用充满诗意的绘画重新演绎了这首和歌。

在《金刚定额》中，他描绘了高僧空海的佛教生活。空海多才多艺，是书法家、雕塑家、画家和文学家，曾布道新的佛教理论，开创真言宗，总本山寺院为金刚峰寺。画中的空海非常年轻，坐在一棵樟树的树干里。他还要与天狗以及其他邪恶生物作斗争。

不过，智内兄助不仅仅满足于画过去的故事，还深入鬼怪世界，把妖怪引入

188. 智内兄助，《风神》，2003 年。
丙烯画，铅笔，金纸，撒有金粉，136 厘米 × 124 厘米。由智内兄助提供。

189

189. 智内兄助，《晓斋交换 百鬼 姑获鸟》，1989 年。
丙烯画，日本纸，162 厘米 × 360 厘米。由智内兄助
提供。

《百鬼画谈》细节图，1889 年。全图详见 46-47 页。

自己的作品当中。在《晓斋交换 百鬼 姑获鸟》中，智内兄助重拾河锅晓斋在《百鬼画谈》中的百鬼夜行主题。河锅晓斋的这本画册面市于一八八九年，也就是画家逝世四个月之后。这幅神奇的画作带领人们进入了魔鬼的世界，其中"うぶめ"（姑获鸟、孕女）一词有着两种截然不同的意思：第一个是"产妇"，第二个是"难产而死的女人"，引申为一种鸟或者一种怪物。这种怪物会发出婴儿啼哭般的声音，多在半夜现身，专门杀死新生儿，民间流传着许多关于它的传说。这幅卷轴中的妖怪是向着卷轴打开的相反方向奔跑的，画面虽然恐怖，但是充满了美感，完美地展示了《今昔物语集》中的故事。

在《鬼灯》中，画家年幼的女儿面色凝重，从她敞开的和服里跑出了许多《百鬼画谈》中夜行队伍里的妖怪。女孩的衣服是红色的，红色象征着对抗邪恶和恶灵，从而使人得到保护。这幅作品代表了画家的祈祷，他希望自己的孩子一生平安，画中的妖怪代表的是随时会出现的邪恶和危险。

智内兄助这位当代画家对艺术充满热爱，他在自己的作品中融入了信仰、思考和幻想，让日本的文化更加丰富多彩。

190. 智内兄助，《金刚定额》，2003 年。
丙烯画，铅笔，金纸，墨水，日本纸版画，
153 厘米 × 46 厘米。由智内兄助提供。

191. 智内兄助，《鬼灯》，2003 年。
丙烯画，铅笔，矿物颜料，棉布版画，136 厘米 × 124
厘米。由智内兄助提供。

池田学

在当代青年艺术家中，池田学的作品可以说是最具有前瞻性的，他的画作常常涉及环保主题。

本书介绍的池田学作品中，前两幅完成于二〇一一年三月十一日海啸发生之前，第三幅完成于二〇一三年，与前两幅相呼应。这些作品用钢笔和丙烯颜料在纸上绘制而成，有着惊人的细腻笔触和大量的细节描绘。艺术家带领人们走进了一个神奇的世界，在那里，我们星球的未来似乎一片灰暗，但他又试图在黑暗中添加一丝希望的曙光。

池田学从小在乡村长大，后来在加拿大和美国生活过，他热爱大自然，喜爱昆虫及其他动物。在他的画笔下，岩石、山脉、树木和珊瑚似乎都被赋予了生命。展现在我们面前的，是一个真正万物有灵的世界，也是一首美丽又脆弱的自然赞歌。

他的作品《兴亡史》，"不仅重现了无止尽的战争导致人类社会从繁荣到灭亡的历程，也展示了人类和自然的此消彼长"[63]。

就像巴别塔或移动城堡一样，在他的画作中，寺庙和建筑物的屋顶层层叠叠，大自然也参与其中。不知从哪里冒出来的树枝布满了马路，来源不明的铁道蜿蜒曲折，坍塌的房屋散落其间。可是，就像建筑物顶端的起重机暗示的那样，人类还是在无止境地进行重建。大都市中的人类在迷宫般的管道间费力地铺建道路，似乎在一切毁灭之前，还能看到昙花一现的极乐时刻。

"人类因为战争和欲望破坏大自然，不停地建造土木工程，然而，自然就像这棵树一样正在消亡。不过，树木重新长出叶子，根部伸进了城堡内部，龙卷风或洪水带来的灾难也会威胁到人类文明。所以，这是一场人类与自然之间永恒的斗争。"

在这个奇妙的人类社会缩影中，战争与和平交替出现。日本人尤其钟爱的"幸福使者"仙鹤在战场上空飞翔，士兵和坦克在沙场上战斗。在这座高大的日式城堡内，"持续不断的毁灭和重建代表人类在前进"。这个想象中的世界并没

192. 池田学，《兴亡史》，2006 年。
丙烯、钢笔画，胶合纸，200 厘米 × 200 厘米。高桥收藏。三潴艺术画廊。摄影：宫岛径。

接下来的几页：
《兴亡史》细节图，2006 年。

193

有可怕之处，一切都具有象征意义。梦境与现实互相交错。红蓝色的妖怪和魔鬼（"戴着面具、不停生出新欲望的人类"）在屋顶上打斗，一位佛教神灵的金手中握有一根线，暗喻芥川龙之介的小说《蜘蛛丝》。

在《二条城》中，池田学则幽默地展示了城堡内部的生活场景。在这个超现实场景中，古代人与现代人共处同一时空，人们或是在公共浴场里（其中有一位占卜师），或是走进法庭，或是在客栈里享受鲸鱼肉做成的菜肴。几个忍者钻进人群，其中一个忍者站在梯子上，绑架了受惊的公主；一只老虎从纸拉门里逃了出来，但似乎没有人感到害怕；在另一扇拉门背后，一些画家正在静静地给一幅巨大的图画上色。庞大的树根占领着城堡，木匠们在树根上方忙碌。

这幅名为《预兆》的作品（创作于 2008 年）仿佛具有前兆性，因为是在二〇一一年海啸发生前创作完成的，与二〇〇六年的《兴亡史》主题相同。

这幅画是用钢笔完成的，因为用精密细致的笔触描绘出壮观的景象而闻名一时。它很容易让人联想起葛饰北斋的木版画《富岳三十六景》系列中的《神奈川冲浪里》。

但是池田学对这幅作品的解释让人有些惊讶："一开始，我根本没想画浪花，而是想画一幅积雪融化的冬景，雪下会露出文明的痕迹。后来，我把它改成了一朵海浪。考虑到浪花的压抑感太强烈，我决定加入其他元素，这样海浪就显得小一些，整体画面会比较平衡。"

这幅画的题目故意起得很含糊，因为作者希望观赏者可以自由解读。人们可以认为，"这片海浪就要吞噬掉文明，或者一大块冰融化为一朵巨大的浪花，而被吞噬的文明即将苏醒。但是不管如何解读，人类依旧浑浑噩噩，终日忙于占领自然。"[64] 宝塔旁边，几位神灵不像人们想象中那样站在云端，而是站在象征投机主义的兽皮上。大量假士兵变成树叶，组成一棵松树，装点着画面。"通过这样一幅画，我想表达自己对战争和死亡的恐惧。在和平的影子下，这两者是不容易被发现的。"[65]

池田学近期的作品《融化》同样不可忽视。加拿大的冰川正在融化，形成了一些湛蓝的湖泊。融化的冰川让池田学想到了福岛核电站事故，只是这幅画中融化的不是核反应堆，而是象征着人类疯狂的冰川。"我尝试展示如今的日本，也尝试展示未来的世界难题。"[66] 池田学说道。他又一次强调了人类欲望的危险性，这种欲望会给人类带来损失。

《诞生》一画没有初稿，是用笔尖为一毫米的钢笔和不同种类的丙烯颜料绘制而成的。二〇一一年的海啸灾难过后，池田学用了两年时间思考，并耗费三年时间完成了这幅作品。

194. 池田学，《预兆》，2008 年。
丙烯、钢笔画，胶合纸，190 厘米 × 340 厘米。
可持续投资者股份有限公司。三潴艺术画廊。摄影：久家靖英。

195. 池田学，《融化》，2013 年。
丙烯、钢笔画，胶合纸，122 厘米 × 122 厘米。三潴艺
术画廊。摄影：西温哥华博物馆。

196. 池田学，《诞生》，2013 年至 2016 年。
钢笔、水彩画，300 厘米 × 400 厘米。佐贺县立美术
馆藏。三潴艺术画廊。摄影：Eric Tadsen 为 Cha-zen
艺术博物馆所摄。

乍看之下，这棵巨大的樱花树似乎在庆祝春天的来临，但这幅作品其实有着
更深刻的含义。池田学在画中表达了自然灾难给人类带来的苦难。他当时住在美
国，远离故土，却依然深切感受到这场灾难的残酷。在接下来的几年里，他寻求
表现的不仅是人类对灾难的恐惧，还有重生的重要性。池田学后来定居加拿大，
受北美洲广袤土地和自然美景的启发，创作出这幅令人心碎的美丽作品。

画作中央（没有过去的作品那么对称）矗立着一棵大树，是纪念海啸过后陆
前高田市唯一没有倒下的松树。繁花缀满枝头，象征着世上随时出现的灾害给人
类带来的痛苦。池田学也想让人们注意到事物的更迭，不沉迷于短暂的繁荣，因
为这些花朵的生命稍纵即逝。我们看到一个被海浪入侵的游乐园，幸存者在帐篷
里避难。画家把"Contaminated"（被污染的）一词写在树干的中心位置，旁边画
着一架飞机。池田学解释说，这架飞机并不是从天上掉下来，而是途经此处时成
了树根的囚徒。绽放的花朵探出飞机的舷窗，五颜六色的人造花朵象征着哀悼或
重生。有些花的花冠处是由机翼构成的十字架，用以纪念死者，或代表死里逃生
的人临时搭建的房屋。画中还可以看到人头和祈祷的手。黑色的花代表死者，蓝

色的人聚在一起为死者祈祷。在黄色花朵的中心，新生儿和动物承载着希望。骑在骆驼背上的人代表试图逃离辐射的人们，以及灾难过后不得已远离家乡追寻更美好未来的人们[67]。

在这幅画中，池田学引导观赏者对人类命运进行了一场哲学思考。

山口晃

当代画家山口晃笔下的奇幻世界连接了过去与现在。他的作品风格与大和绘 [68] 相似，从云端望去，旧首都京都的街巷一望无际 [69]。在山口晃的玄妙世界里，室町时代的人遇到二十一世纪的人也不足为奇，时间似乎静止了。轿子、黄包车和汽车在街道上行驶着，路人丝毫不觉得诧异。现在与过去混为一体，眼前的一切不过是一场幻觉。

这座城市似曾相识，却又令人刮目相待，我们能在其中认出一些关键地点，即地标性建筑。然而，画家戏弄了我们的眼睛，引导我们进入他的梦幻世界。更加惊人的是，这些看似传统的画作没有运用日本传统绘画技术，而是用油画画法完成的。

从这座城市的多个场景中能感受到时间在流逝，画中人都在各自忙碌着，似乎不知道会在街上遇到不同时代的人。现在的人们能看得到过去时代的人吗？山

前页图：
《东京图 广尾 - 六本木》细节图，2002 年。全图详见 218 页。

197. 狩野永德，《洛中洛外屏风画（上杉本）》，16 世纪。日本国家重要文化财产。
屏风画，金纸，160.4 厘米 × 365.2 厘米。米泽市上杉博物馆。

東京圖
広尾 六本木

198

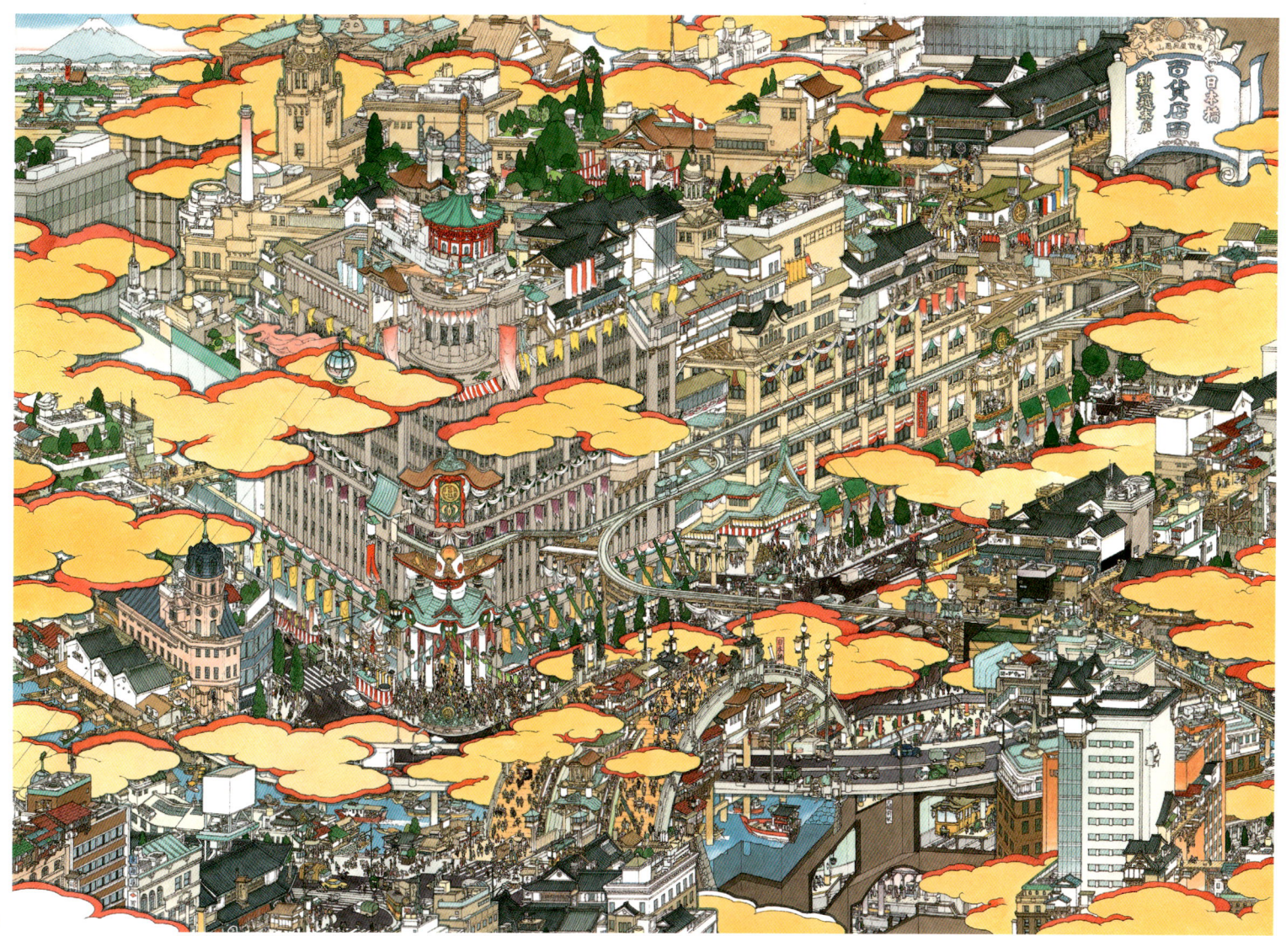

199

口晃是想让我们思考生命的意义和时光的无情流逝吗？

在《东京图 广尾－六本木》中，他从俯视街区的六本木新城大厦里开辟出了一条穿云过雾的道路，大厦裸露的混凝土结构和玻璃材质的外形遮盖了木质神社的一部分。

在作画的时候，山口晃参考了谷歌地图，但会在现实存在的建筑物的基础上添加一些想象中的新建筑，创造出奇幻的图景。

在纪念日本桥三越百货的画作中，他创造了一个过去与现在的建筑物交错出现的城市。山口晃以东京最繁华的街区之一为背景，让正在运行的单轨电车穿梭其间。就算东京涩谷区有单轨电车，也绝不是画中的模样。山口晃还喜欢制造视觉陷阱，比如现实中无法通过的拱形夸张的日本桥；比如一辆似乎是从《源氏物语》中穿越而来的牛车，竟然与西装革履的行人相遇。

各个时代的人乘坐着不同的交通工具，在东京这座庞大的城市中穿梭。在这个永恒的世界里，古今建筑并肩而立，前人今人共同前行，这就是山口晃建造的既神奇又独特的世界。

山口晃另一种风格的代表作是《四天王立像》[70]，这组画同样与众不同。四

198. 山口晃，《东京图 广尾－六本木》，2002 年。钢笔水彩纸质画，73.5 厘米×65.5 厘米。森美术馆收藏。三潴艺术画廊。摄影：木奥惠三。

199. 山口晃，《百货店图 日本桥新三越本店》，2004 年。钢笔水彩纸质画，59.4 厘米×84.1 厘米。株式会社三越伊势丹控股收藏。三潴艺术画廊。

200

201

200. 山口晃，《广目天王》，2006 年。
综合画（油画、水彩画、水墨画技法），194 厘米 × 97
厘米。三潴艺术画廊。摄影：木奥惠三。
广目天王是西方的守卫，面色白皙，一手握卷轴一手
握笔。他的头盔仿佛是一种优雅的发型。

201. 山口晃，《增长天王》，2006 年。
综合画（油画、水彩画、水墨画技法），194 厘米 × 97
厘米。三潴艺术画廊。摄影：木奥惠三。
增长天王的皮肤是红色的，守卫着南方，手持马刀或
长矛。传说他能带来财富。

天王是佛教的四位护法天神，他们的形象通常是身着盔甲的武将，神情威严，脚
踩魔鬼（阻碍佛教传播的天邪鬼）。然而，山口晃的作品为四天王赋予了全新的
面貌。他笔下的四天王全无恐怖的神情，取而代之的是面部表情十分柔和的女性
形象。

202

203

202. 山口晃，《持国天王》，2006 年。
综合画（油画、水彩画、水墨画技法），194 厘米 × 97
厘米。三潴艺术画廊。摄影：木奥惠三。
持国天王的皮肤是蓝色的，手持长剑，是东方土地的
守卫。

203. 山口晃，《多闻天王》，2006 年。
综合画（油画、水彩画、水墨画技法），194 厘米 × 97
厘米。三潴艺术画廊。摄影：木奥惠三。
多闻天王是北方的守卫，一手持长枪一手托宝塔。

天明屋尚

天明屋尚是"新日本画派"的代表人物，特点是以当代的绘画形式展现传统日本画风格。二〇〇〇年，他发起了一场名为"武斗派"的艺术运动，与日本艺术界的权威作抗争。他的作品都是有意取材于过去的传说或神话故事，有惊人的表现力，画中的武士丝毫不亚于传统武士绘。像旧时画家一样，天明屋尚使用金色作为画作的底色。

二〇一〇年，天明屋尚创造了一种新的艺术风格，命名为"婆娑罗"(Basara)。这个词让人联想到日本南北朝时代（14世纪）的怪诞美学，以及"倾奇者"，即日本战国时代（15世纪中期到16世纪中期）那些穿着夸张的衣服在大街上闲逛的人。他是前卫与传统之间不可或缺的连接者[71]，他的绘画主题常常是妖怪世界或传奇动物，作品反映了对这个假装高雅的世界的抗议。

天明屋尚有一个系列作品，共三幅，画的是佛教第六天魔王（欲望之魔，以世人的欲望为自身的乐趣）的三只神兽坐骑：麒麟、九尾狐和鵺。第六天魔王与魔罗等众魔王沆瀣一气[72]，是一个让人畏惧的存在。在记录十四世纪日本历史的《太平记》[73]中有这样的描写，第六天魔王与他的追随者突然现身，拦住了一位走在朝圣路上的僧人，不过魔王军团被须佐之男命[74]驱逐了。

麒麟是一种来自中国人想象的吉祥神兽。古人认为，只有皇帝的统治贤明，天下太平时，麒麟才会出现。麒麟长有麇身、龙头、鹿角、马蹄和牛尾，全身布满了鱼鳞。传说长着"蓝色鳞片的麒麟叫作耸弧……我这幅画的主角就是耸弧"[75]，天明屋尚说。

在画九尾狐时，天明屋尚重新描绘了玉藻前的故事。玉藻前诱惑鸟羽天皇，让他得了病，而大阴阳师安倍泰亲让玉藻前重现九尾狐的真身原形。

鵺是一种传说中的动物，类似西方的"奇美拉"，长着猴子的头、狸的身子、老虎的四肢和蛇的尾巴。

在另一个系列作品中，天明屋尚向圆山应举、河锅晓斋以及伊藤晴雨等妖怪画家致敬。在《新形六怪撰之东海道四谷怪谈》中，天明屋尚重现了这部鹤屋南

204. 天明屋尚，《麒麟》，2004年。
丙烯木版漆画，150厘米×119厘米。

接下来的几页：
205. 天明屋尚，《九尾狐》，2004年。
丙烯木版漆画，150厘米×119厘米。
206. 天明屋尚，《鵺》，2004年。
丙烯木版漆画，150厘米×119厘米。

207. 天明屋尚，《新形六怪撰之东海道四谷怪谈》，2004 年。
丙烯木版画，54.9 厘米 × 28.6 厘米。

208. 天明屋尚，《新形六怪撰之番町皿屋敷》，2004 年。
丙烯木版画，54.9 厘米 × 28.6 厘米。

北受当时社会新闻启发而创作的戏剧作品。

　　《新形六怪撰之番町皿屋敷》中，他重新演绎了阿菊的故事。歌舞伎《番町皿屋敷》于一七二〇年首次在京都和大阪上演，随后成为日本文乐曲目之一，在日本享有盛名。在这个故事的当代版本中，阿菊只因打碎了一个盘子，就被主人残忍杀害，丢进井中。她的幽灵从此一刻不停地在数盘子，并把盘子扔到主人脸上。

　　《新形六怪撰之累渊扪其后》描绘的故事也非常有名，这是一六七二年发生在下总国（如今的茨城县）羽生村的故事。主人公阿累是一个善妒的女人，丈夫右卫门不喜欢她这张可憎的面孔。为了摆脱妻子，右卫门把她扔进鬼怒川中淹死了。为了报仇，阿累夺走了右卫门和第二任妻子所生女儿的灵魂。然后，她又以鬼怪的形象出现，恐吓整个村庄的村民。多亏了僧人祐天，阿累的灵魂终于得到了安息。这个故事后来被改编成戏剧，于一七三一年首次在江户的市村座剧院上演。

《无耳芳一》是日本中世纪时民众口耳相传的著名故事，后来在江户时代以志怪文集[76]的书面形式传播开来。第一版出现于十三世纪的《平家物语》中，人们得以读到这个故事，随后又出现了吟唱的歌谣版本。这首武功歌讲述了平家的辉煌历史和一一八五年在坛之浦合战中的溃败。这个史诗般的故事被失明的僧人传诵，充满了虔诚的意味，成为戏剧和文学的灵感来源。天明屋尚则重新演绎了这个故事在江户时代的版本。

一天夜里，一个武士出现在盲目的琵琶法师芳一身边，请求他在附近一栋大房子里吟唱平家的英雄事迹。武士惊叹于芳一精湛的技艺，要求他接下来的六个晚上都来这里吟唱。芳一的僧人朋友看到他每

209

209. 天明屋尚，《新形六怪撰之累渊扱其后》，2004 年。丙烯木版画，44.6 厘米 × 28.6 厘米。

天晚上出门，非常好奇，便跟踪他，发现他在平家的墓前唱歌。僧人担心芳一被平家的鬼魂杀死，于是决定保护他。僧人在芳一的全身写满了经文《佛顶尊胜陀罗尼经》，这样在鬼魂的眼中，芳一变成了一块石头，就可以获救了。然而，僧人却忘记在芳一的耳朵上也写上经文。当武士来找芳一时，他看不到人影，却发现黑暗中有一对耳朵飘在空中。他飞速扯下耳朵，便消失了。可怜的琴师芳一受了伤，但继续吟唱着，最终成了著名的"无耳芳一"。

虽然天明屋尚作品的主题通常受传奇英雄或妖魔鬼怪故事的启发，风格却十分现代。

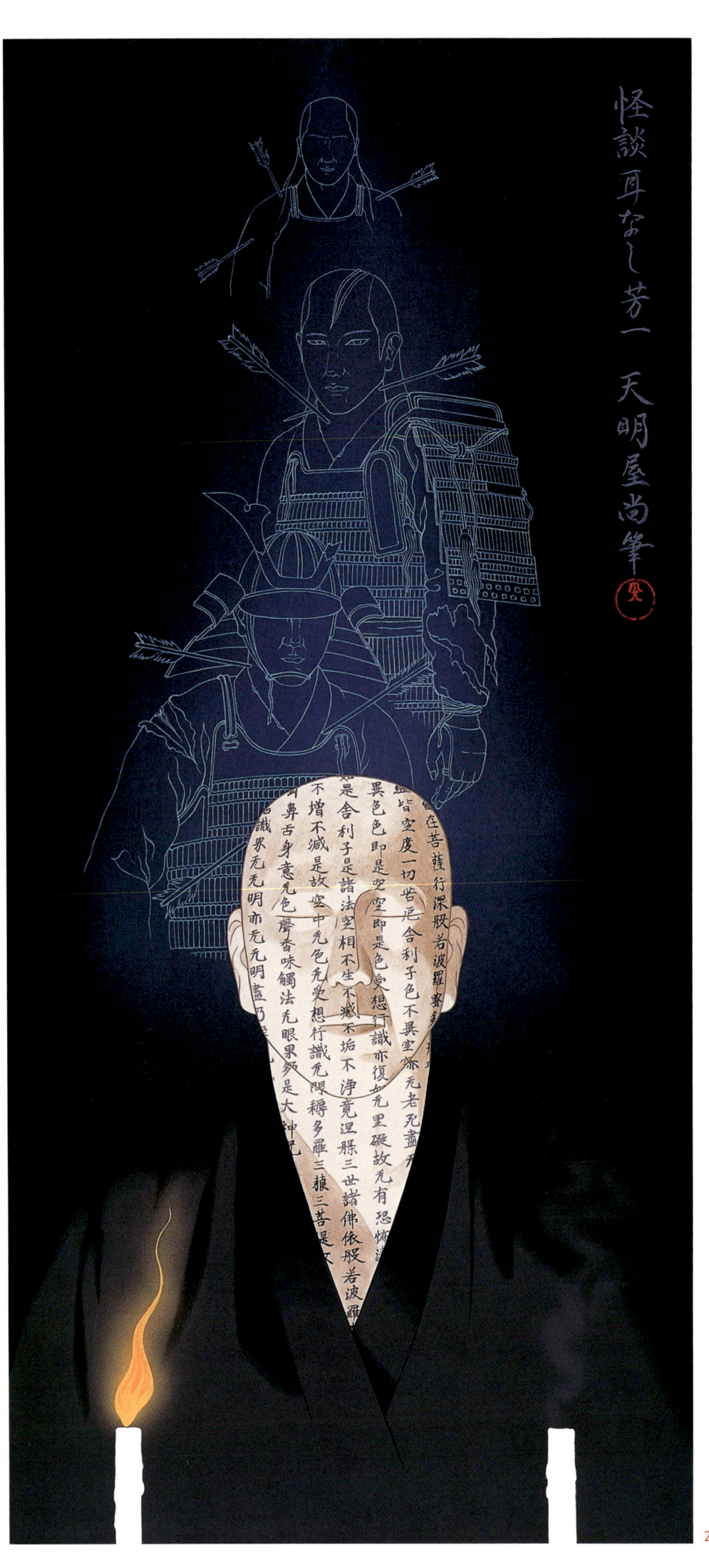

怪談耳なし芳一　天明屋尚筆

210. 天明屋尚，《新形六怪撰之无耳芳一》，2005 年。
丙烯木版画，43.5 厘米 × 21 厘米。

211. 天明屋尚，《浮世绘漫画　潘多拉的魔盒》，1996 年。
丙烯木版画，128 厘米 × 97 厘米。
在这幅作品中，木框成为了漫画的画格。画家说，他没有为这幅画配上经匣，目的是突出日本木版画线条的美感。他还说，这幅作品是梯形的，它既不是漫画，也不是木版彩色画。画面中没有文字，但人们能够明白它所要传递的意思。位于中间的人物身着和服，上面的图案是仿佛要从地狱之火中跳出来的各种妖怪。

总结

212

212-213. 天明屋尚，《百鬼夜行飞出洛中洛外屏风图》，
一对屏风，2017年。
共六扇，丙烯纸质漆画，172厘米 × 377厘米。三
潴艺术画廊。摄影：宫岛径。

　　上图原为创作于江户末期或明治初期的屏风画，天明屋尚在这幅传统画中融入了自己的风格，加入欢快的百鬼夜行队伍这一元素。妖怪们站立在金色的云朵上，在城市上空愉快地追逐。天明屋尚不在乎时代差异，他向人们证明，通过不同的载体和传播媒介，妖怪依然存在于日本人的想象中。通过创新和改造，屏风这个平面的载体变成了三维的艺术品。

　　在右侧的屏风中，艺术家加入了两位神社和寺庙的守卫神：风神（右边穿绿色衣服）和雷神（左边穿红色衣服）。天明屋尚的选择不是出于偶然，江户时代许多著名画家的屏风画中都出现过这两个人物，比如俵屋宗达和尾形光琳，他们的作品已经成为日本国家文化财产。风神和雷神也经常出现在漫画和电子游戏中。在这幅画中，他们是为了阻止妖怪队伍穿过冥界，对城市居民们施展妖术吗？天明屋尚给大家留下了自由诠释这幅作品的空间。

　　在日本当代艺术家中，有许多人喜欢从信仰、传奇和古老的故事中汲取灵感，创作出新的作品。怪物和妖怪组成的奇幻世界在日本古典文学和传统艺术作品中经常出现，在如今的日本社会生活中依旧长盛不衰，比如电子游戏《妖怪手表》的成功就是一个很好的证明。

注释

1. 尤吉斯·巴尔特鲁扎蒂斯，《觉醒与奇迹：哥特式变形的想法与研究》，Colin 出版社，332 页。

2. "妖怪"一词正式被科学地使用是从哲学家、佛教学者井上圆了（1858-1919）开始的。他尝试把妖怪分门别类，并多次使用"幽灵"一词。著名民俗学者柳田国男（1875-1962）研究古代民俗和信仰，出版了大量著作，这才使其他学者对这一被忽视的文化产生兴趣。经历一段低潮期后，妖怪研究再次兴起，这主要归功于宫田登在 1985 年出版的《妖怪民俗学》，以及把一生奉献给妖怪研究事业的学者小松和彦。小松和彦认为：关于妖怪的研究应该在历史学、人类学、文学等多个领域开展。他认为"妖怪"是一种人类无法控制的超自然存在。这个词有三层含义：第一层是现象上的，如奇怪的嗅觉、触觉、声音或外表；第二层是奇怪的生物；第三层是指人们看不见的生物。"妖怪"一词通常是贬义的，代表从人类掌控中逃脱的生物或现象。过去，人们使用"魔鬼"或"幽灵"代替"妖怪"。"魔鬼"一词于 733 年在《出云地区编年史》中第一次被使用。这部典籍尝试着把妖怪、魔鬼和幽灵清楚地区分开来。

3. 详见尤吉斯·巴尔特鲁扎蒂斯、沃纳·霍夫曼、马塞尔·布里翁和吉尔伯特·拉斯科的著作。我无法在本书中涉及这个庞大而有趣的主题。

4. 同上。还可参考吉尔伯特·拉斯科，《西方艺术中的怪物》，Klincksieck 出版社，2004 年，293 页。

5. 此话出自小松和彦的著作，他曾于 2011 年 3 月在巴黎第七大学马蒂亚斯·哈耶克教授的讲座上提及。

6. 711 年，元明天皇命令太安万侣按照稗田阿礼的叙述编撰日本古代史，这便是《古事记》的最初版本。《古事记》包括三册，"第一册完全是神话内容，包含宇宙起源说和神的家谱，其中各民族的祖先一直从属于以日本为中心世界的创造者"（出自雷内·希福特译，《日本文学》，法国东方学出版社，1973 年，25-26 页）。还可参考哈特穆特·O·罗特蒙德主编的《日本宗教信仰和民间传统 1：当植物还说话的时候》，40-41 页及 206-207 页。

7. 参见伯纳德·弗兰克《今昔物语集》译本中的前言和评论"认识东方"，伽利玛出版社，1987 年。还可参考《今昔物语集》的另一版译本中多米尼克·拉维妮-栗原所写的前言，Picquier Poche 出版社，2004 年。

8. 伯纳德·弗兰克解释说："在佛祖涅槃之后，世界进入了第三个千年，这是一个终结的时期，佛法日渐没落，直到未来的佛祖弥勒建立一个新的时代。"同上，28 页。

9. 天照大神再也忍受不了兄弟的胡作非为，于是把自己关进洞穴，世界便陷入黑暗和悲伤中。素盏鸣尊被天庭驱除，被判流亡。他前往出云，一路上经历了很多事情。

10. "三十六歌仙"指日本十一世纪之前的三十六位著名诗人，也称"永生诗人"。

11. 菅原道真死后，许多参与排挤他的人毫无征兆地遭遇了不幸。阿弥陀如来安抚了菅原道真的灵魂，让他成为神明。

12. 诸神捉来一群公鸡，希望公鸡的啼叫能再一次唤来天明。

然后，他们让铁匠制造一面镜子，因为镜子是代表神力的圣物。他们又制造了五百件珠宝首饰，挂在树枝上，再把镜子放在中间。天钿女命站在洞穴前一个倒立放置的木桶上，兴奋地手舞足蹈，因为跳得太用力，上半身衣服松开，引得众神哄笑。天照大神被喧闹声引来，把门打开一半，诸神急忙抬出镜子给她，让她误以为竟然有一个比自己还要高贵的神。天照大神控制不住好奇心，从洞穴走出来，洞的入口从此被一根圣绳封锁住了。

13. 源自小松和彦，《妖怪文化入门》，角川文库，2011 年。

14. 参见加斯顿·雷农多，《日本诸说学》，出自亨利-查尔斯·普埃奇主编的《日本大融合：宗教的历史 3》，七星诗社百科全书系列，伽利玛出版社，1976 年，495-510 页。

15. 二宫隆编，《认识佛教地狱与极乐世界》，双叶社，2012 年，58-111 页；广川胜美、山川彻著，《视觉作品选：地狱图景》，新人物往来社，2011 年，关于地狱和六道的相关解释主要来自于 64-65 页，76-77 页，84-85 页，92-93 页，126-127 页。还可参见涩泽龙彦、宫次男著，《图解 地狱绘》，河出书房新社，2006 年，48-64 页；埃里克·福尔，《日本僧人、阴阳师和武士的故事》，阿尔玛丹出版社，2007 年，205-207 页。

16. 日语中的"Ô"代表"王"。

17. 谷崎润一郎的《阴翳礼赞》发表于 1933 年底至 1934 年初，收录《阴翳礼赞》《懒惰之说》《恋爱及色情》《厌客》《旅行杂话》《厕所种种》六篇文章，是其随笔代表作。其中最广为人知的《阴翳礼赞》从"阴翳造就了东方建筑美"这一观点出发，展开探讨东方建筑和文化的精妙之处。法语版为雷内·希福特译，法国东方学出版社，1977 年，78 页。

18. 详见日本人文研究所主编，《百鬼夜行的世界》全目录，角川文库，2009 年。还可参考小松和彦主编的《别册太阳 170：日本之心》（2010 年 7 月特刊）。

19. "百鬼夜行"（Hyakkiyagyou）是比较经典、常见的念法。但是，近年来也出现了"百鬼夜行"（Hyakkiyakou）的念法。

20. 小松和彦，《妖怪文化入门》，角川文库，2012 年，90 页。

21. 这个进一步的猜测出自辻惟雄，《日本艺术的形象》，Fleurs de parole 出版社，2011 年，95 页。

22. 参见小松和彦关于旧都平安京信仰的著作：《京都魔界指南——出发吧，踏上"发现之旅"》，光文社，2002 年及 2009 年。

23. 出自安村敏信的解说，见《别册太阳 170：日本之心》，94 页。这幅绘卷既没有署名，也没有日期，只是在后来粘贴的纸上写着画家土佐光信的名字。许多研究者认为，这幅画应该还有一个更长的原版绘卷。

24. 小松和彦猜测，存在一个比土佐光信的绘卷更古老的版本。另外他还怀疑，保存在东京国立博物馆的《百鬼夜行绘卷》的复制品可能是由两个绘卷拼接而成，详见《百鬼夜行的世界》，24 页。

25. 关于此主题，详见伊藤清司的文章《中国的奇怪鸟兽》，出自《别册太阳：日本的妖怪》，1977 年，139 页。同一作家的作品《中国的神兽恶鬼：山海经的世界》，东方书店，1986 年；《怪奇鸟兽图鉴：来自中国大陆的奇异鬼神们》，工作舍，2001 年。佚名，高马三良译，《山海经：中国古代神话世界》，平凡社，1994 年。

26. 獏以梦境和噩梦为食。

27. 伯纳德·弗兰克译，《今昔物语集》，304 页。

28. 详见关于著名阴阳师安倍晴明的作品：志村有弘，《阴阳师安倍晴明》，角川文库，1995 年。

29. 根据《今昔物语集》第二十七卷第三十一话的故事《三善清行宰相家渡语》所绘的绘卷。这个故事的法语版出现在多米尼克·拉维妮翻译的《今昔物语集》中，Picquier Poche 出版社，2004 年，52-55 页。

30. 芥川龙之介于 1915 年出版的小说《罗生门》让罗生门变得名声大噪，但是小说的内容与传说完全不同。黑泽明曾于 1950 年导演同名电影，并说是受到了芥川龙之介发表于 1922 年的短篇小说《竹林中》的启发。

31. 详见龙泽彩《在画作中寻找日本传说：御伽草子和绘本的世界》展览中的前言部分，德川美术馆，2006 年 9 月 26 日至 11 月 5 日。《御伽草子与绘本的世界》，4-8 页。还可参考石川透的著作《奈良绘本及绘卷入门》，新文学社，2010 年。

32. 伯纳德·弗兰克译，《今昔物语集》，145-147 页。

33. 同上，146-147 页。

34. 作者翻译的卷轴摘录，见《别册太阳 170：日本之心》中的文章《妖怪绘卷：日本异界观察》，2010 年 7 月，32-37 页。

35. 详见《平家物语》，十三世纪到十四世纪有多个不同版本。讲述了平氏家族及其最高首领的故事，以及 1185 年平家在坛浦合战的溃败和源义朝的大捷。法语版为雷内·希福特译，法国东方学出版社，1976 年。

36. 雷内·希福特译，法国东方学出版社，1992 年。

37. 哈特穆特·O·罗特蒙德主编，《日本宗教信仰和民间传统 1：当植物还说话的时候》，188 页。

38. 在不同的版本里，僧人有时独自旅行，有时同他的师父在一起。故事里的女魔鬼有时是寡妇，有时是房屋主人的女儿。还存在其他不同的说法。

39. 朱雀天皇在位时间为 930 年至 946 年，是日本的第六十一代天皇。

40. 俵藤太是平安时代中期的武将，本名藤原秀乡，因讨伐平将门而一举成名。传说他应龙神化身的请求，击退了三上山的大蜈蚣。龙神为了表示感谢，赐给他装着吃不完的大米的草袋作为谢礼。草袋的日语是"俵"，这也是俵藤太名字的由来。

41. 长泽芦雪（1754-1799）也是日本"怪诞派"画家的代表人物之一。

42. 近年来大量关于伊藤若冲的著作出版，例如《日本美术全集：江户时代Ⅱ》中冈田秀之的文章，小学馆，2013 年；以及狩野博幸的《若冲——无限蔓延的宇宙》，角川文库，2010 年。

43. 虽然大冈春卜不属于狩野派，但是他的作品与狩野派风格相近。

44. 狩野博幸，《若冲——无限蔓延的宇宙》，角川文库，2010 年，179 页。

45. 三幅风格相同的作品广为人知，其中一幅属于艺术珍品。

46. 狩野博幸，《别册宝岛 2392：若冲》，宝岛社，2015 年 10 月，58 页。

47. 司徒双，《中国图案的寓意》，巴黎友丰出版社，2001 年，195 页。

48. 引自《无赖画家：曾我萧白》中狩野博幸的解释，新潮社，2009 年，46 页。

49. 小松和彦，《异界和日本人：绘物语的想象力》，角川书店，2003 年，164-176 页。还可参见辻惟雄主编，《幽灵名画集 全生庵藏·三游亭圆朝特辑》，筑摩书房，2008 年，9-29 页。

50. 人类学家小松和彦认为，幽灵是妖怪世界的一分子，存在于异界。而其他学者，如诹访春雄则认为，幽灵存在于冥界，这一点与妖怪大不相同。

51. "日本画"一词始现于明治时代，区别于传统绘画和西洋画。日本画以丝绸、和纸为载体，使用由动物胶调制而成的矿物颜料、植物颜料、金箔、银箔等。

52.《艺术新潮：松井冬子特辑 美女与幽灵》，2012 年 8 月，22 页。

53. 关于江户时代妖怪的娱乐功能，详见香川雅信著《江户的妖怪革命》，河出书房新社，2005 年。还可参考京极夏彦的《图解 妖怪艺术系谱》，河出书房新社，2009 年。

54. 关于《源氏物语》的解释，详见《发掘源氏物语的美》一书，5-7 页，Diane de Selliers 出版社，2008 年。

55. 在本书中，我介绍了一些描绘同一个故事情节的不同绘卷和木版画。

56. 参见布里切特·小山 - 理查德的《日本趣味木版画》，Nouvelles éditions Scala 出版社，2015 年。

57. 山姥的日语发音为"Yamaauba"。

58. 参见布里切特·小山 - 理查德的《日本木版画的魔力》，Hermann 出版社，2003 年，115-119 页。

59. 如果想了解正文中关于这种妖怪的解释，可参考书目中村上健司的《妖怪事典》。

60. 这次会面时间为 2009 年 6 月，当时我正在再版拙作《日本动画艺术：从绘卷到口袋妖怪》，弗拉马利翁出版社，2010 年，109-111 页。

61. 在此感谢山本龙基分别在 2012 年和 2015 年接受我的采访，并以书面形式回答了问题，还要感谢三潴艺术画廊及其工作人员给予我采访画家的机会。

62. 在此感谢智内兄助及其夫人多次热情地接待我，并回答了许多问题。

63. 在此感谢池田学详细解答了我的所有提问（2015 年和2017 年）。同时还要感谢三潴艺术画廊的三河真纪子夫人，让我有机会进行访谈。

64. 同上。

65. 同上。

66. 同上。

67. 详见池田学在《美术手帖 1051：池田学特辑》上发表的文章，美术出版社，2017 年 4 月。另外可参考池田学的《The Pen》，青幻舍，2017 年。

68. "大和绘"是指九世纪末出现的一种绘画风格。此风格起源于平安时代，与中国唐代绘画有所分别。大和绘多描绘季节、风土人情等。从室町时代开始，土佐派画家主要运用这种绘画风格。

69. 这种类型的绘画叫作"洛中洛外图"，最早出现于十六世纪。绘画对象为京都及周边的著名景点和风俗，采用的形式是屏风画和绘卷。除了京都，还描绘江户、大阪和奈良。最初，画面仅表现著名景点，后来融入季节、一年一度的节日以及忙碌的手艺人。该内容详见《日本艺术》，小学馆，1997 年，598-619 页。山口晃特别欣赏狩野永德（1543-1590）的屏风画《洛中洛外屏风图（上杉本）》。1574 年这幅作品由首位重塑日本封建秩序的武士织田信长（1534-1582）送给了上杉谦信（1530-1578），以感谢他的忠诚。

70. 关于"四天王"的解释，可以参考刘易斯·弗雷德里克的《日本：文化词典》，罗伯特·拉芳出版社，1996 年。

71. 有关天明屋尚的作品的详细解读参见《天明屋尚》，河出书房新社，2006 年。

72. 伯纳德·弗兰克，《日本的神与佛》，法兰西学院作品，雅可比出版社，2002 年，56-57 页。

73. 同上，57 页。

74. 出自《太平记》第十二卷，详见《日本古典文学大系 35》，416 页。

75. 天明屋尚，《天明屋尚》，河出书房新社，2006 年，139 页。

76. 雷内·希福特译，《平家物语》，法国东方学出版社，1976 年。还可参考克莱尔 - 秋子·布里塞在《日本史诗：平家物语的史诗记叙和戏剧性》（克莱尔 - 秋子·布里塞、阿尔诺·布罗敦、丹尼尔·斯特鲁主编）中的文章《史诗记叙：无耳芳一的传奇》，日本学术系列，Riveneuve 出版社，2011 年，35-54 页。

前页：
《龙官玉取姬之图》，细节图，1853 年。全图请见168 页。

词汇表

赤本：日本江户时代草双纸绘本的一种，封面红色，以画为主，辅以简明的传说、童话等。盛行于江户时代的元禄至宽保年间，面向儿童读者。

鲍·鰒：鲍鱼，鰒鱼。鲍科大型螺贝的总称。

化物：鬼怪，怪物。以一种奇异姿态出现的东西。

獏：一种会食人噩梦的神兽，据说体形似熊，象鼻，犀目，牛尾，虎足。

婆娑罗：日本传统美意识之一，指极度奢侈、炫丽豪华的服饰和豪爽大胆的行为举止。

琵琶：拨弦乐器，木制琴身和琴颈。一般有四弦或五弦。日本琵琶的琴颈向后弯，四弦，用拨子弹奏，主要用于雅乐的合奏和声乐的伴奏。

舞乐：伴有雅乐的日本舞蹈形式。舞乐来自亚洲的不同地区，从七世纪开始传入日本。奈良时代（710-794）表演于佛教寺庙和宫廷中，平安时代只能在宫廷中表演。

文乐：日本木偶剧种，一般指人形净琉璃，日本古典舞台表演艺术形式之一。

白虎：中国古代神话中的四大神兽之一，主西方。

奇美拉：古希腊神话中的怪兽，长着狮子的头、山羊的身子和蛇的尾巴，会喷火，吃人。传说它是勒拿九头蛇的女儿，也是斯芬克斯和涅墨亚狮子的母亲。

提灯：灯笼。照明用工具之一，用劈开的细竹圈儿重叠起来做成骨架，糊上纸或布，里面点蜡烛，折叠自如。

独眼巨人：古希腊神话中额头上长有独眼的怪物。

大名：日本封建社会对土地或庄园的领主的称呼。

魔鬼：以破坏为目的的恶灵。

恶魔：对基督教徒来说，恶魔是因为傲慢而堕落的天使，代表着恶。

龙：来源于中国古代神话的动物，象征着风调雨顺，与水崇拜相关。在日本，有天龙（神的保卫者）、云龙（雨的保卫者）和地龙（稻田和池塘的保卫者）。人们笔下的龙也有着不同的形象：有长着鳞片的龙，有长角的龙，有带翅膀的龙，以及造雨的龙。一般来讲，日本的龙只有三个爪子，而中国的龙有四个或五个爪子。

绘卷：画在卷轴上的图画作品，内容有故事、传说、纪实等。一般由文字说明和图画交替排列而成。起源于中国，传入日本后，在平安时代得以发展。

宴乐踊：宴会过程中的舞蹈。

裈：日本传统服饰，指男士兜裆布。

船鉾：日本祇园祭庆典的彩车。原型取自成书于公元720年的《日本书纪》中神功皇后乘坐的船只。

雅乐：奈良时代，由朝鲜、中国等传到日本的音乐及相应的伴舞，亦指在日本经过改良的类似乐舞。大致分为左乐和右乐等，无伴舞的称为管弦，有伴舞的称为舞乐。

艺者：艺人、艺伎。以歌曲、舞蹈、三味线等给酒宴助兴为职业的女性。

玄武：中国古代神话中的四大神兽之一，为水神，形象为蛇缠龟身，主北方。

源氏：日本著名的氏族，是日本皇族降为臣籍的时候所赐予的姓氏之一，通常下赐给被降为臣籍的皇子皇女，多出现于奈良时代至平安时代。

义民：特指江户时代，作为农民起义的领袖被处死而受民众敬仰的人。

祇园祭：起源于869年，为了对抗瘟疫，祭拜保佑信徒健康的神道教神灵的活动。于室町时代确定了最终的形式，在每年的7月1日至29日举办。

碁·围碁：围棋。

狱卒：地狱里虐待、拷问亡者的小鬼。

牛头：地狱中的狱卒，牛头人身。

袴：和服裙裤。套在和服外，从腰部遮到脚的宽松衣服。一般像裤子那样两腿分开，也有裙式的。

白描画卷：不涂色彩，只用墨线完成的画。

针山：地狱里漫山遍野都长着针的山，狱卒将罪人驱赶上去受苦。

姬：公主。

《法华经》：全称《妙法莲华经》，有代表性的大乘佛教经典，是佛陀释迦牟尼晚年说教，提出不分贫富贵贱、人人皆可成佛。

百人一首：从代表性的百名歌人的作品中选出百首汇编成和歌集。藤原定家在小仓山别墅编撰的《小仓百人一首》最为有名。

百鬼夜行：日本民间传说中，出现在夏日夜晚的妖怪大游行，其中大部分鬼怪的形象和传说来自中国和印度。

异界：人类学或民俗学上的用语，指疏远而令人害怕的世界，亡灵或鬼存在的地方。

异类婚姻谭：物语故事的一种，以人类与动物等异类间的婚姻为主题。

地狱：佛教用语，轮回的六道之一。因前世的罪孽而掉入苦海深渊的地方。

地狱绘：描绘地狱情景的绘画。

净玻璃镜：又名孽镜，放置于地狱的阎王殿上，能把死者生前的全部善恶毫无遗漏地映现出来。

十王图：十殿阎王的绘画。十王指在冥府裁决死者命运的十个阎王。

歌舞伎：日本的传统艺能之一，起源于江户初期，后发展为成熟的剧种。

歌舞伎者：歌舞伎表演者，常身着艳丽的服装，所以也被称为"傾き者"，意为"奇装异服者"。

神乐：日本民间歌舞艺术之一，主要是在节日和民俗活动中祭神、敬神时表演。来源于古代原始氏族社会的祭祀祈祷活动。

挂轴·挂物：在纸或绢上绘画写字，裱好后挂在壁龛或墙上的装饰物。

迦陵频伽：佛教中的一种神鸟。传说其声音美妙动听，婉转如歌，胜于常鸟，佛经中又名美音鸟或妙音鸟。

神：在宗教、习俗中成为人们的信仰、崇拜、礼仪等中心的位置和存在。

禿：古代指在高等艺伎身边服侍的见习少女。

簪：固定住长发的头饰，通常有很多种颜色。

河童：日本妖怪，传说居住在河流、湖泊和沼泽中。

唐子：日本绘画中出现的中国小孩，似福娃形象。

变绘：折叠画、魔画，一种玩具。依据不同的折叠方法，使同一张纸上变幻出各种画。

鬼门：指面朝东北方向的大门。日本阴阳道认为东北方位是鬼出没的不吉利方位。

麒麟：中国古代传说中的瑞兽，集麋身、牛尾、马蹄、鹿角等于一身。

小绘：长度为20厘米左右的小型绘卷，供贵族家庭或武士阶层的小孩观赏。

古坟：将土高高堆起而成的坟墓。日本三至七世纪所建。

《古事记》：日本第一部文学作品，包含了日本古代神话、传说、歌谣、历史故事等，由天武天皇审定。太安万侣于和铜五年（712）编纂完成。

《古今和歌集》：日本平安时代初期由纪贯之等人共同编选而成，是继《万叶集》之后的第二部和歌集，成书于905年，也是日本第一部由天皇敕命编选的和歌集。

黄龙：中国古代神话传说中的神兽。

琴：文中特指日本筝，有十三根琴弦。

词书：题款，题字。画卷中写在画面前后的说明文字。

勾玉：巴字形状的玉坠，粗头有孔可穿绳，用作装饰品或祭祀用具。在日本绳文时代已存在，弥生、古坟时代出土较多。

曼陀罗花：佛教指极乐世界中，从天而降散发着芳香的白色花朵。

马面：地狱里的狱卒之一，马头人身。

见合：相亲。

密教：即密宗，佛教宗法之一。

御神舆：祭祀时，抬神体或神灵的轿子。

神舆渡御：祭典时，用神轿或船等将神体从神宫运到祭典处。

蓑龟：龟壳上长满了绿藻的水龟的俗称，自古以来被视为吉祥物而受到珍视。

饼：年糕，黏糕，打糕。糯米蒸熟后，用臼反复捣出的有黏性的食品，一般于新年或者喜庆节日捣制。

物语：传说、故事。日本文学形式之一，有写实物语、歌物语、传奇物语等。

物怪：指对人作祟的鬼魂、活人的怨灵。

武者绘：描绘武士穿着甲胄的姿态或交战情景的画。

仲人：媒人。

南蛮屏风：桃山时代至江户时代初期描绘葡萄牙人在日生活的风俗屏风画的总称。

奈良绘本·奈良绘卷：室町时代末期到江户时代中期出现的一种彩色书籍。

念佛：口念阿弥陀佛之名，净土宗认为口念阿弥陀佛之名可被救济到净土。

日本画：日本的传统绘画，区别于西洋绘画。

《日本书纪》：日本留传至今最早的正史，六国史之首，成书于六世纪。

胶·骨胶：用家畜和鱼类的皮、腱、骨等熬制成的粗制明胶。黏着力强，广泛用于造纸、染色等。

忍者：日本特有的一种职业，忍者们接受忍术的训练，主要从事密策、暗杀、收集敌方情报等活动。

人头幢：佛教器物，两端分别有一个人头的石柱，据说能证实死者在地狱里说的话。

能：也称能乐，是最具有代表性的日本传统艺术形式之一。

鵺：日本古代传说中的动物，集猿猴的头、狸的身子、老虎的四肢和蛇的尾巴于一身，没有翅膀却能飞翔。

御札：护身符，源自神道教，用来自我保护、抵抗恶灵。

游戏绘：供小孩娱乐消遣的木版画。

阴阳道：最早起源于中国的"阴阳五行"思想，传入日本后作为"新知"被当时的统治者利用，推进了社会的变革。政府官方机构"阴阳寮"于七世纪成立，负责研究其对个人的影响、方向的禁忌以及判断吉日和非吉日。日本的大部分信仰都出自阴阳道理论。阴阳道于1873年被禁止，原因是与最初的教义出入太大。

阴阳师：掌握了阴阳道，懂得观星宿、相面，会测方位、知灾异，画符念咒、施行幻术的巫师。

御宅族：广义上指热衷亚文化，并对该文化有极深了解的人，狭义上指沉迷于动画、漫画以及电子游戏的人。

御伽嘶：神话故事或童话故事。

御伽草子：供女性和孩子消遣的故事。平安时代的大众文学，阅读对象是儿童和成年人，其中包括镰仓时代的武士故事、诗集、私密日记或散文。

大津绘：以粗略的墨线和简单的着色表现朴素幽默感的绘画。

洛中洛外图屏风：出现于十六世纪的绘画种类，主要表现京都及其周边的著名景点和民俗。形式首先是屏风画，后来出现在绘卷中。除了描绘洛中京都之外，还涉及到洛外地区，如江户、大阪和奈良。

连歌：从短歌派生出来的一种独特的诗歌体裁，流行于平安时代末期至室町时代。

琳派：兴起于桃山时代后期，活跃到近代的造形艺术流派。

六歌仙：《古今和歌集》序文中提到的六位歌人，即在原业平、僧正遍昭、喜撰法师、大伴黑主、小野小町，文屋康秀。

六道：佛教的六道轮回，即天道、人道、阿修罗道、畜生道、饿鬼道、地狱道。

六道绘：绘有六道轮回情景的地狱草纸、饿鬼草纸等的佛教绘画。

龙马：中国古代神话传说中一种兼具龙和马形态的生物，是吉祥的象征。

龙宫·龙宫城：海中帝王的宫殿。

青龙：中国古代神话中的四大神兽之一，被视为吉兆，主东方。

征夷大将军：日本镰仓时代以后对掌管幕府政权者的称呼。

仙人：意为"山中人"，指通过艰苦磨炼而获得神奇力量和长寿的道家隐士。

七福神：日本人信奉的七个能带来财富和健康的神仙：惠比寿、大黑天、毗沙门天、辩财天、寿老人、布袋和尚和福禄寿。

四大神兽：分别代表四个方向的四位神灵。玄武代表北方，青龙代表东方，朱雀代表南方，白虎代表西方。

岛台：蓬莱山形状的盆景，用松、竹、梅、鹤、龟等造型加以点缀，用作喜庆仪式的装饰物。

士农工商：江户时代的身份制度，分别指武士、农民、工匠和商人。

神道：全称神道教，直到1945年之前，一直是日本的官方宗教。

四天王：源赖光（948-1021）的四大武士随从：渡边纲、坂田金时（乳名为金太郎）、碓井贞光、卜部季武。

障子：拉窗、拉门。日式房屋的必备物品之一，在拼成格子的木框单侧糊上白纸，安在木框上，用于居室采光或间隔房间等。

朱雀：中国神话中的四大神兽之一，形象为鸟，主南方。

美人鱼：半为女性、半为鱼类的生物。

相扑：现为日本的国技，是一种国际性的格斗术和体育运动。

《高砂》：能乐剧目之一，讲述经过高砂浦的神主在松树下遇见一对老夫妇，听他们讲述高砂的松树和住吉的松树连理相生的故事。

天鼓自鸣：在《法华经》中出现的想象中的物件。

短歌：和歌的一种，以五、七、五、七、七形式的五句三十一音组成。

丹绿本：雕版印刷而成的书籍，手工上色。

狸：貉子。犬科哺乳类，同狐狸一样，常在日本民间传说故事中登场。

祟：作祟。神佛、幽灵带来责难和灾祸。

天狗：来源于中国，意为"从天而来的狗"，指的是一种山林中的恶魔。在近代日本文化中，天狗长着一个夸张的长鼻子。

畸形学：文中指妖怪学。

鸟兜：日本舞乐中的道具头盔，形似凤凰的头。

土蜘蛛：巨大的狼蛛。

付丧神：日本传说中的妖怪，指器物放置不理一百年，会积聚怨念或感受佛性和灵力而化为妖怪。有时也写作"九十九发"，其中"发"象征着漫长的时间及经历，类似中国的物久成精。

角盥：用于盛水的容器。

角隐：日本传统婚礼上新娘用的头纱。装饰有文金高岛田发髻的带状布，即表为白绸里为红绸的纱布。

产女：在生产时因难产死去的年轻女人的幽灵。

产汤：新生儿的第一次洗浴，亦指其洗澡水。

优昙华：即昙花。佛教中的"仙间极品之花"。

浮世绘：江户时代的木版画。

和歌：日本诗歌体裁，包括长歌、短歌、片歌、连歌等。

大和绘：十世纪前后，诞生于日本本土的民族绘画。

阴阳：指中国的"阴阳五行"，其思想与道家和占卜术息息相关。

妖怪：超自然或奇幻的生物。

人名索引

书目

西方语言著作

Allison (Anne), *Millenial Monsters: japanese Toys and the Global Imagination*, University of California Press, 2006.

Bagy (Ivan), *Le Grand Livre des créatures fantastiques*, City Editions, Saint-Victor-d'Épine, 2010.

Baltrušaitis (Jurgis), *Le Moyen Âge fantastique, antiquités et exotisme dans l'art gothique*, Flammarion, 1981 et 1993 ; *Aberrations. Les perspectives dépravées I*, Flammarion, 1995 ; *Anamorphoses. Les perspectives dépravées II*, Flammarion, 1996 ; *Réveils et prodiges, les métamorphoses du gothique*, Idées et Recherches, Flammarion, 1988.

Béguerie (Pantxika) et Bischoff (Georges), *Grünewald le Maître d'Issenheim*, La Renaissance du livre, 2000.

Bihan-Faou (Françoise) et Shinoda (Chiwaki) [traduction et annotation], *L'Œil du serpent, Contes folkloriques japonais*, Gallimard, 2010.

Bourzat (Catherine), *Mythologie et imaginaire du monde chinois*, Marabout, 2008.

Breton (André), *L'Art magique*, Phébus, Adam Biro, 1991.

Cahill (James), *Fantastics and Eccentrics in chinese Painting*, The Asia Society, Inc. 1967.

Cavaliero (Sophie), *Nouvelle Garde de l'art japonais contemporain*, Le Lézard noir, 2011.

Coyaud (Maurice) [traduction], *Aux origines du monde, Contes et légendes du Japon*, Flies France, 2009.

Dars (Jacques) [traduction et présentation], *Aux portes de l'enfer. Récits fantastiques de la Chine ancienne*, Éditions Philippe Picquier, 1997.

Delacampagne (Ariane et Christian), *Animaux étranges et fabuleux, un bestiaire fantastique dans l'art*, Citadelle et Mazenod, 2003.

Dell (Christopher), *Monstres, un bestiaire de l'étrange*, Seuil, 2010.

Drège (Jean-Pierre), *Marco Polo et la route de la soie*, Gallimard, 1989.

Dunstheimer (Guillaume H.), « Religion officielle, religion populaire et sociétés secrètes en Chine depuis les Han », in Puech (Henri-Charles) [sous la direction de], *Histoire des religions 3*, Encyclopédie de La Pléiade, Gallimard, 1976, p. 371-448.

Faure (Éric), *Histoires japonaises d'esprits, de monstres et de fantômes*, L'Harmattan, 2007 ; *Histoires japonaises de moines, de maîtres du yin-yang et de guerriers*, L'Harmattan, 2008 ; *Les Fêtes traditionnelles à Kyôto*, L'Harmattan, 2009 ; *Le Japon, empire des esprits vengeurs, histoires japonaises*, L'Harmattan, 2009.

Figal (Gerald), *Civilization and Monsters, spirits of Modernity in Meiji Japan*, Duke University Press, 1999.

Fischer (Jean-Louis) et Borges (David), *Monstres de pierre, gargouilles, diablotins et autres créatures*, Éditions Ereme, 2009.

Foster (Michael Dylan), *Pandemonium and Parade, Japanese Monsters and the Culture of Yôkai*, University of California Press, Londres, 2009.

Frank (Bernard), *Dieux et Bouddhas au Japon, Travaux du Collège de France*, Éditions Odile Jacob, 2000 ; *Démons et jardins. Aspects de la civilisation du Japon ancien*, Collège de France, Institut des Hautes Études Japonaises, 2011.

Frank (Bernard) [traduction, introduction et commentaires], *Histoires qui sont maintenant du passé (Konjaku monogatari)*, Gallimard/UNESCO, 1987.

Frédéric (Louis), *Le Japon. Dictionnaire des civilisations*, Robert Laffont, 1996 ; *Les Dieux du bouddhisme*, Flammarion, 2006.

Guillamaud (Jean), *Histoire de la littérature japonaise*, Ellipses, 2008.

Hartmann (Marie-Anne), *Matthias Grünewald. Le retable d'Issenheim. Peinture et spiritualité*, Jérôme Do Bentzinger Éditeur, 1994.

Ha Thuc (Caroline), *Nouvel Art contemporain japonais*, Nouvelles éditions Scala, 2012.

Hébert (Jean), *La Cosmogonie japonaise*, Mystiques et religions, Dervy-Livres, 1977.

Hofmann (Werner), *L'Art fantastique*, Imprimerie nationale, 2010.

Hornyak (Timothy N.), *Loving the Machine. The Art and Science of Japanese Robots*, Kodansha, 2006.

Ihara Saikaku, *Contes des provinces* [traduction de René Sieffert], Les Œuvres capitales de la littérature du XVIIᵉ siècle, Publications orientalistes de France, 1985.

Kappler (Claude-Claire), *Monstres, démons et merveilles à la fin du Moyen Âge*, Payot, 1999.

Koyama-Richard (Brigitte), *Japon rêvé, Edmond de Goncourt et Hayashi Tadamasa*, Hermann, 2001 ; *La Magie des estampes japonaises*, Hermann, 2003 ; *Kodome-e*, Hermann, 2004 ; *Mille Ans de Manga*, Flammarion, 2007 ; *L'Animation japonaise du rouleau peint aux Pokémon*, Flammarion, 2010 ; *Les Estampes japonaises*, Nouvelles éditions Scala, 2014 ; *Jeux d'estampes. Images étranges et amusantes du Japon*, Nouvelles éditions Scala, 2015 ; *Beautés japonaises, La représentation de la femme dans l'art japonais*, Nouvelles éditions Scala, 2016.

Koyama-Richard (Brigitte) [sous la direction de], *Le Japon et la Chine dans les œuvres de Judith Gautier*, Édition Synapse, 2007 ; *Le Japon dans la littérature française, de la fin du XIXᵉ siècle au début du XXᵉ siècle*. Série 1 : 1880-1899, Édition Synapse, 2010, Série 2 : 1900-1910, Édition Synapse, 2010, Série 3 : 1910-1929, Édition Synapse, 2012 ; *Hiramatsu, le bassin aux nymphéas, hommage à Monet*, Giverny, musée des impressionnismes/Snoeck Éditions, 2013.

Lafargue (Jean-Noël), *Les Fins du monde*, François Bourin éditeur, 2012.

Lascault (Gilbert), *Le Monstre dans l'art occidental*, Klincksieck, 2004.

Lavigne-Kurihara (Dominique) [traduction et présentation], *Histoires d'amour du temps jadis*, Éditions Philippe Picquier, 1998 ; *Histoires fantastiques du temps jadis*, Éditions Philippe Picquier, 2004.

Levy (André) [traduction et présentation], *Histoires extraordinaires et récits fantastiques de la Chine ancienne*, Flammarion, 1998 ; *Le Poisson de jade et l'épingle au phénix, douze contes chinois du XVIIᵉ siècle*, Gallimard, 2010 ; *L'Antre aux fantômes des collines de l'Ouest, sept contes chinois anciens (XIIᵉ-XIVᵉ siècle)*, Gallimard/UNESCO, 2011.

Maës (Hubert), *Histoire galante de Shikoden*, traduit de Furai Sanjin, Collège de France, Bibliothèque de l'Institut des Hautes Études Japonaises, L'Asiathèque, 1979.

Mannoni (Laurent), *Le Grand Art de la lumière et de l'ombre – archéologie du cinéma –*, Nathan, 1995.

Margerie (Diane de), *Bestiaire insolite du Japon*, Albin Michel, 1997.

Martin (François-René), Menu (Michel) et Ramond (Sylvie), *Grünewald*, Hazan, 2012.

Mc Cormick (Mélissa), *Tosa Mitsunobu and the small Scroll in médieval Japan*, University of Washington Press, 2009.

Mong-tch'ou (Ling), *L'Amour de la renarde. Marchands et lettrés de la vieille Chine (douze contes chinois du XVIIᵉ siècle)*, Gallimard/UNESCO, 2006.

Morris (Ivan), *La Vie de cour dans l'ancien Japon au temps du prince Genji*, Gallimard, 1969.

Murasaki Shikibu, *Genji monogatari (Le Dit du Genji)*, traduction de René Sieffert, POF, 2008.

Okudaira Hideo, *Emaki Japanese Picture Scrolls*, Charles E. Tuttle Company, 1962.

Paré (Ambroise), *Des monstres et prodiges*, L'œil d'or mémoires et miroirs, 2003.

Pigeot (Jacqueline) et Kosugi Keiko, avec la collaboration de Satake Akihiro, *Voyages en d'autres mondes. Récits japonais du XVIᵉ siècle*, Éditions Philippe Picquier/Bibliothèque nationale, 1993.

Pimpaneau (Jacques), *Chine. Mythes et dieux de la religion populaire*, Éditions Philippe Picquier, 1999.

Puech (Henri-Charles) [sous la direction de], *Histoire des religions 3*, Encyclopédie de La Pléiade, Gallimard, 1976.

Renondeau (Gaston), « Le Syncrétisme japonais » in Puech (Henri-Charles) [sous la direction de], *Histoire des religions 3*, Encyclopédie de La Pléiade, Gallimard, 1976, p. 495-510.

Renondeau (Gaston) [traduction], *Contes d'Ise*, Gallimard/UNESCO, 1988.

Rotermund (Hartmut O.) [sous la direction de], *Religions, croyances et traditions populaires du Japon I. « Au temps où les arbres et plantes disaient des choses »*, École Pratique des Hautes Études, Centre d'Études sur les religions et traditions populaires du Japon, Maisonneuve & Larose, 1988.

Sadaune (Samuel), *Le Fantastique au Moyen Âge*, Éditions Ouest-France, R2009.

Screech (Timon), *The Lens within the Heart, The Western Scientific Gaze and Popular Imagery in Later Edo Japan*, University of Hawai Press, 1996.

Shibata (Masumi et Maryse) [traduction], *Kojiki (Chronique des choses anciennes)*, Maisonneuve et

Larose, 1969.

Shuang (Situ), *Le Magot de Chine ou Trésor du symbolisme chinois*, Éditions You-Feng, 2001.

Sieffert (René), *Les Religions du Japon*, Presses Universitaires de France, 1968; *La Littérature japonaise*, Publications orientalistes de France, 1973.

Sieffert (René) [traduction], *Contes d'Uji (Uji shûi monogatari)*, Publications orientalistes de France, 1986.

Silver (Larry), *Bosch*, Citadelles & Mazenod, 2006.

Stevenson (John), *A Color Album of the Supernatural by the Japanese Woodblock Master Yoshitoshi's Thirty-Six Ghosts*, Blue Tiger Book/University of Washington Press, 1992; *Yoshitoshi's strange tales*, Hotei Publishing, 2005.

Tanizaki (Junichirô), *Éloge de l'ombre*, traduit du japonais par René Sieffert, POF, 1978.

Tjardes (Tamara), *One hundred Aspects of the Moon, Japanese woodblock Prints by Yoshitoshi*, Museum of New Mexico Press, 2003.

Tsuji (Nobuo), *Autoportrait de l'art japonais (Nihon bijutsu no mikata)*, traduit du japonais par Claire-Akiko Brisset et Lionel Seelenbinder-Merand, Fleurs de parole, 2011.

Veillon (Charlène), *L'Art contemporain japonais : quête d'une identité. Expression de la crise identitaire dans l'art contemporain japonais (de 1990 à nos jours)*, L'Harmattan, Paris, 2008.

Vinclair (Pierre) et Yukako Matsui (calligraphies), *Kojiki (Chronique des choses anciennes)*, Le Corridor bleu, 2012.

Wilkinson (Philip), *Le Monde de la mythologie. Mythes chinois*, Elcy Editions/Marshall Editions, 2011.

西方语言期刊杂志和展览信息

Collectif, *Yôkai, bestiaire du fantastique japonais*, catalogue de l'exposition du 26 octobre 2005 au 28 janvier 2006 à la Maison de la culture du Japon à Paris.

Harent (Sophie) et Guédron (Martial) [sous la direction de], *Rire avec les monstres, caricatures, étrangeté et fantasmagorie*. Actes du colloque au musée des Beaux-Arts de Nancy, 11 et 12 décembre 2009, Amis du musée des Beaux-Arts de Nancy-Association Emmanuel Héré-Librairie des Musées, 2010.

日本语言著作

Aramata Hiroshi, *Sekai dai hakubutsu, zukan, 3. Ryôsei hachûrui (Museum international illustré, 3. Amphibiens et reptiles)*, Heibonsha, 1990.

Arita Kazuomi, Kyôgoku Natsuhiko et al., *Mienai sekai no nozokikata, bunka toshite no ikai (Regard sur le monde invisible. Le monde de l'au-delà considéré comme recherche culturelle)*, Bukkyo University School of Literature, 2006.

Asano Shûgo, *Nishiki-e o yomu (Déchiffrer les estampes de brocart)*, Nihon shi rifuretto 51, Yamakawa shuppan-sha, 2002.

Collectif, *Nihon emaki taisei (Les Rouleaux enluminés du Japon : ensemble des principales œuvres)*, vol. 13, Dôjôji emaki, Chûôkôron-sha, 1982, p. 60-196; *Nihon no emaki (Les Rouleaux enluminés japonais)*, vol. 24, Chûôkôron-sha, 1992; *Ukiyo-e Daijiten (Grand Dictionnaire de l'estampe japonaise)*, sous la direction du comité « Kokusai ukiyo-e gakkai », l'Association internationale de l'étude de l'estampe japonaise, Tôkyôdo, 2008; *Gaki Kawanabe Kyôsai (Kawanabe Kyôsai, le démon de la peinture)*, TJMOOK, Takarajima-sha, 2017.

Ema Tsutomu, *Nihon yôkai hengeshi (Histoire de la transformation des yôkai)*, Chûôkôron shinsha, 1976 et 2004.

Fukuda Hiromichi, *Kamitsukai no zukan. Kamitsukai ni natta dôbutsutachi (Serviteurs des divinités. Les animaux qui devinrent des serviteurs de divinités)*, Shinkyô shuppan-sha, 2012.

Gorai Shigeru, *Oni Mukashi Mukashibanashi no sekai (Les Démons autrefois, le monde des contes)*, Kadokawa Shoten, 1991.

Harada Minoru, *Mononoke no shôtai, kaidan wa kôshite umareta (La Véritable Nature des mono-no-ke, voilà comment sont nés les histoires de revenants)*, shinchô shinsho n°381, Shinchôsha, 2010.

Hayami Tasuku, *Jigoku to gokuraku « Ôjôyôshû » to kizoku shakai (Les Enfers et le paradis bouddhiques, « L'essence de la renaissance de la terre pure » et l'aristocratie)*, Yoshikawa Kôbunkan, 1998.

Hayashi Kôhei, *Urashima densetsu no kenkyû (Étude sur le légende d'Urashima)*, Ôfû, 2001.

Hirokawa Katsumi et Yamakawa Tôru, *Bijuaru sensho, jigoku-e (Choix d'œuvres visuelles. Les images des Enfers)*, Shin jinbutsu ôraisha, 2011.

Ichiko Teiji (sous la direction de), *Zusetsu nihon no koten 13, otogizôshi (Livre illustré. Le Japon ancien 13. Les contes japonais)*, Shûeisha, 1980.

Ienaga Saburô, *Nihon emaki zenshû (Les Rouleaux peints du Japon, œuvres complètes)*, t. 7, Kadokawa Shoten, 1976.

Ikeda Manabu, *The Pen*, Seigen-sha, 2017; *Bijutsu Tetchô (numéro spécial sur l'artiste)*, n°1051, avril 2017.

Inagaki Shin.ichi, *Edo no asobi-e (Les Estampes ludiques de l'époque d'Edo)*, Tôkyô shoseki, nouvelle édition, 2013.

Isao Toshihiko, *Yôkai mandala (Mandala de yôkai)*, Kokusho kankôkai, 2007; *Yoshitoshi Yôkai hyakkei (Les Cent Illustrations de yôkai de Yoshitoshi)*, Kokusho kankokai, 2008

Isao Toshihiko (sous la direction de), Iwakiri Yuriko, Sunaga Asahiko, *Kuniyoshi yôkai Hyakkei (Les Cent Vues de yôkai de Kuniyoshi)*, Kokusho kankôkai, 1999 et 2009.

Ishikawa Tôru, *Nyûmon Nara ehon emaki (Introduction aux Nara ehon et aux rouleaux peints)*, Shibunkaku, 2010.

Itô Seiji, *Chûgoku no shinjû atsuki tachi Sangaikyô no sekai (Créatures sacrées et monstres chinois, le monde de Sangaikyô [Shan Hai Jing])*, Tôhô Shoten, 1986.

Itô Seiji, *Kaiki chôjû zukan tairiku kara yatte kita igyô no kijin tachi (Livre illustré sur les yôkai et les animaux, monstres et divinités d'apparence étrange venus du continent)*, Kôsakusha, 2001.

Iwai Hiromi, *Nihon no yôkai (Les Yôkai japonais)*, Fukurô no hon, Kawade Shôbô Shinsha, 2000.

Iwamoto Kenji, *Gentô no seiki eiga zen.ya no shikaku bunka shi (Des siècles de lanterne magique au Japon)*, Shinwasha, 2002.

Kabatto Adamu (Kabat Adam), *Edo bakemono sôshi (Les Bakemono [monstres] de l'époque d'Edo)*, Shogakukan, 1999; *Edo kokkei bakemono zukushi (Les Bakemono [monstres] amusants de l'époque d'Edo)*, Kôdansha, 2011; *Edo no kawairashii bakemonotachi (Les Monstres mignons de l'époque d'Edo)*, Shôdensha, Tôkyô, 2011; *Edo bakemono kenkyû, kusazôshi ni egakareta sôsaku bakemono no tanjô to tenkai (Étude sur les monstres de l'époque d'Edo, naissance et évolution du monstre dans les livres illustrés Kusazôshi)*, Iwanami Shoten, 2017.

Kagawa Masanobu, *Edo no yôkai kakumei (La Révolution des yôkai de l'époque d'Edo)*, Kawade Shobô Shinsha, 2005.

Kano Hiroyuki, *Jakuchû hirogari Tsuzukeru uchû (Jakuchû, un univers qui ne cesse de s'élargir)*, Kadokawa Art Collection, Kadokawa Bunko, 2010.

Kano Hiroyuki et Kawanabe Kusumi, *Hankotsu no gaka Kawanabe Kyôsai (Un peintre non-conformiste, Kawanabe Kyôsai)*, collection Tonbo no hon, Shinchôsha, 2010.

Kano Hiroyuki et Yokoo Tadanori, *Murai no gaka Soga Shôhaku (Soga Shôhaku, peintre irrespectueux)*, Shinchôsha, 2009.

Kawanabe Kyôsai, *Geijutsu shinchô*, Shinchôsha, 2015.

Kishi Fumikazu, *Enkinhô ukiyo-e no shite (La Perspective dans les estampes japonaises)*, Keiso Shobô, 1994.

Kobayashi Tadashi, *Edo no ukiyo-e o yomu (Lire les estampes de l'époque d'Edo)*, Chikuma Shobô, 2002.

Kobayashi Tadashi et Ôkubo Jun.ichi, *Ukiyo-e kanshô kiso chishiki (Connaissances de base pour comprendre les estampes japonaises)*, Shibundô, 1994.

Komatsu Kazuhiko, *Yôkai taiji to irui kon.in, Otogizôshi no kôsei bunseki (La Capture des yôkai et les mariages entre humains et animaux. Analyse de la structure des récits Otogizôshi [contes et légendes])* in *Nihon bungaku kenkyû shiryô gyôsho, otogizoshi, (Recherche en littérature japonaise, les récits otogizôshi)*, Yûseido, 1985, p. 142-157; *Ikai to Nihonjin, e-monogatari no sôzôryoku (Les Japonais et le monde de l'au-delà, la puissance d'imagination des récits illustrés)*, Kadokawa sensho n°356, Kadokawa Shoten, 2003; *Yôkai bunka nyûmon (Introduction à la culture des yôkai)*, Serika Shobô, 2006; *Nihon yôkai ibun roku (Écrits peu connus sur les yôkai)*, Gakujutsu bunko n°1830, Kôdansha, 2007 et 2010; *Hyakki Yagyô emaki no nazo (L'Énigme des rouleaux emaki consacrés au Cortège des cent démons)*, Shûeisha Shinsho bijuaru ban, 2008 et 2009; *Fuku no kami to binbôgami (Les Divinités du bonheur et de la pauvreté)*, Chikuma bunko, n°640, Chikuma Shobô, 2009; *Yôkai gaku no kiso chishiki (Connaissances de* bases sur la science des yôkai), Kadokawa sensho, 2011 ; Yôkai bunka nyûmon (Introduction à la culture des yôkai), Kadokawa bunko n°17463, Kadokawa gakugei shuppan, 2012.

Komatsu Kazuhiko (sous la direction de), Nihonjin no ikai kan (Les Japonais et la perception de l'au-delà), Serika Shobô , 2006 ; Hyakki yagyô no sekai (Le Monde du hyakki yagyô [Cortège des cent démons]), National Institute of the Humanities, 2009 ; Yôkai bunka kenkyû no saizen sen (Recherches les plus récentes sur la culture des yôkai), Yôkai bunka gyôsho, Serika Shobô , 2009 ; Yôkai bunka sôsho, yôkai bunka to dentô to sôzô, emaki, sôshi kara manga ranobe made (Bibliothèque des yôkai, tradition et imagination : des rouleaux emaki, les livres illustrés jusqu'aux mangas et aux light novels), Serika Shobô , 2010.

Komatsu Katsuhiko, Miyata Noboru, Kamata Tôji, Minami Shinbô, Nihon ikai emaki (Les Rouleaux peints sur le monde de l'au-delà), Chikuma Shobô, 1999.

Kondô Yoshihiro, Nihon no oni bunka no tankyû no shikaku (À la recherche des oni [démons] dans la culture visuelle japonaise), Kodansha, 2010.

Kyôgoku Natsuhiko et Tada Katsumi, Yôkai gahon kyôka hyaku monogatari (Livre illustré sur les yôkai. Les Cents contes dans les kyôka), Kokusho kankôkai, 2008.

Matsumoto Ikuyo, Idemitsu Sachiko, princesse Akiko (sous le direction de), Byôbu kaiga no bungaku II, Kyojitsu o utsusu kichi (La littérature dans la peinture des paravents. L'esprit de véracité), Shibunkaku, 2012.

Mifune Takayuki, Urashima Tarô no Nihonshi (L'Histoire du Japon et d'Urashima Tarô), Yoshikawa Kôbunkan, 2009.

Miyata Noboru, Nihon o kataru 4, Zokushin no sekai (Raconter le Japon, 4. Le monde des phénomènes naturels), Yoshikawa Kôbunkan, 2006.

Miyata Noboru, Komatsu Kazuhiko, Kamata Tôji, Minami Shinbô [illustrations], Nihon ikai emaki (Les Rouleaux peints sur le monde japonais de l'au-delà), Kawade Shobô Shinsha, 1990.

Murakami Kenji, Yôkai jiten (Dictionnaire des yôkai), Maimichi shinbunsha, 2000.

Mushakôji Minoru, Emakimono no rekishi (Histoire des rouleaux enluminés), Yoshikawa Kôbunkan, 1990.

Nagata Seiji, Hokusai jiten, kanzenban (Dictionnaire sur Hokusai, édition complète), Tôkyô Bijutsu, 2011.

Naitô Masato, Ukiyo-e saihakken, daimyôtachi ga medeta ippin zeppin (Nouvelles Découvertes sur les estampes japonaises, les œuvres de grande qualité prisées des seigneurs japonais), Shogakukan, 2005.

Nakamura Shûya, Nihon shinwa o kararô, Izanaki Izanami no monogatari (Racontons les mythes du Japon. L'histoire d'Izanaki et Izanami), Yoshikawa Kôbunkan, 2011.

Nakamura Teiri, Nihon dôbutsu minzoku shi (Histoire des animaux dans le folklore japonais), Kaimei-sha, 1987, p. 99. Nihonjin no dôbutsukan, henshin tan no rekishi (Les Animaux japonais, histoire de la personnification), Seiun-sha, 2006.

Ninomiya Takashi (sous la direction de), Jigoku to gokuraku ga wakaru hon (Comprendre les enfers et le paradis bouddhique), Futabasha, 2012.

Oka Yasumasa, Megane-e shinkô ukiyoeshitachi ga nozoita seiyô (Nouvelle Réflexion sur les images en perspective : l'Occident que les maîtres de l'estampe japonaise ukiyo-e ont tenté de percevoir), Chikuma Shobô, 1992.

Okada Hedeyuki, Zen nihon bijutsu Edo jidai II (Tout l'art du Japon, l'époque d'Edo II), n°14, Shogakukan, 2013.

Okazaki Masao, Edo no yami makai meguri onryô sutâ to kaii densetsu (Le Monde de l'obscurité de l'époque d'Edo. Voyage dans le monde diabolique. Les spectres célèbres et les légendes de yôkai), Tôkyô Bijutsu, 1998.

Okitsu Kaname, Edo shôbai ôrai (Les Marchands ambulants à l'époque d'Edo), Purezidento-sha, 1993 ; Edo goraku shi (Histoire des divertissements à l'époque d'Edo), Kôdansha gakujutsu bunko n°1722, 2005.

Ômori Yasuhiro, Shinka suru Eizô, kage-e kara maruchi media e no Minzoku gaku (Étude ethnologique de l'évolution de l'image : des ombres chinoises aux images multimédia), Senri bunka zaidan, Tôkyô, 2000.

Ozawa Hiromu et al., Bijuaru waido edo jidai kan (Visual, Wide The Edo Period), Shogakukan, nouvelle édition 2013.

Sakakibara Satoru, Sugu wakaru Emaki no mikata (Comprendre aisément les rouleaux enluminés), Tôkyô Bijutsu Inc., 2004.

Sakata Chizuko, Yomigaeru Urashima densetsu koibitotachi no yukue (Reconsidérer la légende d'Urashima, à la recherche des amoureux), Shin-yo-sha, 2001.

Sasama Yoshihiko, Zusetsu Ryû to doragon no sekai (Le Monde des deux sortes de dragons en images), Yushikan rekishi sensho 6, Yushikan, 2008.

Satô Yasuhirô, Motto shiritai Itô Jakuchû (Mieux connaître Itô Jakuchû),Tôkyô Bijutsu, 2013.

Shibusawa Tatsuhiko, Miya Tsugio, Zusetsu, Jigoku-e o yomu (Lire les images des enfers), collection Fukurô no hon, Kawade Shobô Shinsha, 2006.

Shimura Kunihiro, Onmyôji, Abe no Seimei (Le Maître du yin et du yang, Abe no Seimei), Kadokawa bunko 11160, Kadokawa bungei shuppan, 1995 ; Nihon misuteriasu yôkai, kaiki, yôjin jiten (Dictionnaire des mystérieux yôkai et autres démons), Bensei, 2012.

Sugawara Mayumi, Nazo toki ukiyo-e sôsho, Tsukioka Yoshitoshi, Wakan Hyaku monogatari, Livre pour comprendre les estampes ukiyo-e, Tsukioka Yoshitoshi, Wakan Hyaku monogatari, Machida shiritsu kokusai bijutsukan, Nigen-sha, 2011.

Sugimoto Yoshinobu, Inô mononoke roku emaki shûsei (Recueil de rouleaux peints sur les mononoke de Inô), Kokushokankôkai, 2004.

Takahata Isao, Jûni seiki no anime-shon, kokuhô emakimono ni miru eigateki animeteki naru mono (Les Éléments évocateurs du cinéma et des films d'animation dans les rouleaux de peinture du XIIe siècle classés Trésors nationaux), Studios Ghibli Company, Tokuma Shoten, 1999 ; Ichimai no e kara (À propos d'une image), Iwanami Shoten, 2009.

Takashina Shûji, Kindai bijutsu no kyoshôtachi (Les Maîtres de la peinture moderne), Iwami Shoten, 2008 ; Nihon bijutsu o miru me, higashi to nishi no deai (Regarder l'art japonais, rencontre entre l'orient et l'Occident), Iwami Shoten, 2009 ; Nippon gendai âto (L'Art contemporain japonais), Kôdansha, 2013 ; Nihonjin ni totte utsukushisa to wa nanika (Qu'est-ce que la beauté pour les Japonais ?), Chikuma Shobô, 2015.

Takemitsu Makoto, Nihonjin nara shitte okitai Mononoke to shindô (Ce qu'il faut savoir, si l'on est Japonais sur les mononoke et les croyances), Kawade Shobô Shinsha, 2011.

Tanabe Masako, Ukiyo-e no kotoba annai (Les Termes employés pour les estampes japonaises), Shogakukan, 2005.

Tanaka Takako et al., Hyakki yagyô emaki o yomu (Comprendre les rouleaux de peinture représentant la procession des cent démons), collection Fukurô no hon, Kawade Shobô Shinsha, 1999.

Taniguchi Motoi, Kaidan itan onnen no kindai (Fantômes, hérésie, le ressentiment à l'époque moderne), Suiseisha, 2009.

Tenmyouya Hisashi, Tenmyouya Hisashi, Kawade Shobô Shinsha, 2006 ; Kamon, King of Mountain, 2007. Tenmyouya Hisashi Sakuhin shû (Œuvres de Tenmyouya Hisashi), Seigen-sha, 2014.

Terayama Hiroshi, Wakan koten dôbutsu kô (Réflexion sur les animaux dans la Chine et le Japon anciens), Yasaka Shobô, 2002.

Tokuda Kazuo, Otogizôshi jiten (Dictionnaire des otogizôshi), Tôkyôdo shuppan, 2002.

Tomita Noboru, Komatsu Kazuhiko et al., Nihon ikai emaki (Panorama du monde japonais de l'au-delà), Kawade Shobô Shinsha, 1990.

Toriyama Sekien, Gazu hyakki yakô zengashû (Recueil illustré de tous les dessins représentant les yôkai du Cortège des cent démons), Kadokawa bunko, 2007.

Tsuji Nobuo, Kiso no keifu (La Lignée de l'excentrique [dans la peinture japonaise]), Chikuma Shobô, 1998 et 2007 ; Kisô no zufu 1 (Illustrations extraordinaires 1), Chikuma bungei bunko, 2005 ; Kisô no zufu 2 (Illustrations extraordinaires 2), Chikuma bungei bunko, 2005 ; Kisô no edo sashi-e (Les Illustrations extraordinaires de l'époque d'Edo), Shûeisha Shinsho, 2008 ; Gyotto suru nihon no kaiga (Les Étonnantes Peintures du Japon), Hatori Shoten, 2010.

Tsuji Nobuo (sous la direction de), Nihon bijutsu zenshû, vol. 14. Edo jidai III, Jukuchû, Ôkyo (L'Histoire complète de l'art du Japon, vol. 14. Époque d'Edo III, Jakuchû, Ôkyo), Shogakkan, 2013.

Tsunazawa Mitsuaki, Oni no shisô kikoku to kyôki, Pensée des démons, voix des démons et folie, Fûbaisha, Nagoya, 2009.

Wakasugi Junji, « Monogatari kara kaiga e, emaki no hôhô » (« Du récit à la peinture, la création des rouleaux emaki »), in Nihon bungaku to bijutsu, kôka joshidaigaku kôkaikôza (La Littérature japonaise et l'art, conférences données à l'université de jeunes filles Kôka), Izumi Shoin, 2001, p. 67-93.

Wang Min, Umemoto Shigekazu, Chûgoku shinbôru imêji Zuten (Dictionnaire illustré des symboles chinois), Tôkyôdo shuppan, 2003.

Yamaguchi Akira, Yamaguchi Akira sakuhin shû (Recueil d'œuvres de Yamaguchi Akira), University of Tôkyô Press, 2004 ; Hen na nihon bijutsu shi (Étrange Histoire de l'art japonais), Shôdensha, 2012.

Yamamoto Keiichi, Nozoki karakuri (Les Boîtes d'optique), à compte d'auteur, 1973 ; Edo no kage-e asobi, hikari to kage no bunkashi (Jeux d'ombres chinoises à l'époque d'Edo : histoire culturelle de l'ombre et de la lumière), Soshisha, 1988.

Yanagita Kunio, Mukashibanashi to bungaku (Les Récits anciens et la littérature), Kadokawa Bunko, Kadokawa Shoten, 1956 et 1978 ; Yôkai dangi (Réflexions sur les yôkai), Kôdansha, 1977 et 2009 ; Tôno monogatari (Récits de la région de Tôno), Shûeisha bunko, Shûeisha, 1991 et 2006.

Yasumura Toshinobu, Kyôsai hyakki gadan (Les Cent Démons de Kyôsai), Chikuma Shobô , 2009 ; Waido de tanoshimu, kisô no byôbu-e (Regarder les paravents extraordinaires), Tôkyô Bijutsu, 2010.

Yokochi Kiyoshi, Enkinhô de miru ukiyo-e (La Perspective dans les estampes japonaises), Seibundo Shinkosha, 1995.

Yumoto Kôichi, Yôkai hyaku monogatari emaki (Les Rouleaux de yôkai : les Cent contes), Kokusho kankôkai, 2003 ; Zoku, yôkai zukan (La Représentation picturale des yôkai, suite), Kokusho kankôkai, 2006.

Yasumura Toshinobu, Yôkai zufu (Illustrations sur les yokai), Bessatsu Taiyô, 219, Heibonsha, 2014.

日本语言期刊杂志和展览信息

A-to desu, Aida Makoto, Yamaguchi Akira (C'est de l'art, Aida Makoto et Yamaguchi Akira), Ueno no Mori bijutsukan, 20 mai-19 juin 2007.

Ayakashi Edo no ayakashi – ukiyo-e no yôkai, yûrei, yôjutsushitachi, Ukiyo-e Ôta Memorial Museum of Art, juillet 2007.

Basara, ekkyô suru nihon bijutsu ron jômon kara dekotora made (Basara, une théorie de l'art japonais hors des limites. Des poteries de l'époque Jômon aux camions décorés.), 4-7 août 2010, organisée par Tenmyouya Hisashi, Spiral Garden, Bijutsu shuppansha, 2010.

Bessatsu Taiyô, Nihon no yôkai (Les Yôkai du Japon), sous la direction de Yasumura Toshinobu, avril 1977.

Bessatsu Taiyô, Nihon no kokoro, Yôkai emaki, Nihon no ikai wo nozoku (Les Rouleaux enluminés emaki sur les yôkai. Observation du monde de l'au-delà au Japon), n° 170, juillet 2010.

Bessatsu Taiyô, Yamato-e Nihon kaiga no genten, Yamato-e (Les Origines de la peinture japonaise), n° 201, octobre 2012.

Bijo to yûrei, Matsui Fuyuko, Geijutsu Shinchô, août 2012.

Bijutsu Techô, numéro spécial sur le rouleau peint Chôjû jinbutsu giga (Rouleau des personnages, des oiseaux et des animaux), vol. 59, n° 901, novembre 2011.

Bijutsu Techô, numéro spécial sur Matsui Fuyuko, vol. 64, n° 963, février 2012.

Dai yôkai ten (Grande exposition sur les yôkai), 28 mai-29 août 2000, musée Fukuoka kenritsu bijutsukan et trois autres musées.

Dai yôkai ten, Dogû kara yôkai wocchi made (Grande Exposition sur les yôkai, des objets en terre de l'époque Jômon aux Yôkai watch), 5 juillet-28 août 2016, Edo-Tôkyô Museum.

E de tanoshimu nihon mukashibanashi, Otogizôshi to ehon no sekai (Le Monde des contes Otogizôshi et autres livres illustrés), The Tokugawa Art, 26 septembre-5 novembre 2006.

Edo no yôkai ten (Exposition sur les yôkai d'Edo), Nerima Shakujikoen Furusato Museum, 21 janvier-4 mars 2012.

Egakareta Momotarô (La Représentation picturale de Momotarô), musée préfectoral d'Okayama, 20 avril-20 mai 2007.

Ikai mangekyô, ano yo, yôkai, noroi (Kaleïdoscope du monde de l'au-delà, les yôkai et les maléfices), Kokuritsu rekishi hakubutsukan, 17 juillet-2 septembre 2001.

Ikeda Manabu, Mizuma Art Gallery, 26 novembre 2008-17 janvier 2009.

Ikeda Manabu Gashû 1 (L'Art d'Ikeda Manabu 1), Hatori Press Inc. 2010.

Ikoku e no bôken, kindai nihon bijutsu ni miru jôhô to bôken (L'Art du Japon pré-moderne, une fascination pour les pays étrangers), Kobe City Museum, 2001.

Kaiga no bôkensha Kyôsai, kindai e kakeru hashi botsugo 120 nen kinen (En commémoration à la mémoire de Kawanabe Kyôsai, aventurier de la peinture disparu voici 120 ans. Un pont entre les époques ancienne et moderne), Kyôto National Museum, 8 avril-11 mai 2008.

Kaikan 10 shûnen kinen tokubetsu ten, rakuchû rakugaizu byôbu ni egakareta sekai (Exposition exceptionnelle pour célébrer le dixième anniversaire de l'ouverture du musée. Le monde décrit dans les paravents rakuchû rakugaizu), Yonezawa City Uesugi Museum, mars 2011.

Kokuhô Uesugibon rakuchûrakugaizu byôbu (Trésor national. Les paravents rakuchû rakugaizu du musée Uesugi de la ville de Yonezawa), Yonezawa City Uesugi Museum, 2011.

Monogatari-e, Nara ehon to emaki ni miru inishi-e-bito no kokoro. Umi ni mieru mori bijutsukan kaikan isshû nen kinen ten zenki (En commémoration de la réouverture du musée. Les sentiments des gens d'autrefois, dans les récits illustrés, des livres Nara e-hon aux rouleaux emaki), 1er juillet-27 août 2006, Umi-Mori Art Museum.

Oni ten (Exposition sur les oni), Toyohashi shi bijutsukan, 22 février-24 mars 2013.

Otogizôshi kono kuni wa monogatari ni afurete iru, Otogi-zôshi (Otogizoshi, ce pays qui possède tant de contes illustrés de l'époque médiévale), Suntory Museum of Art, 19 septembre-4 novembre 2012.

Tokubetsu ten Yôkai kenbun (Exposition spéciale. Voir et entendre les yôkai), Ibaragi kenritsu rekishikan, Mitô, 15 octobre-27 novembre 2011.

Tôyodaigaku 125 shûnen kinen jigyô toshokan tokubetsu tenji, sonzai no nazo ni idomu tetsugakusha Inoue Enryô (Exposition de la bibliothèque de l'université de Toyô pour célébrer les 125 ans de l'université. Le philosophe Inoue Enryô à la conquête des choses mystérieuses), Maruzen, Tôkyô, 30 mai-6 juin 2012.

Yamaguchi Akira, numéro spécial de la revue 21st Prints, printemps 2008.

Yamaguchi Akira, Daigamen sakuhin shû (Yamaguchi Akira The Big Picture), Seigensha Art Publishing Inc., décembre 2012.

Yamaguchi Akira, Mae ni sagaru shita o aogu (Stepping back to see the underneath), Mito geijutsukan, 21 avril-17 mai 2015.

Yamaguchi Akira sate Ôyamazaki (Maintenant, Ôyamazaki... Yamaguchi Akira), Mitsumura Suiko Shoin, Kyôto, 2009.

Yôkai ten – kami, mononoke, inori (Exposition sur les yôkai – divinités, mononoke [esprits], prières), Aomori kenritsu kyôdokan, août 2009.

Yûrei yôkaiga daizenshû (Fantômes et créatures

图书在版编目(CIP)数据

日本的妖怪 / (法)布里切特·小山-理查德著 ；党
蔷，王聪译. —— 海口 ：南海出版公司，2021.10
ISBN 978-7-5442-6275-0

Ⅰ. ①日… Ⅱ. ①布… ②党… ③王… Ⅲ. ①随笔-
作品集-法国-现代 Ⅳ. ①I565.65

中国版本图书馆CIP数据核字(2021)第064631号

著作权合同登记号　图字：30-2020-137

Originally published in France as:
Yôkai: Fantastique art japonais by Brigitte Koyama-Richard
© Nouvelles Éditions Scala 2017
Current Chinese translation rights arranged through Divas International, Paris
All rights reserved.
巴黎迪法国际版权代理（www.divas-books.com）

日本的妖怪

〔法〕布里切特·小山－理查德 著

党蔷 王聪 译

出　　版　南海出版公司　(0898)66568511
　　　　　　海口市海秀中路51号星华大厦五楼　邮编 570206
发　　行　新经典发行有限公司
　　　　　　电话(010)68423599　邮箱 editor@readinglife.com
经　　销　新华书店

责任编辑　翟明明
特邀编辑　贺　静　杨亦桐
装帧设计　李照祥
内文制作　田晓波

印　　刷　北京奇良海德印刷股份有限公司
开　　本　635毫米×965毫米　1/8
印　　张　31.5
字　　数　200千
版　　次　2021年10月第1版
印　　次　2021年10月第1次印刷
书　　号　ISBN 978-7-5442-6275-0
定　　价　228.00元